仙石秀久、戦国を駆ける

絶対にあきらめなかった武将

志木沢 郁

PHP文庫

○本表紙図柄＝ロゼッタ・ストーン（大英博物館蔵）
○本表紙デザイン＋紋章＝上田晃郷

仙石秀久、戦国を駆ける

目次

金ヶ崎城
関ヶ原
小谷城
中村
上田城
小諸城
野洲
黒岩
岐阜城（稲葉山城）
亀山城
大坂城
津島
十七条城
鴻巣
阿坂城
山中城
小田原城
姉川の戦い

関連地図

鳥取城
備中冠山城
備中高松城
三木城
喜岡城
引田城
府内城
岩屋城
引田の戦い
鶴賀城
勝瑞城
戸次川の戦い
高野山
洲本城
小松原城
由良城

編集　小説工房シェルパ（細井謙一）

第一章

走る間者

一

遠くの方から、悲鳴にも似た喚《わめ》き声が聞こえてきた。

屋敷の塀のうちで木槍《きやり》を振り廻していた仙石権兵衛《せんごくごんべえ》は、手を止め、外に走り出てみた。

昨年十二歳で元服したばかりの権兵衛だが、見たところは十五、六と思われる程、見事な体軀《たいく》の持ち主である。だが、顔だちはまだ何となくぼんやりと、子供っぽさが残っている。

その目の前に、向こうから一人の小男が、顔中を口にして叫びながらぐんぐん近づいてきた。何かの行商人かと見える、粗末ななりをした男だった。

その口からは、きれぎれの絶叫がこぼれ出ていた。後ろから、痩《や》せさらばえた犬が三頭、追ってくる。

菜の花が黄色く咲いている中の道を、男は疾走《しっそう》してきた。そうして、声をかける間もなく、権兵衛の横をすり抜けた。恐怖にかられた目がちらりと権兵衛を見たが、そのまま突き進んで、門脇の樫《かし》の木に跳びつき、足をかけた。かけたと見るや、猿のようにするするとよじ登った。

激しく吠《ほ》えながら犬が迫ってきた。

何かわあわあと男は怒鳴っていた。木の上から片手を振って、しきりと合図するのは、権兵衛に、その槍で犬を叩《たた》き伏せろと云《い》っているらしい。

「なあに、大事ありゃせんて」

権兵衛は木の上に向かって叫び返した。それから、その場に槍を捨てると、固まってぎゃんぎゃん吠えている犬の方に、するする近づいていった。

「よーしよし、そんなに吠えんでもええわな」

云いながら権兵衛は、ゆっくりと犬の方に背を向けた。ついで、同じくゆっくりと膝《ひざ》をかがめながら、犬の鼻づらに向けて尻を差し出すようにした。

木の上で小男が目を丸くした。

犬どもは、ぴたりと吠えるのをやめた。うちの一頭が、そろりと近づいて権兵衛の尻のあたりをふんふんと嗅《か》いだ。ほかの二頭も寄ってきて、同じようにした。

まるで魔法のように、犬どもはおとなしくなった。三頭とも、ゆっくりと尻尾《しっぽ》を振りだした。

「折角《せっかく》の獲物やけど、うちの構え内に逃げ込みよったで、これはうちのお客人ちゅうことやで、しょむないで、諦《あきら》めてお帰りや」

権兵衛は子供にでも云うような調子で犬に話しかけた。

木の上の小男が呆《あき》れたことに、犬どもはワンとも云わず、ふいと向きを変えると、そろそろ暮れかかる春の野道を、もつれるように後先になりながら引き返し始めた。

権兵衛は、犬どもの姿が見えなくなるまでずっと見送っていた。

それからやっと門内に戻ろうとしたところに、今度は棒や農具を手にした地元の百姓が五人ばかり、小走りに寄ってきて小腰をかがめた。

「どうかしたか」

「若殿さま、怪しい野郎をご覧になりゃせんかったですかの」

年かさの一人が低頭しながら問うた。

「怪しい野郎？」

「流れもんの風体《ふうてい》した、猿のようなみとうむない顔した小男ですがの」

「そいつがどうかしたか」

「ここ二、三日、あっちゃこっちゃをうろついとるようで……」

大方、と別の一人も口を挟んだ。

「ただの宿無しとは思いまするが、ひょっと他国《よそ》の間者《かんじゃ》でも紛れ込んでおっては一大事と存じましたで。見つけたらひと締め、とっちめてくれようと思て、お尋ね申しました」

この時代の百姓たちは気が荒い。よそ者には猜疑《さいぎ》の目を向け、怪しいと思えば取り囲んで詮議《せんぎ》する。

権兵衛はさりげなく後ろを振り返って、大樹の幹のあたりを窺《うかが》った。薄暗くて判然としなかったが、もう小男はそこから下りて身を隠したようだった。

「ほうか。そりゃ大変やで、ご隠居にもそのこと申し上げとくわ」

気ぃつけとくで、ご苦労やったな、と権兵衛は精一杯の威厳を込めて云った。

元服したと同時に、家をも継いで、いまや彼が仙石家のあるじだった。

「ほんなら、気ぃつけなされて……」

と口々に云いながら、百姓たちはぞろぞろと引き上げていった。

その姿がなくなるのをとっくりと見定めて、権兵衛は門を潜《くぐ》った。

大樹の陰から、小男がひょいと顔を覗《のぞ》かせた。

その顔はくしゃくしゃと笑いに歪《ゆが》んでいた。ひどく日焼けしていて赤いうえ、皺《しわ》だらけで年齢の判別も難しい顔である。

「いやあ、助かった、助かった」

男は愛嬌《あいきょう》たっぷりに、おどけたような声で云った。云いながら、すりすりと揉《も》み手し、よく光る眼で権兵衛の顔をまじまじと見た。きろきろとよく動く、賢《さか》しげな眼をしている。

「こなたは他国《たこく》の間者かえ」

男に向き合うと、単刀直入に権兵衛は訊《き》いた。

男はそれが面白《おもしろ》かったらしく、ひゃっひゃと歯を剝《む》いて笑った。顔全体の剽《ひょう》げた雰囲気に似合わぬ、鋭く尖《とが》った白い犬歯を持っていた。

——猿や……。

犬に限らず、権兵衛はけものが好きだった。人は時々ひどいことをするが、けものはそんなことはしない。たとえば猿はごくたまに人里に下りてきて、柿の実を食い散らかしたりするが、それも悪気があってすることではない。

だからといって目の前の、人間の猿の中身がどうかは、まだ分からない。

「のう、若殿。そこもとはこの家のあるじらしいの。助けてもらったお礼にいいことを教えて進ぜようか」

「……」

「普通、間者にお前は間者かと訊いても、決してそうだとは云わぬものよ」

権兵衛はむっと口を閉ざして、怪しい小男を見守った。

「だがの、たまには違うこともあるがや。わしは、間者よ」

——尾張《おわり》ものや。

相手の訛《なま》りを聞いて権兵衛はすぐに思った。ほかならぬ自分の母も、尾張の出身である。その母に連れられて、しばらく母方の実家に行っていたこともある。

もっともそれは、物心ついたかつかぬかの、ほんの幼児の頃だったが。

その瞬間、ふいに蘇《よみがえ》ったある記憶に、権兵衛は思わず、

「あっ、トウキチ！」

と声をあげた。途端に猿男がどんぐり眼《まなこ》を剝いて、

「あっ、おんしゃ仙石阿勝《おかつ》か！」

と口走った。

権兵衛はこの男に会ったことがあった。まさしく、ほんの幼児の頃に、母方の実家である尾張・津島《つしま》の神官屋敷で、会ったどころか、この男の手に嚙《か》みついたことがある。理由は忘れた。ただ、にこにこ顔のこの男が自分を抱き上げようと

した時、自分はその手に深々と犬のように歯をたてた。
いまこの男——木下藤吉郎《きのしたとうきちろう》が云ったとおり、自分がまだ、仙石権兵衛ではなく、幼名の阿勝を名乗っていた時だった。

二

仙石権兵衛秀久《ひでひさ》は、天文《てんぶん》二十一年（一五五二）一月、美濃《みの》南部・加茂《かも》郡黒岩《くろいわ》（現坂祝《さかほぎ》町）に生まれた。木曽川《きそかわ》を挟んで向かいは尾張・犬山《いぬやま》である。

美濃は古来からの開けた土地であり、水運を利用して商工業も早くから発展した。この国を手中にすることは、富を手にすることでもあり、京に繋《つな》がる喉元《のどもと》を押さえることでもあった。

それに目をつけたのが、京の明覚寺《みようかくじ》にいた僧で、還俗《げんぞく》して新左衛門尉《しんざえもんのじよう》と名乗った男である。かつては、この人物が一代で美濃を乗っ取り、斎藤道三《さいとうどうさん》になったといわれた。昨今では、新左衛門尉は道三の父親であるとされ、このいわば「大事業」は二代にわたって行なわれたと見られるが、ともかくも、よそから流れてきた者が源氏の名流・土岐《とき》氏の土台に食い入り、これを食い破り、終《つい》には一国を我がものとしたのである。

道三は、美濃守護・土岐頼武《よりたけ》の弟・頼芸《よりあき》に取り入り、まずはこれを擁立《ようりつ》することで土岐家に混乱を創り出した。ついで、一旦は守護の座につけた頼芸を放逐《ほうちく》し、守護代・斎藤道三として稲葉山《いなばやま》城に蟠居《ばんきょ》した。ちょうど、権兵衛が生まれた頃のことである。

道三はそれより前、内敵の多い自分が美濃を維持するには、何としても隣国尾張の織田《おだ》家と手を結ばねばならぬと考えた。

幸い、手元に年頃の娘がおり、織田家の跡継ぎ・三郎信長《さぶろうのぶなが》との縁談がまとまった。濃州《じょうしゅう》から来たこの姫を、織田家では濃姫《じょうひめ》と呼んだ。これによって、一時的に濃尾双方の行き来が盛んになった。

この前後、道三の家臣の中にも、隣国尾張との縁談をまとめる者が何人かあり、権兵衛の父・仙石久盛《ひさもり》もその一人であった。

権兵衛の母は、尾張・津島から来た。

その父・堀田正道《ほったまさみち》は津島神社の神官であった。堀田家は、津島神社に仕える諸家のうちでも四家七党と呼ばれる名家の一つ、七党の筆頭の家系で、親族も多く、富み栄えた家である。従ってこの嫁入りは、その当座、かなり羨《うらや》ましがられた。

道三が娘婿の信長を高く評価し、好感を持ったこともあり、尾張と繋がりのあることが将来有望なことであるかに見られた。

しかし、権兵衛が四歳の頃、状況ががらりと変わった。

斎藤道三が、その子・義龍《よしたつ》と対立したのである。

義龍の母は、もと土岐頼芸の愛妾《あいしょう》であり、道三にとってはいわゆる拝領妻だった。そうして、道三のもとに来た時、既に妊娠していた。

自分が道三の子ではなく、実は土岐頼芸の実子である、ということを義龍の耳に入れたのは、家中で道三に反感を持っていた日根野弘就《ひねのひろなり》らであった。

当然のことながら、強引なやり方で守護代の地位を手にした道三を批判する者は少なくない。追放された頼芸にはついていかずにそのまま道三に臣従《しんじゅう》している中にも、心まで服従しきってない者はいくらもあった。

日根野らはそのあたりを読みきっていた。彼らは義龍を唆《そそのか》し、叛旗《はんき》を堂々と掲げさせた。

道三はその頃、稲葉山城を義龍に譲り、自身は長良川《ながらがわ》対岸の鷺山《さぎやま》城にいたが、義龍が、間違いなく道三の実子である弟・龍重《たつしげ》、龍定《たつさだ》を殺し、道三との義絶《ぎぜつ》を表明するに至って、諸方に檄《げき》を飛ばし、兵を集めた。

美濃を二分する対立だった。

仙石久盛は、尾張との通婚《つうこん》を見ても分かるとおり道三派であり、鷺山城に馳《は》せ参じた。

しかしこの時、鷺山城に集まった者は二千七百余にすぎなかった。対する義龍側は、ざっと一万七千五百という。

道三は、一度は長良川河畔で戦って敗れたが、空き城となっていた北野《きたの》城に逃げ込み、さらに岩崎砦《いわさきとりで》を築いてそこに移り、そこからなお、今度は鳥羽川《とばがわ》をも越えた城田寺《きだいじ》城に移動して抵抗した。

元亀《げんき》・天正《てんしょう》の頃ならば、一日二日で勝負はついたかもしれない。しかし、時はまだ、永禄《えいろく》以前の弘治《こうじ》元年（一五五五）であった。戦《いく》さは、そう簡単に決着をつけるべきものではなかった。

権兵衛が母の実家である津島に滞留したのが、ちょうどその頃だった。

女子供は戦さの喧騒《けんそう》には巻き込まないものとされ、実家に避難することも、それほど不当なこととはされなかった。但《ただ》しそこが隣国であったから、やはり公然とは赴《おもむ》きにくく、母は権兵衛とその下の妹を連れ、数人の家来に守られて夜間に屋敷を脱け出した。

「ちんまい犬みたいに、わしの手に嚙みつきよったん、覚えとるか」

招き入れられた屋敷の中の一室で、雑穀混じりの冷え飯を掻《か》き込みながら藤吉郎は云った。

うん、とうなずいたものの、権兵衛は頭の中で、お替わりを差し出すと自分の食べる分がなくなる、ということをぼんやり考えていた。

それはたちまち、この俊敏な間者の目に覚《さと》られた。

「一緒に食おまい」

藤吉郎は箸《はし》を置いてそう誘った。

権兵衛の顔が赧《あか》くなった。同時に、腹が鳴った。

廊下に控えた家来に命じて、権兵衛は自分のぶんの飯を持ってこさせた。

飯を食う権兵衛を、藤吉郎はさりげなく見守った。

権兵衛が十三歳であることはさっき聞いたが、とてもそうは見えない。堂々たる偉丈夫《いじょうぶ》であり、甲冑《かっちゅう》をまとわせれば立派にいっぱしの武者に見えるに違いない。そのうえ、容貌《ようぼう》が際立っていた。美男というのではないが、くっきり濃い眉《まゆ》とくりっとした瞳と、元気よささうな桜色の頰《ほお》を持っている。

――殿のお気に召しそうな顔立ちだで。

自分の仕える織田上総介《かずさのすけ》信長のことを藤吉郎は思った。

信長には好みがあって、身体《からだ》の大きい元気者をことさら高く買う。自分などは、小男のうえに顔がよくないから、本当はお気に入りになる型ではなかった。もっとも、そんなことには一切気づいていないふりをしていたが。本当は人の好き嫌いの激しい信長だが、人の働きぶりを鋭く見ておわす方でもあるので、時に、働きに対する評価が好悪《こうお》を超えることもある。

自分はそのようにして評価を得た。それを補完するために、ほかの家来から見たら驚異であるくらい、大胆に信長に近づき、なれなれしくし、時に怒鳴り飛ばされ、横面《よこつら》を張り飛ばされても平然としていた。

妙なやつだが、こちらに誠心を捧《ささ》げていることは間違いない、と信長は判断してくれた。

信長の世界に、中立はない。敵がいて、味方がいる。人はみな、そのどちらかに色分けされる。

藤吉郎は十八、九で信長に拾われ、以来、自分こそは何がどうあっても味方だ、ということを全身で表し続けてきた。家来、家臣であるだけでは、まるきり十分ではなく、切支丹《キリシタン》の言いぐさではないが、「上総介さま御大切！」「千万人といえども我こそ御味方！」と四六時中《しろくじちゅう》表明していることが肝要だった。

この、仙石権兵衛にはそれほどの努力はいらないだろう。その体軀《たいく》が信長の好意を引き出し、相撲《すもう》が強いか足が速ければ、それだけで目をかけてもらえるだろう。犬か馬のような評価だが、信長の世界に犬、馬、人の区別はないから、

「馬のようによく駆けるやつだで」

と云われれば、それは最高の褒《ほ》め言葉なのだ。

権兵衛がどんな人間かは、まだ当分分からない、と空《から》の茶碗に湯を注《つ》いでもらって、さらさらと箸で掻き回しながら藤吉郎は観察を続けた。人物を読むには、まだ子供にすぎる。

「さっきの、犬を黙らせたんは、何のまじないかの」

綺麗《きれい》にした茶碗を下に置いて、藤吉郎は尋ねた。

「まじないじゃ、ありゃせんですに」

頰に飯を詰め込んで嚙みながら権兵衛は答えた。

「怖がって走んなさるで、犬どもは怪しいやつと思て追ってきたんやで。ああし

て尻を嗅がすのは、何も怪しいことはありゃせんで、いっくらでも確かめてみいや、ちゅうことです」

「おんしは犬の気持ちが分かるがか」

権兵衛はちょっと自分のうちを顧《かえり》みるような様子をした。それから、一つ首をひねり、肩をすくめると、残りの飯を口に掻き込み、汁をすすって終わりにした。

「そういやあん時も、犬みたいにがっぷりと食いつきよったもんな」

藤吉郎はそう云ってニンマリとしてみせた。

その時藤吉郎が堀田屋敷に赴いていたのは信長の命令によるものだが、どんな用だったかはもう覚えていない。信長は津島神社の祭りが好きで、神官の屋敷に人を集めて踊りの会を開き、自分も舞い狂うことが珍しくなかったから、そういった方面の用事だったかもしれない。

とにかくそこで藤吉郎は、幼児の権兵衛に遭《あ》い、抱き上げようとして手を噛まれた。

藤吉郎が、仙石母子のいるところに顔を出したのは、権兵衛の母がとんだ美人だと聞いて、好き心が動いたからであり、その点では権兵衛の噛みついたのは正しかったともいえた。

権兵衛が母方の実家である津島の神官屋敷に逃れたのは、当座の避難のつもりであった。しかしその後、権兵衛はしばらく美濃には帰れなかった。斎藤道三が、一年（半年とも）持ち堪《こた》えたあと再び長良川河畔で戦い、遂《つい》に敗れて散ったからである。

三

仙石久盛は討死《うちじに》こそしなかったものの、最早《もはや》、黒岩に戻ることはできなかった。仙石氏は土岐氏の支流で、十五世紀には十七条城《じゅうしちじょう》（現岐阜県瑞穂《みずほ》市）の城主として仙石権左衛門の名が見えるという。長良川の向こうではなく、西岸から揖斐川《いびがわ》沿い、平地が次第に山地に向かうあたりを中心に、その一族は散らばっていた。

久盛はとりあえず、道三のたて籠《こも》った城田寺城から真西に三キロほどの、板屋《いたや》川《がわ》東岸の地に身を潜《ひそ》めた。十七条城から見ると、北方に十キロ足らず上がった、山地のとっつきあたりである。

いま、どうにかこうにか屋敷を設け、小さいながらも土豪としての構えを作っているのがその地、本巣《もとす》郡中村（現岐阜市中）である。

久盛はそこに身を落ち着けたが、権兵衛は呼び戻されなかった。
江戸時代に仙石家の家士《かし》が編纂《へんさん》した家譜によれば、権兵衛は四男であるというが、兄たちの名は、久勝《ひさかつ》という名一つしか伝わっていない。しかし権兵衛が嫡子《ちやくし》でなかったことは確実のようで、久盛はこの息子を他家に養子にやることにした。世帯をできるだけ切り詰めねばならなかったし、長じて後、結局どこかの家にやられるくらいなら、まだ幼児のうちにやってしまう方がいいともいえた。かすかに、権兵衛を遠くにやることでむしろその血統を保っておくのだ、という気もなくはなかった。

こうして権兵衛は、父の妹婿・萩原国満《はぎわらくにみつ》の養子となり、その名も萩原孫次郎《まごじろう》となった。萩原国満は越前《えちぜん》に住んでおり、権兵衛は津島の堀田屋敷からそのまま、萩原の家来に連れられて旅立った。

美濃に戻ってきたのは、兄たちが病気や怪我《けが》で亡くなり、仙石家の跡継ぎがいなくなったからである。

父・久盛も病気がちで、このままでは血筋が絶えてしまう、というところから、権兵衛が呼び戻された。

越前は、暗くて寒いところだった。冬場には大雪に閉じ込められた。権兵衛にとっては、川沿いにのびのびと開けた美濃の地の方がはるかに望ましかった。

実際には、斎藤義龍が亡くなったあとも、その子・龍興《たつおき》は有能な家臣団に守られて美濃をよく治めており、かつての道三派はまことに肩身の狭い思いをしていたため、のびのびどころではなかったが。

それどころか正確には、ほとんど逼塞《ひっそく》といっていい状況だった。周りの龍興派が何か具体的に仕掛けてくることはまだなかったが、油断はできなかった。

だから仙石家にとって、尾張からの間者はむしろ歓迎したい客である。

飯を終えると、藤吉郎は少し形容《かたち》を改めた。奥から久盛が、家来に援《たす》けられながら出てきたし、少ない家来のうちでも中心となって一切を切り廻している酒匂《さかわ》儀右衛門《ぎえもん》も、威儀を正して姿を見せたのだった。

「我らが殿さまは」

と藤吉郎は真面目《まじめ》くさった顔で告げた。

「故・道三どのの遺臣のことは常に心にかけておわします。何せ、奥方さまの御ふるさとにござれば、このままでよいとはお考えでない。必ず、道三どのに尽くされた忠臣の方々の報わるるよう、と考えておわしますで」

藤吉郎は初めから仙石家を探してきたものではなく、この近くの別の豪族を訪

ねようとしたものだった。しかし、その名を聞くと儀右衛門は頭《かぶり》を振って、

「そのお人は既に身まかってござる。お子も持たれぬで家来どもも散《ち》り散《ち》り、屋敷は大方、荒れ放題の朽ち屋になってしまったと存じまするわ」

と告げた。

「そうでありましたか」

藤吉郎は深刻な顔でうなずいて見せた。

「それがしが犬に追われてここに逃げ込んで参ったは、大方、津島天王《てんのう》のお導きにござりましょうよ」

津島神社の祭神を云って、藤吉郎は勿体《もったい》らしく瞑目《めいもく》した。

飯を食い終わるとてきめんに眠くなるので、権兵衛はそのあたりから、藤吉郎と父や儀右衛門のやりとりが、霞《かすみ》のかかったようにあやふやになってきた。

自分が当家のあるじなのだから、と思って、しゃっきりしようとするのだが、到底我慢のできるものではなかった。それでも、曇りかかる頭の中で、二つのことを繰り返し、唱《とな》えるように考えていた。一つは、道三派の自分たちにとって、美濃が織田信長のものになることこそがいいことなのだ、という認識であり、いま一つは、明日の朝はとびきり早起きをせねばならない、ということだった。

四

ここのところしばらく、藤吉郎は美濃国内にとどまって動いていたので、手足を伸ばしてゆっくり眠ることがなかった。それだけに、仙石屋敷での一泊は、久しぶりの熟睡できる一夜であった。

もっとも、味方と思《おぼ》しき仙石家ではあっても裏切らないとは限らない。たとえば、藤吉郎の首を引き出物に龍興に取り入り、龍興派に鞍替《くらが》えする、という荒業《あらわざ》もなくはないのである。

しかし、この家の中にそういう空気はなかった。織田家の力を借りて、何とか自分たちの復活を成し遂《と》げたい気持ちがよく見えた。

――とりあえず、美濃の足場はここか。

と思いつつ、藤吉郎は眠った。

と、明け方まだ暗いうち。

誰かが足音を忍ばせて部屋に入ってきた。藤吉郎はすぐ気づいた。

「うっ、うーーん。ああ、よう寝たわ」

気を張りつめながら、声はのんびりと云った。もし敵なら、次の瞬間に襲いかかってくる。それを誘発しないようにのどかな調子で云ったが、すぐとび起きられるよう、藤吉郎の身体は構えていた。

すると、人影は藤吉郎の枕元に座った。

権兵衛だった。

藤吉郎は起き直って、燭台《しょくだい》に火をともした。

火影《ほかげ》の中に、すっかり旅装を調《ととの》えた権兵衛が浮かび上がった。

「わしも連れていって下され」

権兵衛は声を落としてそう囁《ささや》いた。

「何でまた」

「わしも何ぞ、上総介さまのお役に立ちたいと思いましたで。ほいで、木下さまは犬がお嫌いのようやし、わしがお供したら、なんかの足しになるかもしれんと思ったで」

十三歳の頭で懸命に考えた理由づけを、藤吉郎はいいと思った。人の役に立ちたい、というところがまずいい。自分が役に立てそうなところを見つけてあるのもいい。

もっともこれを云うのに、権兵衛はさらさらとはいかず、前もって考えたことを、思い出し思い出し、訥々《とつとつ》と述べた。

頭脳《あたま》の回転はさほどでもない、という感じである。しかし戦場では、薄っぺらな剃刀《かみそり》のような切れ味は却《かえ》って使えないことが多いので、藤吉郎はそこも、よしとした。

うんうん、とうなずいたあと藤吉郎は、

「そこもとはこの仙石家のあるじだで、大事のお人を連れ出しては、ご隠居さまに叱《しか》られてまうわ。気持ちだけ有難く受け取っておくで」

と至極《しごく》真っ当な返答をした。

すると権兵衛は顔を真っ赤にして、

「ほいでも、もう決めてしまったで、一度決めたことは変えたくないんじゃ」

と強情なところを見せた。

少しばかりもてあましていたところに、誰かが報《しら》せたと見えて、儀右衛門が姿を現し、

「どうも我らが若殿は、軽忽《けいこつ》なるところがござりまして……」

と言い訳しながら立つよう促《うなが》し、それでもなお渋る権兵衛を、しまいには引っ

立てるようにして連れて出ていった。

明るくなりきる前に、藤吉郎は仙石屋敷を出た。朝飯は断ったが、握り飯を二つばかり用意してくれたのでそれを有難く携帯した。

昨夜の飯も粗末だったが、現領主の反対派として国内にあるのは肩身が狭かろうし、台所は苦しいに違いない。

――苦しい思いをしてくれた方が、わしらの殿にとっちゃあいいんだが。

と思いながら、昨日犬に追われて激走した道をすたすたと辿《たど》った。

犬は苦手である。相手が人なら、どんな相手でも愛嬌と弁舌で丸め込む自信があるが、犬はまるで「お前の正体は分かっている」と云わんばかりに吠えたて、つきまとう。

門付《かどづ》け、物乞《ものご》いや行商をする渡り者にとって、犬は第一の敵である。

名もなき人の子として生まれ、少年の頃から流浪《るろう》を専《もっぱ》らにして藤吉郎は生《お》いたってきた。どこに行ってもこづかれ、殴られ、足蹴《あしげ》にされた。不屈の魂でその度《たび》に立ち上がり、やがて侍の世界の端に何とか齧《かじ》りついた。ぐっ、と深くたてた歯を、こじ開けられても離すものか！　と心に深く刻《きざ》んでいるが、犬は、そうした藤吉郎の本性を見透《みす》かしているかのように、猜疑《さいぎ》に満ちて吠え、追ってくるのだ。

道の辻のところでちょっと立ち止まって、よもやあの犬どもが再び現れはすまいな、と確かめるように見廻した。

するとその目に、仙石屋敷の方角から必死に駆けてくる権兵衛の姿が映った。

──来たか。

藤吉郎は腹の中でにんまりした。簡単に諦めてしまわぬ様子に、権兵衛の点が上がった。

声を出して屋敷の者に気づかれてはならぬと思うのか、無言のまま、権兵衛は大きく手を振り廻しながら駆けてきた。

藤吉郎は立ち止まって待っていた。

権兵衛は俊足だった。たちまちのうちに追いつき、

「連れていって下され！」

と息を切らしながら頼み込んだ。

五

少しばかり押し問答をしたあとで、藤吉郎は権兵衛を連れていくと云ってやっ

た。とりあえず、当主が不在でも仙石家が困ることはなさそうだったし、これから訪れる先の相手と権兵衛を引き合わせてみたい気もあって、承諾したのだった。

「但し、そのなりじゃならんが。見てみぃ、わしらまるきり不釣合いだがや」

藤吉郎は笑った。行商人のなりをした者が、れっきとした武士の倅《せがれ》と連れ立っていては、すぐさま怪しまれてしまう」

そこのお社《やしろ》の裏に行こまい、と藤吉郎は指差した。

そこで、着物の下に重ねていた麻の下着を脱がせ、

「勿体ないがしょむない」

と呟《つぶや》きながら裂いて袖《そで》を取り、前身頃《まえみごろ》も剝《は》ぎ取って一枚の大きな布にした。

「刀を外しや」

大小を外させ、それでくるんで細長い包みにした。

「これは背負っていけばええが」

権兵衛はびっくりしたように目を見張っていた。

しばらくして社の裏から出てきた時、権兵衛はすっかり薄汚くなり、きっちり結い上げていた髪もぼさぼさに乱されて、だいぶそれらしい風体になっていた。

「どこに行きなさるがですか」

西だが、と藤吉郎は顎《あご》をしゃくった。

「関ヶ原に近い垂井《たるい》ちゅうところに、面白い男がおるで、ぜひ会わせたい」

「垂井？」

うん、とうなずき、藤吉郎は権兵衛をじろじろ眺《なが》めた。それからニッと小さな笑みを見せると、

「あんまり大きな声で朗々とものを云わん方がええな。侍めいて見えるで、なるべくもごもごと云いや」

と教えた。

「わしのことはとうきち、と呼びや。おんしのことは権、と云うで」

ハイッ、と勢いよく返事をすると、藤吉郎は大げさに目を剝《む》いてみせた。権兵衛は首をすくめて、さっさと歩みだした藤吉郎のあとに従った。

京を出て近江《おうみ》に入り、琵琶湖《びわこ》に沿って北上し、米原《まいばら》から東に折れて十キロ余り進むと、そこに不破《ふわ》の関がある。いわゆる「三関《さんかん》」の一つで、七世紀には設けられたという古いものであり、古代にはここからが「東国」の始まりであった。

その、左右から山が迫る狭い隘路《あいろ》を抜けたところの小ぢんまりとした平地が、

関ヶ原である。

関ヶ原を過ぎればいよいよ、美濃の平野が開けるが、ちょうどその入り口ともいうべき場所・垂井に、一つの城があった。

足元に通る中山道《なかせんどう》を監視するかの如《ごと》く、北側の山上に築かれた城、交通の要衝《ようしょう》をぐいと摑《つか》むような位置にあるその城こそ、竹中《たけなか》氏の居城・菩提山《ぼだいやま》城である。

「竹中半兵衛《はんべえ》のことを、何か知っとるかや」

菩提山をすぐ目前に、木陰でしばし息を整えながら藤吉郎は訊いた。

「いや、何も」

それぞれの土地に地付きになっている土豪たちは、それほど交際範囲が広くない。同じ家中の武士でも、全員を知っているわけでもない。

「安藤伊賀守《あんどういがのかみ》は」

「それは知っとります。西美濃の大物やで」

稲葉良通《いなばよしみち》、氏家直元《うじいえなおもと》と共に西美濃三人衆といわれる安藤伊賀守守就《もりなり》の居城は、権兵衛の屋敷から南に二キロ足らずの距離にある。小身《しょうしん》の仙石家などとは比べものにならぬ実力者である。その周辺の小豪族で、守就の動向に忠実に従う者はいくらもいた。斎藤道三が敗れた理由の一つに、この守就が義龍側についたこともあった。

「竹中半兵衛は、伊賀守の娘婿だで」

そう聞いても、いま一つピンとこない顔の権兵衛に、藤吉郎は失笑して頭を振った。

――子供だで、しょむないがや。

「いま、お屋形《やかた》さまは稲葉山にはおわさぬと、よもや知らん筈《はず》はなかろう？」

方向性を変えて尋ねた。

権兵衛の顔には、話があちこちに飛ぶのについていきにくい、という困惑の表情がうっすら浮かんだ。

「あのな、他国者のわしの方がこんなことを云うのも分からん話だがの。今年の二月に半兵衛が、僅《わず》か十六人の手勢をもって稲葉山城を乗っ取ってしまったのを知らんか」

「それは……それは、伊賀守さまが、お屋形さまをお諫《いさ》め申そうと、わざとしたことだと聞いとったけども……」

「そうか。おんしらの居廻りではそんなふうに噂《うわさ》しとるんだの。実のところはの、弱冠《じやつかん》二十歳《はたち》かそこいらの若武者・半兵衛が、計略をば用いて、まんまと城を奪ってしもうたんだがや。とんだ凄腕《すごうで》だでな」

楽しくて堪《たま》らぬように、藤吉郎はくっくっと笑った。

「ほいでも、ほんなら、半兵衛どのは稲葉山の城にいなさるんでは？」

「そう思うか」

そこが、と立ち上がって藤吉郎は尻を払った。

「そこが竹中半兵衛の面白いところよ。わしの考えるところでは、半兵衛は乗っ取った城を舅《しゅうと》どの（守就）にそっと任せて、こっちに戻ってきとる筈なんだわ」

「ほーかの？」

うん、と藤吉郎は自信たっぷりにうなずいた。

「半兵衛がわしの思っとるようなやつなら、きっとそうするで。さ、そうかどうか、確かめに行こまい」

そう云うなり、藤吉郎は春の日差しの中に踏み出した。

六

山城《やまじろ》を持つ者がしばしばそうするように、半兵衛もまた、山の麓《ふもと》に居館を持っていた。ごくおとなしい造りの屋敷で、権兵衛の屋敷を何周りか大きくしたようなものである。

藤吉郎に云われて、まずは権兵衛がその門前に立った。すると、声を張り上げて訪《おとの》うたわけでもないのに、門前に十歳ばかりの童子《どうじ》がすっ、と姿を現して、

「どちら様にござりましょうや」

と大人びた調子で訊いた。何だか、つくりごとの世界にいるようで、権兵衛は完全に毒気を抜かれた。

「わしは、本巣の仙石権兵衛と申す者なれども、御あるじはおいでになるでしょうかの」

お待ち下され、と高く澄んだ声で云って、童子は引っ込んだ。かと思うとすぐに戻ってきて、

「お連れの方ともども、お通り下されとあるじが申しまする」

と告げた。

もう、考えても仕方がないと権兵衛は思った。竹中半兵衛というのは、実は妖術使いか何かに違いない。大方、虫にでも姿を変え、さっき自分たちがひと休みした木の幹に貼りついていたのだろう。実はいま、こうして童子の姿をしている

こいつが、ほかならぬ半兵衛その人かもしれない。

気味悪そうに一瞥《いちべつ》をくれると、権兵衛は童子の側を離れて、藤吉郎のもとに駆け戻り、

「どうやら向こうさんは、わしらが一緒だとご存じのようにござりまする」

と報告した。

藤吉郎は苦笑いした。

二人が門前に戻ってみると、もう童子はおらず、そこには若い男が一人いるきりだった。

血色の悪い顔をした、痩《や》せ型で小柄のその男は、息を惜《お》しむように軽く力の入らぬ声で、

「竹中半兵衛にござる。仙石権兵衛どの、とそのお連れの方、どうぞ奥にお通り下され」

と云った。

導かれて入り、何の変哲もない田舎《いなか》屋敷と見える建物の角を曲がると、思わず権兵衛は立ち止まった。そこに小さな屋根のついた土塀があって、その真ん中が丸くくり抜かれていた。多分、唐様《からよう》とでもいうのかもしれない。

半兵衛は小柄なので、ほとんどかがまずにその丸い入り口からするっと中に入っていった。藤吉郎はそれに輪をかけて小男なので、続いて苦もなく入っていった。権兵衛だけが、膝をかがめ、おずおずと潜った。頭に注意がいくあまり、手を塀にぶつけた。鈍い音がした。塀を壊したのではないかと思って、権兵衛は顔を赧《あか》くした。

そこは、見たこともないような庭になっていた。

花園というのだろうか、通常の武家屋敷の庭とは思えない、色とりどりの花の咲き乱れる庭園だった。小さな亭《あずまや》があって、何というのか知らないが、壺《つぼ》を逆さにして置いたような腰掛が三つあった。

三人はそれに腰を下ろした。半兵衛が、婦人のように軽く手を口もとに添えて柔らかく咳《せき》をした。

――えらい変わった人や。

権兵衛は呆《あき》れ返っていた。藤吉郎も大概《たいがい》だと思ったが、半兵衛ときては、御伽《おとぎ》噺《ばなし》の中の人さながらである。

権兵衛はとりあえず、何かを理解しようと思ったり、注意深く観察したりするのをやめた。別に、難しいことも考えずに、二人のやりとりを聞いていれば事足りる……と思ったのだが、すぐにそれも諦めた。

藤吉郎と半兵衛は、互いに言葉を最後まで云うことがなかった。思わせぶりな二、三の語を片方が云うと、相手は笑ったり、いやいやと打ち消したりした。二人とも、それで十分に通じるらしい。

何となく分かったのは、藤吉郎が名乗る前から半兵衛は、このぱっとしない見かけの小男を木下藤吉郎だと気づいていたらしい、ということであり、それをまた、藤吉郎は当然のことと思っているようだ、ということであった。

——呆れた人らや。

のけ者にされたような状態でじっと座っているのが苦痛になってきたが、さすがに、仙石家当主の意識が働いて、威儀をただして我慢していた。

すると、藤吉郎が急に、

「実は我らが殿は、稲葉山城をお譲り下さるるなら、美濃半国を差し上げてもよいと仰《おお》せられましてな」

と、権兵衛にも意味の分かることを云った。

——尾張の殿さまは、随分な商人《あきんど》ぶりやな。

と権兵衛は思った。何かを交換に、という言い方がそもそも、商人めいていた。しかもそれが、えらくムシのいい話であることは、権兵衛にも分かった。何せ半分も何も、美濃はまだ少しも織田上総介のものになってはいないのである。

ところが、その条件をどう思っているのか、半兵衛の顔にはうっすら笑みが刷《は》かれているだけで、判断のしようがなかった。すると、藤吉郎は続けて、

「わしは、そんなことを半兵衛どのに申しても無駄だと、殿に申し上げたんだで」

と笑った。

「ほう、無駄ですか」

半兵衛がゆっくり云った。

藤吉郎は片手を振った。

「無駄、無駄」

「竹中半兵衛は、この乱世には珍しい、利を食らわされては動かぬ漢《おとこ》だで」

「利では動かぬ半兵衛も、藤吉郎どのの弁舌にはころりと丸め込まれる、と」

他人《ひと》ごとのように半兵衛が続けた。

うふん、と笑って藤吉郎は黙った。

藤吉郎は弁舌の力を知っている。たとえ、いい気分にさせるためにいまのような言葉を云ったと取られ、その手には乗るか、と相手が思ってもなお、それは相

手の心に根をおろし、いずれ花と咲くこともある。

相手が明敏なら明敏であるほど、この手は効《き》いた。それに、藤吉郎は本当に、竹中半兵衛は利では動かぬ男だと知っていた。わが殿・上総介さまには決してお分かりいただけないかもしれないが、そういう変わり者もまた、この世には棲息《せいそく》しているのだ。

結局は、口先でない言葉が相手の心に届くものだった。真実が、最もよく相手を摑む。半兵衛の場合なら「士は士を知る」という一事が泣きどころだった。そしてそれは、真実であり、藤吉郎には半兵衛の心がよく分かる。

しばし庭園に、沈黙が満ちた。

「さあ、戻ろう」

と藤吉郎が立ち上がった。不得要領《ふとくようりょう》に権兵衛も立ち上がった。ゆっくりと、何かを考えながら半兵衛も立ち上がった。

その時藤吉郎が、

「いずれ朋輩《ほうばい》にもなろうで、この権兵衛を宜《よろ》しく頼むわ」

と云った。

さすがに唐突《とうとつ》で、半兵衛もどうあしらってよいか分からぬ顔をした。いずれ朋輩も何も、現に双方、同じ斎藤家の家臣である。しかも、仙石、竹中のどちらも道三派として戦さに加わり、戦っている。

「伊賀守どのにも、よしなにの」

僅かに力を込めて藤吉郎は云い置くや、未練もなげに庭から出ていった。権兵衛は慌《あわ》ててあとを追った。すると半兵衛が、仙石どの、と呼び止めた。

権兵衛が振り向くと、半兵衛が、足元の春龍胆《りんどう》を脇差《わきざし》ですぱりすぱりと切って一束にしたものを差し出していた。

「道中の慰《なぐさ》みに」

と半兵衛は云い、権兵衛はつくづく、変な人や、と思いながら受け取って、

「ほんなら」

と頭を下げると駆け出した。

屋敷の外に出てから龍胆の束を藤吉郎に渡すと、藤吉郎の顔に、その日一番の笑みが、大きくにんまりと浮かんだ。

「お二方《ふたかた》とも名人の寄り合いで、わし、ちょっとも分からんかった」

権兵衛が正直に云うと、

「それでええんだで。よくやってくれたわ」

と藤吉郎は権兵衛をねぎらった。

「その花は、何ぞの合図ですか。おなごみたいなことをしんさる人じゃ」

「同じ云うなら、風流なこと、と云ったれや」

上機嫌で云いながら、藤吉郎は龍胆の束を満足そうに眺めた。

七

竹中半兵衛には、敵国内であるにもかかわらず、苦労して会いにいったということが伝わりさえすればいい、と藤吉郎は思っていた。あんな言い方をして、半兵衛が信長より自分に好感を持ってくれたとしても、

——結局、わしと上手《うま》くいくなら、殿さまのお為にはなるんだで。

と、藤吉郎は割り切っていた。但しそんなことは、秘中の秘である。信長はそんな僭越《せんえつ》を絶対に許さない。

半兵衛は計算を立てぬ男で、安藤守就はまた、立てすぎるくらい計算を立てる男だと藤吉郎は踏んでいた。それでいい。西美濃三人衆が織田家になびいてくれた時、美濃は織田上総介のものになる。

――慌てんでも、もうすぐに機は熟するわい。

藤吉郎は権兵衛と肩を並べて歩きながら思った。

道三が敗死し、尾張と美濃の国交が断たれたのは弘治二年（一五五六）、仙石権兵衛が五歳の時のことである。それからもう、八年がたっている。

その間に信長は、幾度《いくど》も美濃侵攻を企《くわだ》てた。が、その度に、斎藤義龍に敗れた。周りを取り巻く群臣《ぐんしん》たちも戦さ上手だったろうが、義龍自身も、道三を撃破しただけあって、なかなかの勇将だった。

その子・龍興は、どうやら父親に似ない凡愚《ぼんぐ》の将らしい。一部の将ばかり用いて、だいぶ不満が出ていると聞こえてきた。それでもなお、龍興が継いで三年たっても、信長は稲葉山城を陥《お》とすことができずにいる。

安藤守就をはじめとする美濃諸将は、華々しさはないが、戦わせると堅実で、砦をよく守り抜き、大河を擁する美濃の地理をよく心得て戦う巧者揃《こうしゃぞろ》いだった。

しかしそれももう、あと少しで崩れる。

藤吉郎は個人的に竹中半兵衛という人間の面白さに夢中だったが、自身の役割としては、半兵衛を摑むことをきっかけに、蔦葛《つたかづら》を手繰《たぐ》るように西美濃三人衆を引き寄せるつもりだった。

垂井から東に戻ってきて、本巣に近づいた時、道の二股のところで藤吉郎は立ち止まった。

「さて。考え方が二つある」

云いながら意味ありげに権兵衛の、血色のいい顔を眺めた。

権兵衛は鼻の脇をちょっと掻いて、眉を寄せた。それから大きく笑って、

「わしは半兵衛どのとは違いますで、木下どのの腹の中を読んだりできゃせんもの」

と子供っぽい口調で云った。

「ほぅ。おんしゃ面白いやつじゃの。若いのに、妙にしっかりしとるな」

「ほーですか？」

うん、と藤吉郎はうなずいた。

「そういう時、人は負けたくなさに無理するもんなんだで。ましてあの半兵衛を見たあとだで、何とか自分も、うがったことをしてみとうなるもんなんだわ。自分のできんことを無理してしよっても、うまくいかんことが多い。だからといって、背伸びは一切せん、ちゅうやつもものにゃならんけどもな」

はぁ、と生返事をしながら、権兵衛は腹の中で、

——困ったなあ……。

と思っていた。初めはほんの思いつきで行を共にしたのだが、連れて歩かれるほどに、この木下藤吉郎という隣国の将の頭の回転が恐ろしいほど速く、何を考えているかほとんど分からないことに、畏怖《いふ》にも似た念を抱きつつあった。

——わし、この人の役に立とうと思いよったけど、ほんなことそもそもできるんやろか。

「で、何でしたか」

「道をこっちに行くと？」

「本巣」

「こっちは？」

「……尾、張？」

「ものは相談だが、おんしこのままわしと同道して、尾張に行かんか。わしらの殿さまに会《お》うて、家来になったらええんだが」

「家来……」

ここに酒匂儀右衛門がいれば、そういう大事なことはおいおいに、と制したに違いなかった。家来になる、と口で云うのは簡単だが、そもそも武士が家来になる、というのは、主人になる人から所領――つまり土地を貰《もら》って初めて主従関係が成り立つのである。このままほいほいとついていって、信長にお目見えして、それでどこの土地が貰えるというのか。しかも、一旦、家来になれば、嫌だと思ったからといって、そう簡単にやっぱりやめますとは云えない。

「美濃の国内に、足がかりにできるところが欲しいと思っとったが、それで誘っとるわけじゃありゃせん。おんしは使えるで、是非《ぜひ》我が殿さまにお仕えしてほしいんだわ」

「わし、使えますか」

「うん。どこからどう見ても正直者に見えるで、そんな間者はありゃすまい？　そこがええんだが。この先しばらく、半兵衛だけで無《の》うて、美濃国内の志《こころざし》のある者らに片端から声かけなならんで、いっそこの際、織田家の家来として働いてくれたらいいんだがや」

権兵衛の身体の中に、突き上げてくるものがあった。生まれてこの方、そう楽に生きてきたというわけでもない自分に、何かが開けるような勘があった。

よく考えるより先に、

「なりますっ」

と権兵衛は大声を出していた。

あるいは、腹の中で自分が役に立てるのか不安になっていた矢先に使えると云われたので、後先見ずに乗ってしまったものかもしれない。が、一旦云ってしまえばもう、あとには引けないと思うのが権兵衛の思考法であった。

「なりますっ」

ともう一度、大きな声を張り上げた。

八

権兵衛と藤吉郎は津島の堀田屋敷に寄り、本巣の実家に使いの者を出してもらうように手配した。

祖父・堀田加賀守《かがのかみ》正道は、神官であると同時に織田家の家臣でもあったので、権兵衛の決断をむしろ喜んでくれた。

こうして永禄《えいろく》七年（一五六四）、仙石権兵衛秀久は、織田上総介信長の御前に出ることになった。

「何も、心配するようなことはありゃせん」

藤吉郎はにこにこ顔で云った。

「ただ、一にも二にも、はきはきと大声で返事しんと不可《いか》んで。口の中でもごもご云うのが一番の禁物だで。それさえ守れたら何も案ずることはありゃせんがや」

藤吉郎に連れられて、権兵衛は小牧山《こまきやま》城に向かった。

小牧山城は、八十五メートルの小山に信長が築いた城で、尾張平野を一望できるため、江戸時代には尾張藩によって立ち入りが制限されていたという。信長は美濃との戦さを念頭にこの城を築き、清洲《きよす》から本拠を移していた。両国を隔てる木曽川の流れまで、ざっと十キロ足らずの地である。

風通しのいい座敷うちで待っていると、やがて信長その人が現れた。

信長はこの時既に三十一歳になっていた。数人の子を持ち、長男の奇妙丸《きみょうまる》(信忠《のぶただ》)は八歳である。

「藤吉郎、戻ったか」

信長は図抜けた大声で云った。藤吉郎は大げさなくらい、はっ！　と大声で応《こた》えて、ぺったりと平伏した。

涼しい風の入る丸窓の前に立って外を見たまま、信長は黙っていた。

「殿、これなるは……」

藤吉郎が云いかけた途端、信長は遮《さえぎ》った。

「半兵衛は城を譲ると云ったか」

「あ、いや、そのつもりはないと申しました」

「半国では不満か」

ぱしっぱしっと小枝でも折るような調子が、信長の話し方の特徴だった。ほとんど感情らしいものは籠っておらず、それが却って小気味いいくらいのものだった。

「殿、半兵衛は、利では動かぬものにござりまする」

「そちは妙なことを云う。人は利で動くのだ。利でなければ何で動く」

藤吉郎はちょっと微妙な表情をした。藤吉郎には藤吉郎の持論があるが、ここでそれをとうとうと述べても、信長を苛立《いらだ》たせ、挙句に横っ面でも張り飛ばされるのがオチである。

「ではござりまするが、殿、半兵衛のことは藤吉郎にお任せいただきとうござる。いましばらく時をお貸し下されませ。さすれば必ず、お味方につけてご覧に入れまする」

ふむ、と信長の鼻が鳴った。心持ち胡散臭《うさんくさ》そうな顔はしたものの、信長は拒否

はしなかった。そうして、ひと拍子《ひようし》おいた次の瞬間、

「加賀守の孫か」

唐突に云った。余りに突然だったので、権兵衛はへどもどしてしまい、すぐに答えることができなかった。

すると信長が、きっ、と面《おもて》をこちらに向けた。

「面《つら》を見せよ」

これには反応できた。権兵衛は弾《はじ》かれたように顔を上げ、信長を真向きに見てしまい、無礼かと思って内心蒼《あお》くなったが、それは信長には少しも問題ではなかったらしい。その双眸《そうぼう》がただじろじろと権兵衛の顔を睨《にら》み廻した。おかげで権兵衛の方も、とっくりとこの、尾張の支配者の顔を眺めることができた。

信長の髪は色が普通よりやや薄く、量も少なかった。眉間《みけん》にはよそ目にもはっきりと、深い縦皺《たてじわ》が刻まれていた。顔色はうす蒼く、こめかみに血管がうねっているのが透けて見えた。髪と同様、眼も普通より茶色みを帯びているように感じられた。どちらかというと作りの小さい上品な公家顔《くげがお》をしている。そうして最も大きな特徴は、つるりとしたその顔に、ほとんど表情のないことだった。

木下藤吉郎が人の大きさの猿なら、織田信長という人は、大きな鷲《わし》か鷹《たか》に似ていると思った。琥珀《こはく》色の鋭い眼がそっくりに思えた。そうして、鳥もまた、表情を持たない。

ややあって信長は、また、ふむ、と云った。

それからほんの少し表情を和《やわ》らげた。それを見て権兵衛は、

――面《めん》が微笑《わら》った。

と思った。信長の乏《とぼ》しい表情は、主に顎の線で決まるらしい、と権兵衛は少年ならではの観察眼で感じた。何か気に入ったことのあった時、ほんの少し輪郭が緩む。それが多分、機嫌のよさの表れで、おそらく機嫌のよくない時は、憤《いきどお》りに奥歯は嚙み締められ、顎の線は岩のように硬くなるに違いない。

「母親に似ておる」

「母をご存じにござりまするか」

口をきいていいとは云われていないのに、思わず云ってしまった。だがそれも信長は気にならなかったようで、

「若い頃によく加賀守の屋敷で会《お》うた」

と云った。

信長が自分の母と知り合いであることに、何だか権兵衛はわくわくした。すると信長は、廊下に控えた近習《きんじゆう》の者に、

「黄金《きん》をもて」

と云いつけた。

権兵衛はびっくりしたが、そういうことはよくあるようで、近習は澄ました顔で立っていった。

信長はいきなり、権兵衛のすぐ側にしゃがみ込んだ。顔をくっつけんばかりに近づけた。ほとんど、匂《にお》いを確かめられているのかと思ったほどだった。

さすがに権兵衛はたじろいだ。すると信長はいきなり笑った。いや、「俺はそなたが気に入ったから笑顔を見せてやる」という顔をした、と云う方が正しいかもしれない。笑う時はそうするものであると教えられてするかのように、信長は歯を見せ、唇《くちびる》の両端を吊り上げた。しかし眼は鷲のままだったし、表れた時と同様、一瞬にしてその表情は消え失せた。

そこへ近習の者が、盆に載せた、かなり大きめな黄金の塊《かたまり》を持って戻ってきた。

信長はそれを手づかみにした。饅頭《まんじゆう》でも与えるように、ほれ、と権兵衛の顔

の前に黄金を突きつけた。

「武者らしい顔をしとるがや。ええ武者になりそうだでこれをやる。以後、別心なく仕えよ」

権兵衛は気を呑《の》まれて、ちょっとぼうっとしてしまった。代わりに藤吉郎が大声で、

「羨《うらや》ましきことにござりまするっ。さぞかし権兵衛も、有難き仕合《しあわ》せと存じておりましょうっ」

と云いながら平伏して見せた。それでようやく権兵衛も、頭の前に両手を出して黄金を授かり、

「有難き仕合せっ」

と怒鳴ってそこへ平べったくなった。

ようやく顔を上げた時、そこにもう信長はいなかった。ただ藤吉郎が満面の笑みで、

「殿さまは、おんしのことをどえりゃあお気に召したがや」

と云って、ぽんと権兵衛の肩を叩いた。

権兵衛の手の中で、黄金はずっしりと重かった。

第二章

権兵衛奮戦

一

権兵衛は信長の指図《さしず》により、木下藤吉郎の寄騎《よりき》としてつけられた。

身分上は信長の家来だが、藤吉郎の下に入って働くものである。役目は間者《かんじゃ》の下働きで、藤吉郎から書状を預かって美濃国内の豪族たちに届け、時には返書を貰《もら》って藤吉郎のもとに届けるのが主な務めだった。

初め、家来の儀右衛門からは、

「若殿にそういう危ないまねが務まりまするかの」

と猜疑《さいぎ》に満ちた目で見られたが、実際にはそう度々《たびたび》行き来するわけでもなく、総じて大過なく役割を果たしていた。

それにしても驚くのは、権兵衛が役目を請《う》け負ってからも、藤吉郎自身が相変わらず大胆に美濃国内に潜入してくることだった。

そうして潜入してくると、藤吉郎は必ず、権兵衛を連れて垂井《たるい》の竹中半兵衛を訪れた。

半兵衛はあの、最初の藤吉郎の訪問のあと、一度は乗っ取った稲葉山《いなばやま》城を斎藤龍興に丸ごと返していた。そうして、煩《わずら》わしい俗事を避ける、とでもいうように、雲隠れした。近江の浅井《あざい》家に身を寄せたという噂《うわさ》もあった。

その後また、さりげなく菩提山《ぼだいやま》城に戻ってきたが、その後は稲葉山城に伺候《しこう》することもなく、隠棲《いんせい》の状態を保っていた。

権兵衛は知らなかったが、この頃半兵衛は織田家の為にしきりに働いていた。織田家の将来性を予見し、信長の軍門に降《くだ》ることこそが美濃の未来を拓《ひら》くものである、と密《ひそ》かに周囲を説得して廻っていたのである。

いつもくたびれたような馬に乗り、時には仙人のように牛に乗って、半兵衛はのどかに近隣の豪族を訪れた。世間話に紛らしつつ、丹念に種を撒《ま》くように半信半疑の豪族たちを説得した。

実のところ、家中の動向は西美濃三人衆の動きで決まると、皆が思っている。三人衆の一人である半兵衛の舅《しゅうと》・安藤守就は、実に鋭く計算の立つ男である。道三と義龍の対立の際、半兵衛は道三についたが、守就ら三人衆は義龍についた。その判断に倣《なら》った多くの中小豪族があとに続いたため、結果的に守就の判断が正しいことになった。

従って今回も、半兵衛の最も大きな役割は守就を説くことであるのは明らかであり、半兵衛もそれは否定しなかった。守就を説くことに努めつつ、しかしその一方でほかの豪族を説いて廻ることもやめないのだった。

主家からの離反を説いて廻るのだから、知られれば一も二もなく謀叛《むほん》の罪である。多くの者に会えば、それだけ危険も広がる。それでもなお半兵衛の密かな行脚《あんぎゃ》は続いた。

「地盤は固いに越したことはないので」

と庭の花枝《はなえだ》をひともとひねくりながら、半兵衛は微笑していた。

たとえ数にも入らぬような豪族であっても、付和雷同《ふわらいどう》でなだれ込んでくるのでなく、錯覚でもよいから自らの選択で離反したという決断があれば、いずれはそれが生きてくる、と半兵衛は云う。

「半兵衛の手の打ちようは、きめが細かいで感心よ」

ええか、と藤吉郎は権兵衛の肩を叩《たた》いた。

「おんしもいずれ、名のある武者から立派な将となって、軍団も率いねばならん。領地も治めねばならんわさ。その時に、細かいばっかりではならんで。粗々《あらあら》と大きいとこも要《い》り用、それから、こんな」

と藤吉郎は、指先で何か摘《つま》む仕種《しぐさ》をして見せた。

「こんまいことにも意を用いねばならんとこもあるで」

権兵衛の凜々《りり》しい眉《まゆ》がきゅっと寄って、難しい顔になった。自分が領主となったさまなど、ちょっと思い浮かべることができない。それでも権兵衛は真面目《まじめ》に話を聞いていた。

藤吉郎には、自身の家来というものがほとんどいない。寄騎であっても、こうして再々側にいれば、丁寧《ていねい》に扱って目をかけてくれるのも、自然なことながら有難いことである。

権兵衛は、藤吉郎の側でそうした話を聞いているのが好きだった。

藤吉郎には、朝、目を開けてほんのりと白《しら》む東の空を見るような、何か今日一日をわくわくさせてくれる気配があった。未来の開ける匂いとでもいおうか。

うまい言葉には少しもまとめられなかったが、藤吉郎に自分の全てを賭けてもいいと権兵衛は思っていた。難しいことはちっとも分からないが、犬のように嗅覚《きゅうかく》が働いた。実際、藤吉郎がやってきたあの日に何とか食い下がったからこそ、いまの自分はある。

——あれでよかったんじゃ。わしの勘に間違いはない。

と権兵衛は信じていた。

権兵衛が信長に臣下《しんか》の礼をとったのは永禄七年（一五六四）のことであったが、その翌年まず、東美濃の佐藤紀伊守《きいのかみ》が内応の意思を示してきた。信長は非常に喜び、これを知った龍興方が堂洞《どうほら》に付け城を築いて対抗すると、自ら出兵して佐藤を援護し、堂洞城を陥《お》として引き上げた。

こうしてこの年、美濃の東南部が信長のものとなった。これがきっかけとなり、徐々に状況は変わり始めたが、それでもなお、斉藤龍興とその周囲とはしばらく持ち堪《こた》えた。

西美濃三人衆が遂に心を決め、人質を差し出すから受け取ってほしいと信長方に報《しら》せたのは、実に永禄十年（一五六七）八月のことである。信長は三十四歳であり、前年に父を亡くした権兵衛は十六歳になっていた。

旧記によれば、この時信長は、人質の受け取りを村井貞勝《むらいさだかつ》と島田秀満《しまだひでみつ》に命じたが、それがまだ戻らぬうちに発進し、稲葉山の南麓《なんろく》・瑞竜寺山《ずいりようじさん》に攻め上ったという。

城下に火を放つと、その日は風が強く、たちまちに燃え広がった。

信長は、少ない兵力で天才的な兵法を展開する、といったことには全く興味を持っていない。兵力も、物資も、いやというほど注《つ》ぎ込むのがその手法である。桶狭間《おけはざま》で今川義元《いまがわよしもと》を破った時には急襲ということもあって寡兵《かへい》だったが、そのほかの、事情が許す場合、およそ物惜《お》しみをしたことがなかった。

周囲を焼き払って城を孤立させると、信長は柵を延々と結わせた。その作業をする人足のうんざりするような多さは、稲葉山城の上から様子を見ていた龍興とその家臣たちの戦意をすっかり喪失させた。無論、人足に限らず、甲冑《かっちゅう》に身を固めた諸侍の数も、城側の何倍もの規模であった。

龍興らは降伏し、城を退去することになった。信長もまだ時代の常識に従っており、彼らを鏖殺《おうさつ》するつもりはなく、船を用意させ、城から追い落とすのみでよしとした。

戦《いく》さがそんな展開だったので、権兵衛は鎧《よろい》をつけてはいたものの、初陣《ういじん》と呼べるような経験はとうとうする機会がなかった。

ただ、城から退去する龍興の家臣の中に、自分と同年代の、背恰好《かっこう》も似たような逞《たくま》しい若武者がいて、そいつと目が合い、睨《にら》み合いになった。

もう少しで双方、殴り合うところだったが、相手が後ろにいた大人にせき立てられ、チッ、と舌打ちしながら船の方に歩み去ると同時に、権兵衛の傍《かたわ》らにいた

一柳市助《ひとつやなぎいちすけ》が、

「やめとけや」

ときつく肩を掴《つか》んで権兵衛を止めたので、それなりになった。

「落ち武者やで、見逃したれ」

――落ち武者、かぁ。

その言葉が意外な寂しさで胸に響いた。

稲葉山城の落城、斉藤龍興の退去は、仙石一族にとっては待望のことであるのだが、同じ美濃者同士で敵味方の明暗を分けたことがふとこの時、実感されたのだった。

しかし、それ以上しめっぽくなる権兵衛ではなく、

――そやから、こっちについとったらよかったんやて。

と思うことで締め括《くく》りをつけた。

二

信長は、稲葉山城下の井ノ口《いのくち》に「岐阜」という名を与えた。城の呼び名も岐阜

城となり、そこが新しい居城となった。

同時に彼は、「天下布武《ふぶ》」という朱印《しゆいん》を用い始めた。

それらを提言したのは、信長の少年時代からの教育係であった沢彦宗恩《たくげんそうおん》という禅僧である。沢彦はその事蹟をほとんど残さなかったが、むしろそのことにも窺《うかが》われるように、なかなかの人物であったらしい。

漢籍の教養は、人の行動に原理を与え、大義名分を生み出す。名前をつけなければ不確かでもやもやしているにすぎないものが、「義」「志」「天下」などと名づけを得ることによって、明確な輪郭を持つようになる。

後世の人間はこの時代、武将の誰もが「天下」を念頭に行動していたと錯覚する。しかし実際には、隣国との抗争――領地の取り合いが基本であり、大どころの大名たち数人が、いずれ自分が幕府再興に助力して政権の安定に努めることになるかもしれない、という思惑を持っていたくらいのところである。

その中で信長の「天下」意識は、同時代の誰よりもその輪郭がはっきりしていた。それには無論、その前年既に、流浪《るろう》する足利義昭《あしかがよしあき》（当時義秋《よしあき》）から窮状を訴えられ、これを奉戴《ほうたい》して上洛《じようらく》すると約束していた、という事情もある。

しかしそれを別にしても、信長の茶色みを帯びた透《す》き通るような眼には、天下というもののあるべき像が誰よりもはっきりと映っているようであった。

「天下に武を布《し》く、というのはつまり、日本中全てを討ち平らげて殿さまのもんにしてまういうことと思えばいいんかの」

岐阜城の一室で、首をひねりながら権兵衛は半兵衛に訊《き》いた。

「それがどのようなものか、我ら如《ごと》きにその全容を見ることは叶《かな》いませぬが」

半兵衛は虫食いだらけの汚い書籍の文面から目を上げて、率直極まる権兵衛の問いに答えた。

「簡単に申せば、『天下とは、理をもって成り立つ公《おおやけ》の器《うつわ》である』ということであり、殿さまは、武力を用いてそれを六十余州の隅々にまで分からせるおつもりと存じまするな」

訊かなければよかったと思うくらい難解な半兵衛の答えだったが、ここで諦《あきら》めてはならじと権兵衛は、

「『理』とは何ぞや!」

自分だって少しは恰好をつけることもできるわい、と思いながら怒鳴ってみた。

「この世の全ての仕組みが、一糸《いっし》乱れず整然と動いていくための道理、とでも申

しましょうか」

全く、少しは考える間をとったらどうだ、と思うくらい易々《やすやす》と半兵衛は答えを返した。

「その道理はどこに書きつけてあるんじゃ」

権兵衛が云うと、目を伏せた半兵衛の口もとに、涼風のように微笑がよぎった。

「それは、殿さまご自身が『理』そのものと、殿さまはお考えですな」

「ほぉ」

ちょっと待って下され、少し考える、と権兵衛は掌《てのひら》を半兵衛に向けた。にこにこしたまま半兵衛は、額《ひたい》に一生懸命皺《しわ》を寄せた権兵衛の血色のよい顔を見守った。

「だからそれはつまり、やっぱり日本中殿さまのもんにするんでええのやろ」

しばらくして出た権兵衛の結論を聞いて、半兵衛の顔に、軽く迷いが浮かんだ。

信長に会い、その言動にじかに接するようになって以来、半兵衛はさまざまな局面で信長という人物に驚かされている。中で最も感嘆するのが、信長は一方からしかものを見ない、ということであった。

この世には正《せい》と邪《じゃ》しかなく、正とはすなわち信長自身であり、それを受け入れるものは味方であり、それ以外は敵である。

そのことは、藤吉郎と話していた時、既にある程度感じ取ってはいたが、実際に信長に会ってみると、その徹底ぶりは想像以上だった。

しかしまた、信長にとって正しかるべき『理』とは自分そのものである、というそのあり方は、世のありきたりな暴君のそれとは大いに趣《おもむき》を異にしていた。近習《きんじゅう》どもと踊り狂ったり、相撲《すもう》や狩りにうち興《きょう》ずる時を除けば、信長は極めて厳格な人間であり、「大欲は無欲に似たり」とはまさに信長のことを指しているように半兵衛には思えた。信長には、天下にあまねく『理』を行き渡らせる強い意志があり、全てが自身の足元にひれ伏せば、それを快《よ》しとするであろう。その結果もたらされる富と栄華とをあえて拒否もしないだろうが、しかし、信長の打って出るその原動力は、俗っぽい私利私欲とは出どころが違う、と思えた。

それをいま、なるべく分かり易く嚙《か》み砕いて権兵衛に話すべきか、そんな厄介《やっかい》なことはせぬ方がいいか、そこに半兵衛は迷ったのだった。

権兵衛を馬鹿にするつもりではなく、信長のすること自体が、よそから見ればまさに権兵衛の云ったとおり「武力による諸国平定」にしか見えないだろう。いや、よそからではなく、その渦中にいる者にもそう見えるだろう。つまりは権兵衛の云ったとおりだ、ということになる。

迷いから返事までに、瞬《また》きほどの時間を要しただけだった。半兵衛はうなずいて、

「まあ、そういうことです」

と穏やかに云った。

「でも天下を治めるものは、公方《くぼう》さまよな」

「確かに」

「ほんなら殿さまは、公方さまのお手伝いをなさるわけかの」

半兵衛は黙っていた。

足利義昭を奉戴して上洛を遂《と》げ、将軍位につけたなら、信長は義昭に対し、天下に秩序をもたらす一つの仕組みとして機能することを望むであろう。

義昭が自分を頼ってくる以上、当然、信長の思う「理」に従うべきであり、それに反しながら協力だけは取りつけるなどということは、信長の中に想像のかけらすらない。同時に、将軍をその位におく以上、それは公の存在であって、自分

個人の手先として操る、傀儡《かいらい》にする、とは信長は考えていない筈《はず》だった。それをやれば、三好《みよし》・松永《まつなが》の徒と何ら変わりがなくなる。

自分の見通しが当たるかどうか、半兵衛はある種うずくような期待を持って信長を眺《なが》めていた。

藤吉郎とは、既にそうしたことについて幾度となく会話を交わしている。常に信長の全面的支持者である藤吉郎だが、実は誰よりも冷静に信長を見ている、と半兵衛は思う。しかしそれを、藤吉郎は誰にも……半兵衛にも覚《さと》らせまいとした。

剽《ひょう》げた笑顔で韜晦《とうかい》しながら、藤吉郎は信長のすることを克明に見てとり、脳《のう》裡《り》に刻《きざ》みつけ、咀嚼《そしゃく》していた。

「持って廻ったことはお嫌いな殿さまやで、いっそ殿さまが公方さまにおなりあそばしたらええんじゃ」

いきなり、大胆なことを権兵衛は口にした。それでいて、次の瞬間には、

「この部屋、風通しがようないなあ」

とまるきり別のことを呟《つぶや》いていた。

するとそこに、同じ美濃出身の伊藤掃部助《いとうかもんのすけ》が顔を覗《のぞ》かせた。掃部助の頬《ほお》は赤く

腫《は》れ上がっていた。

「どうしたんじゃ、その顔」

「尾藤《びとう》にやられた」

なにっ、と吠《ほ》えて権兵衛は立ち上がった。

尾藤甚右衛門《じんえもん》は藤吉郎の直臣《じきしん》で、尾張出身であった。藤吉郎の麾下《きか》で、権兵衛ら美濃出身の一群と、甚右衛門や神子田半左衛門《みこだはんざえもん》ら尾張出身の直臣とは初めから仲がよくなく、始終小突《こづ》きあっていた。

「なめたまねをしくさって！」

と権兵衛が腕まくりをして出ていこうとすると、半兵衛が軽くこほんと咳《せき》をした。そうして、

「甚右衛門なら、蛇《へび》ですよ」

と薄く笑みながら云った。

「何？」

「甚右衛門は蛇が大の苦手です。ほんのみみずくらいの奴でも、鼻先に突き出せば震《ふる》え上がって降参しますよ」

呆《あき》れ返って権兵衛は、涼しい顔の半兵衛をじろりと見た。

「そこもとは、つまらんことまでよう知ってなさるの」

「つまらなくはありません。敵を知るのは戦術の要諦《ようてい》第一にて」

「そうか、分かった。ほんなら掃部、まず蛇を捕《つか》まえに行こまい」

ばたばたと権兵衛は出ていってしまった。

半兵衛は澄ました顔で書籍を読み進めながら、

——公方さまになる、か……。

信長に関する権兵衛の大胆な発言を思い返し、案外、的外《まとはず》れではないかもしれない、と考えていた。

その年、信長は通り道になる近江の浅井長政《ながまさ》に妹・お市《いち》を娶《めあわ》せて、とりあえず道を平坦にした。ついで、北伊勢《いせ》をその支配下に置き、上洛の準備を着々と整えた。

そうして遂《つい》に、足利義昭を岐阜西郊の立政寺《りゅうしょうじ》に迎え入れた。

永禄十一年（一五六八）七月二十五日のことであった。

織田家中の者たちにとって、義昭を迎えてからの一、二年は、多忙を極めるものであった。

三

信長は永禄十一年九月早々、四万とも六万ともいわれる軍勢を率いて出陣し、あっという間に近江を押し通り、義昭を将軍位につけた。その翌年は専《もっぱ》ら伊勢の平定に意を注《そそ》ぎ、明けて永禄十三年（元亀《げんき》元年、一五七〇）、京畿《けいき》近隣二十一ヶ国の大名に「禁中《きんちゅう》御修理、武家御用、そのほか天下いよいよ静謐《せいひつ》のため」上洛することを求めた。「武家御用」というのが、「足利幕府のための働きをせよ」ということである。

これを拒否した者は、「天下の敵」として討伐に値する、という図式を信長はきっちりと作り上げた。この後、秀吉や石田《いしだ》三成《みつなり》に引き継がれる図式である。

その一方で、信長は副将軍位への就任を拒否していた。義昭に求められたのをまず断り、正親町《おおぎまち》天皇からの要請にも返答をせずに勅使を帰していた。

副将軍になれば、義昭の下位につくことになる。義昭を位につけてやり、天下に理をあまねく行き渡らせる存在である自分が、義昭の下位につくのは話がおかしい、と信長の頭の中ではすっきり整理されている。将軍位とはいわば座席であり、そこに座った者は誰であれ、天下を統治すべきである。信長の席は、その並びのどこにもない。

信長自身にも、自分の席がどこにあるのか分からなかった。同じ座敷にないことは確かだったが、上の階にあるか、天守閣にあるか、それとも雲の上にあるか、いまのところそれはどうでもよかった。

信長は十年かかってやっと、隣の国を一つ従えたのである。これから残りの六十余州を全て従えねばならない。それが終わる頃には、信長の座がはっきりと見えてくるだろう。

同年四月二十日、信長は、呼びかけに逆らい上洛を拒否した越前の朝倉義景《あさくらよしかげ》を討伐すべく、京を発《た》った。

軍勢のうちに、無論藤吉郎も加わっている。その手勢中に、力士頭《りきしとう》（藁帽子《わらぼうし》とも）形の兜《かぶと》に羊歯《しだ》の脇立てをつけ、信長から賜《たまわ》った永楽銭紋《えいらくせんもん》の旗を翻《ひるがえ》している仙石権兵衛の姿もあった。

仙石家は土岐氏の流れを汲《く》むため、もとは桔梗《ききょう》紋だった。信長が変えろと云

うので、とりあえず、

「はぁ……」

と不得要領《ふとくようりよう》な返事をしたら、脇にいた藤吉郎が小声で、賜れ！　賜れ！　と囁《ささや》いたのでやっと気づいて、

「何とぞ、我にふさわしき紋どころを下されたまえ」

と平伏して銭の紋を頂戴《ちようだい》したのである。

権兵衛には、桔梗紋への執着《しゆうちやく》はなかった。変えろと云うなら変えるまでで、

「どうせ末流なんやから、誇るほどのもんでもありゃせん」

それより殿さまから頂戴した方がよっぽど名誉や、と威張っていた。

それだけに、義昭と共に越前からやってきた幕臣・明智光秀《あけちみつひで》が土岐氏流をひけらかすかのように、水色桔梗という色つきの紋を用いているのを見ると、

——あんなにも血筋を誇りに思うもんかの……。

と何だか意外な感じがした。

桔梗紋は優雅だが、権兵衛には銭紋の方が、何となく、新しくて元気いっぱいの感じがして好ましく思えた。

その、いかにも現世的な旗をひらめかせながら、権兵衛はとっとっと軽やかに

馬を歩ませた。

誰の目にもその意気込みが顕《あら》わだった。

従軍は、これが初めてではない。

二年前の九月、義昭を押し立てて上洛する際の近江・箕作《みつくり》城戦にも、その翌年八月の伊勢・阿坂《あざか》城攻めにも藤吉郎は出陣し、その組下《くみした》として権兵衛も参戦していた。阿坂城攻めでは藤吉郎自身が先頭に立って奮戦し、矢疵《やきず》を受けている。が、権兵衛に目立った戦功はなかった。

別段、大きな失敗はない。尋常《じんじょう》に戦さ場に赴《おもむ》き、ごく当たり前に馬を走らせ、槍《やり》を振るった。首も、一つ二つ取ってはいた。が、いまのところ当たる相手に恵まれず、誰もが知る名のある武者になかなか巡《めぐ》り合わなかった。

権兵衛が内心焦《あせ》っていたのは、この辺で一つ名を挙げないと、臆病者のそしりを受けるのではないか、という危惧《きぐ》のせいである。

戦さ場は混乱しているから、命惜しさに要領よくあちこち馬を馳《は》せながらたち廻っていれば、終わりまで無疵でいることもできなくはない。

権兵衛がそうでないことは、大声をあげて突進する姿を何度も見せているから、信長にも藤吉郎にも分かっていると思う。しかし結果として無疵で、功名もたてないとなると、尾藤ら口の悪い尾張者どもからまた、何を云われるか分かったものではなかった。

信長は三万の軍勢を率いて琵琶湖西岸を北に向かい、二十五日には敦賀《つるが》に入った。

敦賀から朝倉義景の蟠居《ばんきよ》する越前・一乗谷《いちじようだに》に進むには、敦賀湾際まで天筒山《てづつやま》の迫った、指一本で閉ざせそうなほど細い隘路《あいろ》を抜けていかねばならない。

天筒山城と金ケ崎《かながさき》城が、この隘路を守っている。

百七十メートルほどの天筒山の稜線《りようせん》に築かれた城は、市街地に向いた西側の防御を厚くし、眼下の街道を厳しく見張っていた。信長は前田利家《まえだとしいえ》らに命じて東側の防備の薄い沼沢地《しようたくち》に向かわせ、突破口を開いて、半日でこの城を陥とした。

ついで信長は、全軍を金ヶ崎城に向けた。

源平の時代に初めて築かれたという金ヶ崎城は、天筒山から北西に延びた小山の突端、その先は海、という位置にある。

前日の天筒山城に対する信長の苛烈《かれつ》な攻めが、金ヶ崎城の兵たちの意気を沮喪《そそう》させていた。加えて織田勢は常の如く、山野を埋め尽くさんばかりの大軍であった。

信長は藤吉郎に命じて、城の周囲あちこちに放火させており、黒煙は渦を巻いて城の中まで流れ込んできた。

城将・朝倉景恒《かげつね》は、前日、天筒山城の救援に向かったが、果たせずに帰城していた。金ヶ崎城に籠《こも》っても、一乗谷から救援の来ることは望み薄と思えた。それが来るなら、天筒山の攻められた時に来てくれねばならなかった。

四月二十六日夜半、景恒は降伏し、開城した。

四

信長は直《ただ》ちに一乗谷に向けて攻め入る態勢を整えた。

両城を陥とす戦いでは、藤吉郎の受け持ったのが専ら市街地への放火であったこともあり、またも権兵衛に功名の機会はなかった。雑兵《ぞうひょう》を指揮して要所に火を放たせる作業は巧みで、藤吉郎から手際のよさを褒《ほ》められたが、嬉しくもなかった。

気持ちを切り替えて、一乗谷を目指そうと自身を鼓舞《こぶ》したが、まもなく朋輩《ほうばい》から、

「殿（藤吉郎）と明智さまと、池田《いけだ》（勝正《かつまさ》）さまが金ヶ崎の押さえに残るとよ」

と聞かされた。聞いた途端に権兵衛の顔色は情けなく曇った。話していた相手が思わず、

「そんなにがっかりせんでも、また次の功名の機会はあるて」

と慰《なぐさ》めごとを云ったくらいだった。

こうなると、権兵衛の求める答えを持っているのは竹中半兵衛しかいない。馬に乗せたら突いて落とされそうな半兵衛だが、目の前の見通しを語らせたら右に出る者はいなかった。近頃は藤吉郎もいちいち半兵衛の考えを問うてみるほどで、半兵衛は大抵、藤吉郎の側に控えている。権兵衛如きの面倒をみる閑《ひま》はなさそうだったが、なぜか半兵衛は権兵衛をうるさがることがなかった。

さりげなく様子を見ながら、半兵衛が手すきになるのを見すまし、近づいて口を開きかけた途端、

「もうじき、好機が来まするよ」

と半兵衛は明るく云った。

その言葉を聞いた途端、権兵衛の胸中にぐっとこみ上げてくるものがあった。我ながら、めそめそした気性ではないつもりだったから、この反応は自分でも意

外だった。慌《あわ》てて、半べその顔を引き締めながら、

「わし、何とか一生懸命、やっとるつもりなんやけど」

と蚊《か》の鳴くような声で云った。

「権兵衛どのは、一生懸命になりすぎにござりまするよ」

顔色の悪い頰に笑みを浮かべて半兵衛は云った。

「戦場に出たら、前のめりに突っ込まずにまず全体を見廻しなされ。但し、頭《かしら》を高く上げすぎると鉄砲に狙《ねら》われまするゆえ、そこは気をつけて」

「見、廻すのか」

「左様。大物は大概、余裕を持って戦さ場に臨むものにて、先頭きって突っかけてはこぬものにござる」

半兵衛はいつも、藤吉郎の傍らにあって権兵衛の戦さぶりを眺めていた。ひと言でいって、空廻《から》りそのものだった。

強者《つわもの》と呼ばれるほどの武者は、逸《はや》りに逸って闇雲《やみくも》に突っ込んでくる若武者を避けることが多い。未熟者を討ち取っても名誉にならぬうえ、その相手に思わぬ不覚を取りでもすれば、即座に人の口端《くちは》に上る恥になってしまうからである。避けることで、初陣の少年などを討ち取らぬという暗黙の了解もあった。面と向かっ

て向き合い、刃《やいば》を交わせば、もう手を抜くことはできないので、最初から相手にしない。

「とりあえず、古参の武者も思わずむっとするような悪口《あっこう》を考えなされ」

挑発されれば、強者もこちらを相手にせざるを得ない。そうしないと今度は、臆病卑怯《ひきょう》の噂を流されても文句はいえないからである。

「わ、分かった。やってみる！」

権兵衛が真剣な顔でうなずいたところへ、

「大変なことになった」

と一柳市助が大股に歩み寄ってきた。

「半兵衛どの、殿が呼んでおわすで。浅井が裏切りよったと」

どういう頭の構造になっているのか、のどかな表情を変えもせずにふわりと半兵衛が立ち去ったあとに、権兵衛は何となく解《げ》せない顔をして市助に向かい、

「浅井とは、近江の浅井かや」

と呑気《のんき》すぎる質問をした。

そもそも今回の遠征は、北近江の浅井長政が裏切らぬ、という目算のもとに成

り立っていた。それが崩れたと知った途端、信長は全てを放棄して逃げ戻ることを選んだ。

木下藤吉郎が男を見せたのはこの時だった。

「殿軍《しんがり》は何とぞ、この藤吉郎めにお申しつけ下されたく！」

誰もが息を呑むような大声で叫びつつ、信長の鐙《あぶみ》にしがみつかんばかりにした。

普通に考えて、金ケ崎城の押さえとして藤吉郎は、光秀、勝正と共に置かれたのだから、黙っていてもその役目は廻ってきたかもしれない。しかしここで大声をあげたことによって、最も困難とされる退却戦の殿軍を自ら買って出た、という輝かしい事実が残った。

信長の顔に例の、一瞬の陽炎《かげろう》のような笑みがよぎり、

「殊勝《しゅしょう》なる申し出、許す！」

という返事と共に信長は馬腹《ばふく》を蹴った。

ぼうっとした顔で権兵衛は経緯《けいい》を見ていた。ことの展開が急すぎて整理がつかず、つかない時は無理に考えるには及ばないと思っているので、いきおい、ぼうっと立っていることになった。

信長の逃げ足の迅《はや》さは、いっそ、爽快といってもいいほどのものだった。見る間にその影は小さくなってゆき、前田利家ら馬廻りの者らがあとを追って駆けていった。

藤吉郎は金ヶ崎城の門前に立って、ひっきりなしに行き過ぎる軍馬を見送った。

残念なことに、昨日の段階で幾つかの門はかなり破壊され、堀も所々埋められていた。信長はこの城を取り壊すつもりでいたからである。

その応急的な修理は既に開始されていた。

門前に佇《たたず》む藤吉郎のことを、いつもは猿と呼んで蔑《さげす》む将士たちも、さすがに目礼くらいはして通った。

やがて、ひときわ堅実そうな、地味な集団がざっざっと音をたてて近づいてきた。派手好みの多い尾張衆と並べると、彼らの軍装はいかにも土臭い感じがする。

権兵衛は、翻る白旗を見上げた。「厭離穢土《おんりえど》 欣求浄土《ごんぐじょうど》」と一向宗《いっこうしゅう》の言葉が書かれていた。

——三河《みかわ》さま（徳川家康《とくがわいえやす》）か……。

ざっ、と音をたてて三河勢が止まった。

驚く権兵衛の目の前で、家康がさっと下馬し、藤吉郎に近づいてきた。

家康は、乗馬や剣術を好む典型的な武闘派であり、後にはいささか肉がついてしまうが、この頃はまだほっそりとしていた。身のこなしが素早く、いかにも俊敏そうだった。

家康は大股に歩み寄ってくるなり、

「我らもお加え下されたく」

と恭《うやうや》しく大声で云った。同盟軍の将に対してことさら丁重《ていちょう》な物言いだった。

藤吉郎は満面の笑みでこれを迎え、有難う存ずる、と家康に倍する声で礼を述べた。

権兵衛が指名されて、家康一行を奥に案内した。家康の家来たちは皆、一様に張りつめた険しい顔をしていて、味方にも決して油断すまいと思っているように見えた。

五

夜になった。

城内には、藤吉郎の手勢と家康の勢のほかに、摂津《せっつ》の池田勝正と、幕府奉公《ほうこう》衆《しゅう》の面々を引き連れた明智光秀がいて、総勢はざっと三千ほどであった。摂津の池田は裕福で知られ、今回の戦さにも多くの鉄砲を持参していた。弾薬もかなり豊富にあった。

勝正は摂津守護に任じられており、いわば一目《いちもく》置かれた存在である。

藤吉郎は当面の指揮を勝正に委《ゆだ》ねた。

勝正は自身の兵だけでなく、残された織田軍の主力をも率いて、なるべく早く金ヶ崎から逃れる方針を立てた。深夜に兵を脱出させる手筈を調《ととの》え、それまでの間、少しでも休息をとるよう全軍に云い渡した。

しかし、権兵衛に休む閑はなかった。

周囲の様子を見る偵察に、また藤吉郎から名指しされたためである。

兵をある程度率いて出る威力偵察の物見《ものみ》でなく、土民の如く姿を変えて、味方も知らぬうちに城から抜け出る小物見がその任務だった。

数人の家来を連れて権兵衛は金ヶ崎城を出た。

あたりはまだ、放火の余燼《よじん》が燻《いぶ》り臭く、あちこちに瓦礫《がれき》の山があって足場が悪かった。それでも権兵衛にとって、これは慣れた種類の役目であり、ほかの時よりむしろ落ち着いていた。

藤吉郎以下籠城《ろうじょう》勢の知りたいのは、朝倉の追撃がどれほど早く来るかである。実際の退却戦では、追撃よりもむしろ、途中途中で地元の一揆《いっき》に遭遇することが危険である。従って追撃の有無にかかわらず、退却していくのは難事に違いないが、当然ながら、追撃されれば帰還の可能性はぐっと低くなる。

権兵衛は闇の中の街道沿いを、できる限りの速さで走った。そうしながら、敵の先遣《せんけん》隊の灯火が見えぬかと、樹々の間を透かし見た。誰も口はきかなかった。

朝倉勢はまだ来ないだろう、と権兵衛は思っていた。天筒山城の時も、金ケ崎城の時も、結局、朝倉本軍は間に合うようには現れなかった。どうやらその動きはおそろしいほど鈍いようであった。

出がけに半兵衛も、

「朝倉勢は、多分、もう四、五日は来ぬでしょう」

と云っていた。しかし、いかに知恵者の半兵衛がそう云ったからといって、それを理由に物見を適当にしていいというわけにはいかない。

かなり遠くまで足を伸ばしてみたが、やはり朝倉勢の来る様子はなかった。

何の鳥か闇の中で、きょきょきょ、きょきょきょ、としきりに鳴くのが聞こえた。

「伏せ勢があれば鳥は鳴かぬもの」

と家来の与次郎《よじろう》が囁き声で云い、権兵衛はうなずいた。あまり帰りが遅くなると、役に立たない。明るくなる前に勝正は金ヶ崎を発ちたいだろうし、それに間に合うように帰らねば意味がない、と思った。

「よし、ここらで戻ろう」

と与次郎に向かって囁き返した瞬間。

権兵衛の頭をかすめて矢が飛んできた。無論その瞬間にはそうと分からず、ただ、ひゅん、という音を聞き、無意識に首をすくめたと同時に、目の前の木の幹に矢が立っていたのである。

──くそっ。土民らじゃ。

調子に乗って敵国内をふらふら先に進みすぎた。天筒山と金ヶ崎を陥としたからといって、直ちに敦賀国内が織田家に服属したわけでも何でもない。

戻れっ、と声をかけ、ひとまとまりになって走ろうとした時、刀や槍を振りかざした男どもが、雄叫《おたけ》びをあげながら迫ってきた。

次の時代の百姓とは違う。彼らの得物《えもの》は鋤鍬《すきくわ》ではなく、れっきとした刀槍《とうそう》である。戦さになれば駆り集められて雑兵となることもあるので、刃の扱いは手馴れたものである。

権兵衛は、背に負っていた刀を抜いた。真っ向、飛び込んできた相手を、白刃《はくじん》で撲《はた》きつけた。横合いから突き出された槍を撥《は》ねのけ、走った。歯を剝《む》く野獣のように迫ってくる相手に向かって、遮二無二《しゃにむに》刀を振り廻した。

手応《てごた》えがあった。

生温かいものが顔に飛び、

——返り血！

と思ったが頭はまずまず冷静だった。

「まとまれ、ばらけたらあかん！」

えかっ、と声を振り絞り、後ろを振り返った。

少し離れた後方で、聞き覚えのある声が、わーっと叫んだ。

権兵衛は駆け戻った。

与次郎が囲まれていた。

権兵衛は敵の一人の背を後ろから刺した。これは正々堂々の闘いではない。

そいつが身をよじって倒れかかる、その手から槍を奪い取るや、相手を蹴倒した。

槍は柄《え》を詰めて相当短くしてあったが、こんな乱闘の時には刀より強い味方になる。

権兵衛は絶叫しながら、槍を振り廻した。

上背のあるその体軀《たいく》で槍を遣《つか》うと、さすがの土民たちも怯《ひる》みを見せた。

その隙《すき》に権兵衛は、転がって太腿《ふともも》を押さえていた与次郎を抱え起こした。

先に行きかけた家来たちも戻ってきて、喚《わめ》きながら立ち向かった。

思った以上の激しい抵抗に、男たちは判断を変えたか、権兵衛の突き上げた槍に一人が深々と貫かれてそこに倒れ伏すと同時に、さっといなくなった。

月末なので月はない。星明りの下に転がって絶命している骸《むくろ》がなければ、一瞬の悪夢かとも思われるほど鮮やかに、彼らは退《ひ》いていった。

権兵衛は与次郎の太腿に押し当てられた手を無理やり引き剝《は》がし、疵を探った。骨に達するような深疵《ふかで》ならば歩かせられない。慎重に手探りすると、疵に指が入り込むようなことはなく、骨にも異常はなさそうだった。

「かすり疵やで、大事ない」

権兵衛は云いきり、家来のうちで足の速い吾介《ごすけ》に、

「先へ行って殿に、朝倉勢は来とらんと伝えや」

と命じた。自分は与次郎を助けて歩くつもりだった。

「我らで与次郎は連れてゆきますゆえ、どうぞお先に」

と家来の一人が云ったが、権兵衛は首を振った。

「この中ではわしが一番強い。伝令は足の速いもんが行ったらええ。血の臭《にお》いを嗅ぎつけてまた別の奴らが出るかもしれんで、吾介、はよ行け！」

はっ、と応えて吾介が走り出そうとした。

「わしもすぐ来る、云えよ。えかっ」

畏《かしこ》まって候《そうろう》、と云い捨てに、吾介は暗い山道を一散《いっさん》に駆けていった。

権兵衛は与次郎を抱えて立たせ、片腕を自分の首に廻させると、歩き始めた。

四月二十八日に金ヶ崎を発った信長は、三十日の真夜中、京に戻りついた。

一方、金ヶ崎の藤吉郎と家康は、池田勝正と明智光秀を送り出したあと、二十九日の夜にはこれも金ヶ崎を出た。

依然として朝倉の追撃はなかったが、早くも異変を嗅ぎつけた若狭《わかさ》、近江の一

撲勢が、彼らの退路を妨《さまた》げた。

権兵衛は、中段に位置したほかの美濃衆とは離れ、半兵衛と共に藤吉郎のすぐ脇にいた。この二人のほかに藤吉郎を取り巻く者は、尾藤ら尾張衆であったが、権兵衛も半兵衛もそんなことは知らぬ顔で通していた。半兵衛は藤吉郎の頭脳であり、権兵衛は藤吉郎の手足となって働くのだ。

木下勢の最後尾、殿軍の殿軍は蜂須賀小六《はちすかころく》（正勝《まさかつ》）であった。

先に立った家康勢は幾度となく一揆勢に襲われた。彼らの撃つ鉄砲の音が、後ろをゆく木下勢にもはっきりと聞こえてきた。

権兵衛は何度も藤吉郎から、

「前の様子を見てきや」

と云われ、その度に馬を飛ばして先に行った。林の中や藪蔭《やぶかげ》から様子を窺い、時には、もう人のいなくなった路上に散らばる死体を見て戻り、

「土民四人ばかり、弾に当たって絶命しておりましたが、斬られたり突かれたりした者はありませなんだゆえ、撃ち合いのみにて一揆勢は退いたものと思われまする」

と、要領よく述べることもできるようになった。

不思議なもので、あの天筒山の山道で土民に襲われ、それを撥ねのけて帰還して以来、権兵衛は自分でも驚くほど気の持ちようが変わった。憑《つ》きものが落ちたとでも云いたいくらい、腹の中に確固とした落ち着きが生まれて、じたばたしなくなった。

藤吉郎は何も云わなかったが、そんな権兵衛をちゃんと見ていた。

一行は、幾度か一揆と闘わねばならなかったものの、とにかく朝倉勢の追撃を免《まぬが》れたため、無事、退却しおおせた。

一説にはこの時、朝倉景鏡《かげあきら》を総大将とする二万三千の軍勢が北近江に向けて進発したのは、実に五月十一日のことであったという。

京から岐阜に戻った信長は、時を惜しんで対浅井戦の準備を調《ととの》えた。

六

浅井方としても、覚悟のうえの裏切りである。

長政は、当然攻め込んでくるであろう織田勢を食い止めるべく、長比《たけくらべ》、苅安《かりやす》尾《お》の二箇所に砦を築いた。

関ヶ原の東の口を扼《やく》するのが半兵衛の菩提山城ならば、まさに西の口にあたる、近江・美濃の国境ぎりぎり、中山道の北側に置かれたのが長比砦であった。

一方、苅安尾の砦は、長比の北方四キロばかり、伊吹山《いぶきやま》の南尾根上に築かれていた。長比砦は中山道を見据え、苅安尾砦は、中山道と北国《ほっこく》街道を繋《つな》ぐ北国脇往還を見下ろしている。

ここに入った浅井方の堀秀村《ほりひでむら》、樋口直房《ひぐちなおふさ》は、しきりと美濃に侵入し、垂井、赤《あか》坂《さか》あたりに放火を繰り返した。

竹中半兵衛の出番だった。

樋口直房は堀家の老臣で、秀村がまだ幼年であるため、実権は直房が握っている。そうして、織田家にとって幸いなことに、この樋口直房は浅井長政とお市の婚儀をまとめるために奔走《ほんそう》した一人であり、半兵衛も初対面ではなかった。

――備前《びぜん》どの（長政）も、甘い……。

親《しん》織田派の直房を起用したのは判断が甘いと半兵衛は思った。無論、長政は堀からも樋口からも人質をとっているだろう。長政の果断さからして、裏切れば人質は処刑されるに違いないが、それでもなお、この戦さにおいて直房を長比に入れたのは正しくない、と半兵衛は思った。

無人の荒野を行くように、半兵衛は敵地をするすると長比砦に向かった。かねてからそのあたり、国境付近の豪族たちには小まめに声をかけており、皆、顔見知りだった。

半兵衛を迎え入れた時、直房の顔には諦めきった苦笑と、こうなった以上半兵衛を信頼するしかないのだ、という切実な表情とが同時に浮かんだ。

五月ひと月間を、織田・浅井双方とも戦さの準備に費やしたが、その間の半兵衛の暗躍により、六月十九日、信長が出陣した時、既に長比、苅安尾の二砦は落ちていた。というより、信長は、樋口直房の寝返り確定という報告を半兵衛から聞き、予定を繰り上げて出陣したのだった。

——半兵衛どのは凄《すご》いわ。首一つや二つで無《の》うて、砦二つまるまる陥としてしまいよる……。

誰にもできん芸当やな、と権兵衛は舌を巻いていた。

信長は国境を越えると、すぐ軍をとどめた。直房がどうぞと開いた長比砦に入り、ここを長政の居城・小谷《おだに》城攻めの基地とした。

二十一日、信長の軍勢は小谷城下に火を放って挑発した。

信長は姉川《あねがわ》を渡り、陣を、小谷城目前の虎御前山《とらごぜやま》まで進めた。しかし、いくら挑発しても浅井勢は城から出てこようとしなかった。

小谷城は五百メートル近い山並みの上に幾つかの郭《くるわ》を持つ、壮大な山城《やまじろ》である。陥とすことは容易でない。

軍議が開かれ、佐久間信盛《さくまのぶもり》が攻撃目標の切り替えを提言した。

とにかく、あまりに深く敵地に侵入しすぎている、というのが信盛の主張するところであった。一旦、川の向こう岸に戻り、浅井家老臣・大野木秀俊《おおのぎひでとし》の守る横山《よこやま》城を攻めて浅井勢を小谷からおびき出そう、というのがその作戦である。

間者から、既に朝倉勢が木之本《きのもと》あたりまで進軍してきている、という報告が届くに及び、多少の損害を覚悟で撤収が行なわれた。

織田勢は退《ひ》き、追撃されて前田利家が負傷するなどの損害を蒙《こうむ》りつつも川の渡り返しを完遂して、二十四日、横山城を囲んだ。

横山城からは援軍の要請が小谷に飛んだ。長政は朝倉先遣隊の朝倉景健《かげたけ》と合流して大依山《おおよりやま》に着陣した。

信長は陣を、横山城北西部、姉川南岸近くの竜ケ鼻《たつがはな》に置いた。

一旦、三河に帰国していた徳川家康も織田勢と合流した。

六月二十七日、浅井・朝倉連合軍は移動を開始し、姉川北岸の野村《のむら》に浅井勢が、三田村《みた》に朝倉勢が陣取った。

小谷城から長政を引きずり出すのが目的だったのだから、してやったりと思った筈だが、信長の顔は恐ろしいほど無表情だった。ただ双眸《そうぼう》だけが冷ややかな炎のように蒼《あお》く燃えて、浅井長政に対する激しい憎悪《ぞうお》を表していた。

姉川のこちら岸では、東側に織田軍が位置した。そのため、向き合った敵は、織田対浅井、徳川対朝倉、という形になっていた。

この時の諸勢の人数については幾つもの説があるが、浅井と徳川が五千前後、織田軍が二万を超え、朝倉勢は一万から一万数千であったと見られる。

当然ながら徳川勢の中に陣換えの声はあったが、家康は耳を傾けず、決戦に臨む時の癖《くせ》でしきりと爪を嚙みながら、

「戦さは数にあらず」

と吐き捨てるように云った。

家康はこの場で、三河勢の働きを天下に印象づけるつもりだった。浅井長政が裏切ったいま、天下にたった一人、徳川家康こそが、決して裏切らぬ信長の同盟者であらねばならない。そのためには無理な戦いでもせねばならなかった。所詮、他家の戦さの手伝いではないか、という様子がほんのかすかにでも見えれ

ば、信長は家康を許さないだろう。

家康は家来たちに、

「命を惜しむな」

とだけ云った。これで三河者たちは、後ろには退かなくなる。その頑固で一徹な気性が、三河者の輝かしい取柄《とりえ》だった。

二十八日午前六時頃、浅井勢が渡河《とか》を開始した。

七

竜ヶ鼻西北に、第一隊坂井《さかい》政尚《まさひさ》、第二隊池田恒興《つねおき》、第三隊木下藤吉郎……と信長は何段にもなる陣を敷いた。

永楽銭の旗を翻した権兵衛は、木下隊のほぼ最前面にいた。

権兵衛の若々しい顔は面頬《めんぼお》に覆われていた。防御ではなく、そうすることで、歳《とし》より若く見える顔を隠すつもりだった。

――今度こそ、大物首を獲《と》るんじゃ。

権兵衛は落ち着いていた。竹中半兵衛に云われたことを忘れていなかった。今日は突っ込むつもりはない。よく戦況を見定め、自分にふさわしい以上の相手を見つけるのだ。

じきに激しく鬨《とき》の声があがり、同時に銃声が轟《とどろ》いた。

──始まった！

かしゃん、という響きは弓矢の音である。

戦さの興奮と熱気が、第一隊の方から津波のように伝わってきて武者たちを包んだ。馬は何かを察したように蹄《ひづめ》を打ち鳴らし、激しくいなないた。

銃声がひとしきり続いたあと、いよいよ敵は渡河を開始したらしい。

前二隊があまりに奮戦してしまうと出番がなくなる、と思ったが、それどころではなかった。

決死の形相《ぎょうそう》も物凄く、浅井長政は自ら先頭をきって突っ込んでき、坂井隊、池田隊は、あっという間に撥ね飛ばされてしまった。

長政は自身の手で信長の首を掻《か》っ切るつもりだった。そうしなければ自分が生き延びることはできないと思っていた。

何が何だか分からないうちに、突然、権兵衛の目前はさっと開けていた。織田勢は追い散らされて左右に割れていた。

黒い波のように、敵の人馬がざざざっと迫ってきた。

権兵衛は馬腹を蹴った。目の前に迫りくる相手に、声をかける余裕などないまま、横殴りに槍を振るった。

届かなかった。

双方、そのまま行き交う形となった。

敵は壮年の逞しい武者であった。黒糸縅《くろいとおどし》の鎧に、大きな水牛の角の脇立てをつけた古風な兜を戴《いただ》いていた。

権兵衛は素早く馬の頭《こうべ》を巡らせ、手綱《たづな》を操って向きを変えた。相手も同じように向きを変えた。

権兵衛は事前に、大物の敵と相対した時の口上を密かに稽古していた。が、いざとなると、頭の中で考え、練習した言葉は、一つも口から出てこなかった。

権兵衛はただ、があっと大声で吼《ほ》え猛《たけ》り、ついでようやく、

「仙石権兵衛秀久！」

と名乗りをあげるや、馬から跳んで下りた。ところが相手は、

「うぬがような端武者《はむしゃ》に用はないわ」

と云い捨てるなり、馬腹を蹴って去ろうとした。

——何やと！

「逃げるか、卑怯もん！」

権兵衛は大胆にも、敵の馬の前に廻り込んで槍を構え、

「端武者の首を取ったらどうや」

眼を血走らせて怒鳴った。

「そうせんと、水牛の脇立ての黒糸縅の武者は臆病もん、卑怯もんやと云いふらしたるぞ！」

頭の中で準備していた罵《のの》り言葉より品はなかったが、効き目はあった。

相手はぴたりと動きを止めるや、鼻の脇から見下ろすように権高《けんだか》な眼をして権兵衛を吟味《ぎんみ》した。

「小僧、もう一度名乗ってみよ」

人に訊《き》くならまず名乗らんかい！　とむかついたが、そんなことより早く槍を合わせたかった。権兵衛はごくりと唾《つば》を呑《の》み込むや、息を一つ吸い、

「美濃国黒岩の生まれ、本巣の住人、仙石権兵衛秀久じゃわい！」

と見事に名乗りをあげた。

相手はゆったりと大きな黒馬から跳んで下りた。

向き合うと、敵は自分より一層、大柄で筋骨逞《きんこつ》しい、ほとんど仁王《におう》像のような男だと分かった。柄を朱《しゅ》に塗った皆朱《かい》の槍を、軽々と打ち振り、眼光鋭く権兵衛を睨みつけてきた。

「おんしは誰じゃ！」

睨みつけて喚くと、不敵な笑みが男の口もとをさっとよぎった。

「わしに勝ったら教えてやってもええわ」

と云い放つなり、男は

ぶん！

と槍を振るって権兵衛の足元を薙《な》いできた。

権兵衛は飛びすさった。しかし体勢を立て直すより前に、第二、第三の攻撃が膝《ひざ》から足元を狙って繰り出された。

避《よ》けた。また避けた。

転んだら終わりである。この男の名を聞くこともなく、どろんとした眼の生首になって持ち上げられるはめになる。

退《さ》がりながら、必死に敵の隙を狙った。

もう何度目かすら分からなかったが、またも膝元に刃が来た時、権兵衛は初めて、避けずに下から槍を合わせ、渾身《こんしん》の力で撥ね上げた。

おっ、と武者は立ち止まった。

瞬間、権兵衛は手元に引いた槍を敵の脇腹上部めがけて激しく突き出した。

敵の鎧の腕の刳《く》りが深く、僅《わず》かに生身の覗いているのが見えたからである。

後世の剣術などとは違い、戦国の武者は甲冑に覆われていない僅かな部分を狙って槍を繰り出す。下肢《かし》だろうが顔だろうが標的であり、急所を狙うのは当たり前のことである。

「小癪《こしやく》なことを」

武者は笑い、軽く身をひねって避けながら権兵衛の槍を払った。

そこへ、浅井勢に追い立てられた織田兵が、塊《かたまり》になって殺到してきた。

逃げ惑《まど》う彼らに何も見る余裕はなく、相対した二人の場になだれ込んできた。

権兵衛は周りを見廻した。

気づけば、見渡す限り浅井勢で満ちていた。何段にも備えをした織田方の軍団は、すっかり踏み破られ、散《ち》り散《ぢ》りになっていた。僅かに、奥の方にまとまった信長旗本の一群だけが、まだ形を保っていた。

目前の敵に注意を戻した時、権兵衛は相手が馬上に戻っているのを知った。

憤慨《ふんがい》する権兵衛に、武者は笑みを見せた。

「相手をしてやりたかったが、それどころではなさそうだ。織田上総介の首を獲り終えてまだ、おんしが生きていたら、また相手をしてやるわ」

わしは浅井長政家臣・山崎新平《やまざきしんぺい》じゃ、と云うなり、武者は馬腹を蹴って走り去ってしまった。

八

寡兵ながら浅井勢は、みな決死の面持《おもも》ちを浮かべ、ただ信長の首だけを目指すように突き進んできた。不甲斐《ふがい》なくも織田勢はそれに蹴散らされ、散々の体《てい》だった。数倍の相手に対し、勝敗すら分からぬほど浅井勢は奮戦していた。

そのまま陽《ひ》は高くなり、昼を過ぎてもなお、浅井勢の勢いは衰えなかった。

そうした全体の戦況を変えたのは、朝倉勢にあたった徳川軍であった。

家康の言葉を受けて、三河兵は一歩も退かずに朝倉勢に立ち向かった。

そのうえ家康は、煽《あお》るばかりでなく、戦況をよく見てもいた。朝倉勢が怯まず攻め寄せ、自らの備えが危ういと見るや、榊原康政《さかきばらやすまさ》、本多広孝《ほんだひろたか》らに命じて姉川を渡河させ、手薄になっていた朝倉軍右翼を襲撃させたのである。

不意を衝《つ》かれて朝倉勢が崩れた。しばらくすると、支えきれなくなった朝倉勢は、ばらばらとてんでに退却し始めた。

それが遂に、浅井勢の気力を尽き果てさせてしまった。

もう少しで信長の首を獲ることができたものを！　と歯軋《はぎし》りしつつ、長政は馬首を返した。

見渡す限りの河原に、骸は累々《るいるい》と折り重なっていた。

敵の退却に力を得た織田・徳川勢は、退いていく浅井・朝倉勢を追って川波に踏み込んでいった。

尾藤甚右衛門や、神子田半左衛門ら尾張衆も、やっと元気を取り戻して、わあっ、と声をあげながら駆けていくのが見えた。

しかし権兵衛は、馬を北方にではなく、川に沿って東西に走らせた。

山崎新平を探していた。

黒い仁王のような新平の様子は、眼に灼《や》きついている。あれこそ、自分の倒すべき敵だと思った。

おそらく、あれだけの武者だから、そう簡単に退きはすまい。

ほかの誰をも狙わず、権兵衛はただ探した。

やがて、思ったとおり悠然と、後ろの敵を叩き伏せ、群がる雑兵を草でも刈るように薙ぎ払いながら、姉川目指して馬を走らせてくる漆黒《しっこく》の武者が目に入った。

「やおれ、山崎！」

権兵衛は鐙を踏んで立ち上がるや、顔中を口にして絶叫した。

「勝負せよ！」

馬を駆った。

叫びは新平の耳にも届いた。新平は馬を止めて目を細めた。

新平の退路を断つといわんばかりに、川岸に沿って馬を走らせる権兵衛の姿を見つけると、新平の口から哄笑《こうしょう》が噴《ふ》き上がった。

「待っていたとは殊勝なこと」

新平は鮮やかに弧を描いて馬から飛び下りた。下りると同時に従者の捧《ささ》げる槍をひっ摑み、前回同様、姿勢を低めに権兵衛の足元を狙ってきた。

分かってはいても、繰り出される穂先の鋭さに権兵衛は浮き足立った。それでも頭のどこかで、

──これをしのぎきるんや！

わしの方が若い、と計算できていた。

さっき権兵衛を振り切ってからいままで、おそらく新平は休みなく闘い続けていただろう。それは権兵衛も同じだが、同じならば余力の残っているのは自分の筈である。

受けに受けながら、権兵衛は必死に相手の隙を狙った。そのうち次第に、相手の槍先が狙いよりも少し下がり始めたと感じた。

──ここや！

新平の手先がふと鈍った一瞬を衝いて、権兵衛は相手の内懐《うちぶところ》に飛び込んだ。同時に返した槍の石突《いしづき》で、思いきり新平の胴中《どうなか》を突いた。

若者の馬鹿力をもろに受けて、新平は吹っ飛んだ。何の疵も受けなかったが、踏みとどまることができずに、仰向《あおむ》けのまま浅い流れに倒れ込んだ。

権兵衛は槍を捨てて突進した。相手が起き上がるより早く、その上に乗らねばならない。新平に立ち上がられたら、死ぬのは権兵衛になる。

そこが乾いた地面の上でないことが、新平に災《わざわ》いした。川底の石に滑って、重い甲冑をまとった新平は素早く起き上がることができなかった。

必死にもがくところに、若い権兵衛の身体《からだ》が、どん！　と乗った。権兵衛はそのままぐいぐいと両手で新平の首を絞《し》めた。

新平の顔が歪《ゆが》んだ。

それから一瞬、諦めたように全ての動きが止まった。が、権兵衛が手の力を緩めた途端に、新平の身体は凄《すさ》まじく暴れ始めた。

何度も撥ね返されそうになりながら、とうとう権兵衛の右手は腰に帯びた脇差《わきざし》を摑んだ。新平の喉輪《のどわ》をむしり取り、抜き放った白刃を喉仏の下の窪《くぼ》みに突き立てた。

痙攣《けいれん》が、新平の全身を揺さぶった。

かっ、と見開かれた両眼に、もう権兵衛の姿は映っていなかった。歪んだ形に開いた口から、生命《いのち》が流れ出るように鮮血が湧《わ》き上がり、溢《あふ》れた。

——往生《おうじょう》めされよ。

ひと言、手向《たむ》けを心中に呟き、権兵衛は相手の首を搔き切った。

くたくたになりながら立ち上がり、

「美濃の住人、仙石権兵衛秀久が、浅井長政の家来に隠れもない山崎新平を討ち取ったり！」

と喚いたが、声はかすれ、震えていた。

額の汗を指先で拭《ぬぐ》った。

ふと視線を感じて振り向くと、そこに尾藤ら尾張衆二、三人が見ていた。

敵の血にまみれた手で汗を拭ったので、権兵衛の顔は朱《あけ》に隈《くま》取られていた。権兵衛はその顔で彼らに向かい、ニッと一笑して見せた。

朝六時に始まった戦いは、十五時頃に終わりを告げた。

浅井勢は小谷の城に引き上げ、朝倉勢は帰国の途についた。

河原には死骸が満ち溢れた。その数は数千といわれ、凄まじいまでの大会戦であった。

従来の戦さでは、死者はせいぜいが二桁止まりであり、これほどの規模になる前に、敗勢を覚った側が逃げ出すのが通常である。しかし永禄以後、戦さの死傷者は激増していた。

信長は深追いせず、奪った横山城に木下藤吉郎を入れて岐阜に戻った。

信長が、浅井・朝倉を完全に滅ぼすのは、天正元年（一五七三）のことである。

姉川の合戦から三年がたっていた。

九

天正元年八月、浅井・朝倉が完全に滅亡すると、信長は浅井旧領を木下藤吉郎改め羽柴筑前守秀吉《はしばちくぜんのかみひでよし》に賜った。

秀吉はそれまで今浜《いまはま》と呼ばれていた湖畔の地を長浜《ながはま》と改称し、湖水に石垣の浸《ひた》る、水門からじかに船の出入りできる城を築いた。

同時に、長浜城主としてふさわしい様態を整えるべく、家臣団を作り始めた。その中心となったのが直参《じきさん》衆で、これは尾張衆と美濃衆から成り立っていた。

尾張衆とは、先にも顔を出した尾藤甚右衛門知宣《とものぶ》や神子田半左衛門正治《まさはる》らであり、そのほかに前野長康《まえのながやす》、堀尾吉晴《ほりおよしはる》などがいた。最も初期の段階で秀吉の家臣となった者たちである。

一方、美濃衆とは、一柳市助直末《なおすえ》や加藤光泰《かとうみつやす》、谷衛好《たにもりよし》など、もとは美濃において斎藤家の家臣であったが、早い段階で秀吉を通し、織田家に臣従《しんじゅう》した者たちであった。

仙石権兵衛秀久に関していえば、天正二年（一五七四）に信長から近江野洲《やす》郡のうちに一千石賜っているので、その段階ではまだ、寄騎衆であったといえよう。蜂須賀小六や竹中半兵衛と同様である。

直参の尾張衆と美濃衆は依然としてあまり仲がよくはなかったが、秀吉が長浜に城を構えてから間もなく、やや風向きが変わってきた。

加藤虎之助《とらのすけ》清正《きよまさ》や福島《ふくしま》市松《いちまつ》正則《まさのり》など、主に秀吉の妻・ねねを頼ってやってきた尾張者の少年たちが城に住まうようになったのだが、やたらと喧嘩《けんか》っ早《ばや》い彼らは、古参の尾張者と、何かとことを構えたため、いきおい古くからの朋輩である尾張衆と美濃衆の距離が縮まることになったのである。

「あやつらは無法者の群れだで、あれに比べたらおんしらの方がまだしもマシちゆうもんだわ」

と尾藤らは、美濃衆の集まっている一室に顔を覗かせてぼやいた。

虎之助も市松も、云われるとおりの無法者だった。彼らは泉水の鯉を釣《つ》り上げ、庭の真ん中に放り出していったかと思うと、見事な大和絵《やまとえ》の描かれた襖《ふすま》の前で相撲をとっては襖をぶち破る、という毎日を送っていた。

「いつまでも無法者のまんまでは、殿さまもお困りになるやろが」

秀久が云うと、

「あれらはみんな、侍の出ではないもんで、こんまい時からの躾《しつけ》ちゅうもんを受けたことがありゃせんのだが」

と尾藤知宣は声を潜《ひそ》めた。しかし、そう云う知宣自体、さしたる身分の生まれでもなく、その点でいうと、斎藤道三の家臣であった美濃衆の方が、皆それなりの小豪族など、一応は武者の出だった。

「いっぺんガツンとやったらな、あかんな」

秀久が腕を振り上げて見せると、一柳直末が、

「浜に連れ出して、水ん中に叩っ込むちゅうのはどうや。城中での行儀を教えたったらええ」

と思いつきを口にした。

「おう、そりゃええかもしれん。水練するちゅうて呼び出したらええんや」

秀久は目を輝かせて云った。小さい頃から長良川《ながら》で遊び、長じてからも流れを見ると飛び込みたくなる方で泳ぎは得意だったので、その案には大賛成だった。

するとと知宣が、

「わしは泳ぎはどうも……」

と渋って見せた。

「おんしというやつは、蛇は苦手だわ、泳ぎはできんわ、からっきし、役に立たんやつやの」

何だと！ と知宣は色めきたったが、鼻先に蛇を突きつけられて逃亡したかつての喧嘩を思い出したか、口をへの字にしてそっぽを向いた。

数日後、秀久は直末と共に、静かに波の打ち寄せる湖畔に佇んでいた。

夏の日差しを受けて、湖面はきらきらと輝いていた。大きな帆《ほ》をかけた船がしきりと行き来し、空には幾つもの鳥が弧を描いて舞っていた。

ほどなく、知宣や神子田正治に連れられて、加藤虎之助と福島市松がやってきた。

この二人が、まだ十二、三歳であるということを、秀久らはあとで知って驚いたものである。身体も大きく逞しかったが、何よりもその風貌《ふうぼう》が、既に場数を踏んだ与太者《よたもの》のように悪く落ち着き払っていた。

彼らは肩で風を切りながら、触るものは何でもかんでも叩き壊してやる、とでもいわんばかりの好戦的なまなざしであたりをねめ廻していた。

二人とも、派手な朱鞘《しゅざや》のばか長い大刀をぶっ挿《さ》し、人相が悪いのだから似合う筈もないのに、まるで少女の祭の装束《しょうぞく》かと思うような花模様のついた小袖をひっかけていた。

気を呑まれて、秀久はちょっとの間、黙っていた。呆れてしまったので、するすると罵りの言葉が出なかった。

横から一柳直末が、

「何やそのなり恰好は」

とひとまず言いがかりをつけようとした。

その途端、市松が無言のまま、直末に飛びかかった。

十

水際に立っていたので、直末は当然ながら、打ち倒されて上半身が水中に入った。すると市松は、直末に馬乗りになるや、直末の首根っこを摑み、頭を水中に沈めて押さえつけた。

秀久と知宣は、慌てて市松を引き剝がそうとした。

市松に、手加減などというものはなかった。直末を押さえつけた手は本気で、相手が絶命しても構わないと思っていることが知れた。

「ふざけたまねしたらあかん！」

云いながら引っ張ったが、市松が直末の首を摑んだ手をどうしても放さず、既に水中の直末の顔に恐怖と絶望が滲《にじ》んでいるのを見て、秀久は市松の肋《あばら》に膝を叩き込んだ。ついで、異様に眼をぎらつかせる市松の顔を、横殴りにした。

これでさすがに市松の手がとれ、直末は知宣に引っ張り起こされて、激しく咳《せ》き込みながら水を噴いた。

ええ加減にせえよ、この……と罵りながら向きを変えようとした瞬間、がーん、と衝撃を受けて秀久は目の前が真っ白になった。

その耳に、

「おんしら、わしらを水漬けにして殺す気なんだろが」

という虎之助の大声が聞こえた。

虎之助が、油断していた秀久の鼻っ柱を横合いからぶん殴ったのだった。

秀久の鼻から鮮血が噴き出してたらたらと河原に滴《したた》った。

——こ、こいつら、頭がいっとる……。

虎之助の使った、殺す、という言葉に秀久は嫌な気分になった。

すると、市松が立ち上がって秀久に顔を突きつけてきた。

「もののふの顔をぶん殴って、知らん面《つら》しとりゃーすな」

やかましい、何がもののふだ！と怒鳴り返しながら、秀久はいきなり市松の身体を摑み、足がらみをかけて河原に叩きつけた。もう相手にするのはやめようと思ったが、本格的な乱闘になったのはむしろそこからだった。

死にかけた直末も何とかこの間に、使いものになるくらい回復していたので、直末、知宣、正治と秀久の大人四人と、虎之助、市松が入り乱れて殴りあった。

するとそこへ、道の向こうから紛れもない秀吉の、

「おんしらぁ、そこで何をしとる！」

という途方もない大声が響いてきた。

さすがに全員、ぴっと動きを止めた。

馬に乗った秀吉が、数人の従者と共に近寄ってきた。その傍らに、寺小姓《てらこしよう》らしい、袖のある着物を着た小柄な少年を伴っていた。

河原に一列になった家来どもを、秀吉は一人一人眺め廻した。

「大人四人でこのざまか」

四人とも血まみれだった。知宣の耳は市松に嚙みつかれ、流れる血で真っ赤だったし、直末、正治も引っかかれたり、口の端を切ったりして血を流していた。

虎之助の一撃をくらった秀久の鼻は凄まじく腫れてこれも血が垂れ、息ができないので秀久は口を開けて喘《あえ》いでいた。

秀吉の目が、与太者二人組に移った。

二人とも、殴られて面相が変わり、ほとんど誰だか分からないくらいになっていた。虎之助の片目は気味悪く腫れて膨らみ、市松の前歯は欠けていた。

「顔を洗え！」

と秀吉が怒鳴ったので、六人は水際までよたよたと行き、何とか血を洗い流した。

「戦さがないからっちゅうて、殴りあっとるか、このたわけもんどもが。そんな閑があったら、乗馬でも水練でもしたらええが」

「そ、その水練を……」

秀久は云った。

「水練をやろうと思って、こいつらを呼びにやったんやけんど」

「十二、三の子供を相手に、どえりゃあ無様《ぶざま》だが」

秀吉のこの言葉で、四人とも目を剝いた。

敵を知るは第一の要諦にて、という竹中半兵衛の言葉が秀久の脳裡に蘇《よみがえ》った。

「家来同士で角突きあっとったら、いざっちゅう時わしの役に立ちゃせんが。これを機に、考えを改めえや」

四人を代表して直末が二人に向かい、

「わしらも水に流すから、おんしらも根に持つなや」

と和睦《わぼく》を申し出た。

それでも市松は、隙があったら食いついてやる、という目で古参たちを睨みつけていた。二人のうちで常識のかけらくらいは持っているらしい虎之助が、

「これからは仲ようしてちょう」

とぶっきらぼうに呟いた。

喧嘩したあとの、どうしようもない疲労と倦怠《けんたい》の時が来ていた。秀久は、できるものならそのまま河原にぶっ倒れたいと思った。

すると秀吉が、それまで傍らにじっと立っていた寺小姓を前に押し出すようにして、

「これは、新しく仲間に入る石田佐吉《さきち》だで、仲ようしてやりや」

と云った。

六人の、不信感に満ちた目がそいつに向いた。

前髪を残した小姓らしい髪型と、背が低く、肩の細いきゃしゃな体型。皺一つなくぴしっとまとわれた小袖と袴《はかま》など、どれ一つをとっても、これほど自分たちの「仲間」から遠いものはないと思われた。

するとそいつが口を開いた。

「この近くの石田村の生まれにて、石田佐吉、歳は十五歳になり申す。このほど、筑前守さまの有難き思《おぼ》し召しにて、御家来衆の一端に加えていただけることとあいなり申した。以後、お見知りおき下されたく、願い奉《たてまつ》ります」

一同、呆然《ぼうぜん》とした。

ただの一度も、云い淀《よど》むということがなかった。声音《こわね》ははきはきして、鋭く力が籠り、見かけとはうらはらに相当、気の強い少年だということが窺われた。それはその冷ややかな眼光にも感じられた。

寄らば斬る、という気概が、少女めいた外見の下に潜んでいる。

秀久には、自分の脇にいる二人組が佐吉に向けて放っている本能的な嫌悪感が、ものの臭《にお》いと同じくらいはっきりと嗅ぎ取れた。そこで、

「寺におりんさったかの」

場をなごますように、ことさら抜けた調子で訊いた。

「伊吹山の観音寺《かんのんじ》に」

　と佐吉は即座に答えた。

「佐吉はよう頭が廻る。算勘《さんかん》は大の得意だと云うで、そなたらも少し教えてもらえ」

　秀吉はそう云って佐吉を眺め、

「ほんならわしは先に行くで、佐吉はみんなと一緒に城に来たらええが」

　それは困ったことになったと思うだろう、と秀久は考えた。ところが佐吉は澄ました顔で、

「畏まって候」

　と返事をするなり、秀吉に向けて低頭した。

　秀吉は笑って馬首を返した。

　従者に囲まれたその姿が見えなくなるとほぼ同時に、佐吉が、血に飢えた猛獣のような目つきをしている市松らに正対した。

「わしに指一本でも触れてみよ。御奉公懈怠《けたい》として殿さまに申し上げる。わしは殿さまのお心にて羽柴家の家臣となったのゆえ、わしに手を出すのは殿さまに謀《む》叛《ほん》するも同様ゆえ、そう心得よ」

「なっ、生意気な口を……」

「先ほど殿さまが、おんしらを十二、三と仰せであった。わしは先に申したとおり当年とって十五になるゆえ、そちらが目下や。以後、そう弁《わきま》えよ」

思わず秀久は吹き出しそうになった。佐吉の云うことがいちいち理に適《かな》っていて、小癪で、何とも云いようのない可笑《おか》しさだった。

しかも、誰かが何かを云って絡《から》みだす機先を見事に制したのが、いかにも機敏だった。しかしこれでは結局、憎まれる条件を増やしているようにも思われた。

この時既に、ほかの大人たちは岸辺を離れて歩き出していたが、秀久は佐吉に向かって手招きし、

「わしらと一緒に戻ったらええて。案内したるで」

と声をかけた。このまま佐吉を猛悪《もうあく》二人組と残していったら、このつるりと白い顔がどうなるか分からない。それどころか、腕の一本くらいへし折られかねないので、庇《かば》ってやるつもりだった。

そんなことは先刻ご承知だ、とでもいうように、佐吉の顔にすうっと薄い笑みが浮かんで消え、

「かたじけのうござる」

と云うと、佐吉は優雅に秀久に向かって一礼しつつ歩み寄ってきた。それで、市松らには構わず秀久は佐吉を伴って歩き出した。

後頭部にがん、と衝撃を受けて立ち止まったのは、それから間もなくだった。同時に隣の佐吉も、うっ、と云って頭を抱え、しゃがみ込んだ。

市松と虎之助が後ろから石を投げつけたのだった。

秀久が振り返った時、二人組は大声で秀久らを罵りながら、馬鹿笑いして逃げていくところだった。

「たわけもんめ！」

大丈夫か、と云おうとすると、もう佐吉はすっくと立ち上がっていた。

「ああいうどたわけのことは、相手にせん方がええで、えかっ」

と秀久が云うと、佐吉は凄みのある鋭い目をしながら、口もとは微笑して、

「こちらが相手にはせぬつもりでも、向こうはそうは思わぬでしょう」

と云った。

秀久が思わずまじまじと顔を見てしまうくらい、大人びた口調だった。

――こいつはこいつで、大変なやつかしれん。

と秀久は腹の中で思った。

秀吉の所帯が大きくなるにつれて、その懐《ふところ》にもさまざまな人間が入ってくる。秀吉の懐は誰と比べても際立って寛《ひろ》いので、だいぶ毛色の変わった人間も飛び込んでくるようである。そのことを感じながら、秀久は暮れかけた道を佐吉と並んで歩いていった。

第三章

戦場往来

おのれに敵する浅井・朝倉を滅亡させて、本来ならば信長の他国制圧は加速する筈《はず》だった。実際、天正三年（一五七五）には長篠《ながしの》の合戦で甲斐《かい》の武田勝頼《たけだかつより》に痛手を与え、その没落を招いた。

しかし、六十余州の隅々にまで自らの理を行き渡らせようとする信長を、大きく妨《さまた》げるものがあった。

その一つは足利義昭である。自身が将軍の座についた以上、その意に従わない信長の方が叛臣《はんしん》である、という、義昭にしてみればまことにもっともな理屈で、激しく抵抗し、信長の手を焼かせた。

そうしてもう一つ、実はこちらこそ、信長を煩《わずら》わせた最大のものとなったのが、石山本願寺《いしやまほんがんじ》の存在であった。

石山本願寺の蜂起《ほうき》は、姉川《あねがわ》の合戦があったと同じ元亀元年（一五七〇）のことである。このせいで浅井・朝倉との戦いが長引いたことはいうまでもなかったが、そうした一時的な問題でなく、信長の残された時間を、いわばほとんど食い尽くしたのが、本願寺との泥沼のような抗争であった。

一国の大名を相手とするのとは異なり、この敵は全国に強力な組織を持っていた。

おそらくこの時代、信徒の数は百万ほどもあったであろう。

念仏による極楽往生《ごくらくおうじょう》を絆《きずな》とした彼らの連帯は強く、武士、裕福な商人、零細な農民に至るまで多岐にわたっていた。教団は富み、豊富な人的資産を擁《よう》しており、織田家をも凌駕《りょうが》せんばかりの鉄砲と、根来《ねごろ》・雑賀《さいか》の有名な射手《しゃしゅ》を揃《そろ》えていた。

信長の弟・信興《のぶおき》や、幕臣から織田家家臣となり勇猛で知られた野村定常《のむらさだつね》、西美濃三人衆の一人であった氏家直元も門徒勢との戦いで生命《いのち》を落とした。

天正四年（一五七六）には、馬廻りから赤母衣《あかほろ》衆に選抜され、信長の信頼篤《あつ》く大和《やまと》守護にまでなった原田直政《はらだなおまさ》も、門徒衆との激戦の末、討死《うちじに》してしまった。

原田の死を知った信長は、自ら先頭に立って闘い、銃撃されて足に疵《きず》を負った。

本願寺との確執《かくしつ》抗争がなければ、地方の戦国大名を従わせる戦いはもっとずっと速《すみ》やかに進行していたであろう。

怪我《けが》を負ったことが原因とは考えにくいが、実際には信長は、それ以後ほとんど、軽やかに他国に向けて自ら侵攻してゆくことをやめ、長男・信忠や、明智、羽柴ら有力な家臣を派遣して戦いを進めさせた。

『信長公記《しんちょうこうき》』の記載には鷹《たか》狩りや相撲《すもう》見物が増え、信長自身の出馬は、専《もっぱ》ら、息子や家臣の挙《あ》げた成果の検分にとどまるようになった。

思うように捗《はかど》らない天下統一を前に、信長の中で何かが変質しつつあったのかもしれない。

もっともそんな内面の変化は、家臣らには伝わっていなかった。ただ、征服する地域が増えるにつれ、次第に規模を大きくしていく織田家の中で、信長がだんだん遠い人に思えるようになっただけだった。

たとえば秀久にしても、姉川の合戦で山崎新平の首を挙げた時、信長から
「ようやった。向後《こうご》も励め」

と云《い》われ、感動しつつ、

「ははっ」

と平伏して以来、信長の面前に出ることはなかった。

さまざまな催《もよお》しの度《たび》に、華やかに着飾った信長を、人の頭越しに眺《なが》めるのが精

一杯だった。

もし自分が、秀吉の組下《くみした》につけられなければ、もっと近々と接することもあり得ただろうが、秀久はそのことを別段気にかけてはいなかった。

自分の命運を握っているのは秀吉だと思っていたし、秀吉とはまだ、親しく口をきき、気軽にあれこれ言いつけられてもいたからである。

初めのうち、手のつけられない悪童だった虎之助や市松とも、次第に接する機会は増え、

「わしが初めて殿さまと会《お》うたんはな……」

と昔話を聞かせるようにもなった。

「おんしらも近頃はだいぶおとなしくなったげな。よう槍《やり》の稽古しとるちゅうて、みんな云うとったで」

秀久が云うと、市松は、ひどくはにかんだ表情を見せた。それは、この猛獣がようやく慣れた人にだけ見せる顔つきだった。

「わし気づいたんだわ。なんか壊したくなったり、人をぶん殴りたくなったら、槍の稽古したらええと思ったがや」

「これから戦《いく》さの機会なんぞ、いくらでもあるが。功名たてて、名のある武者に

なったらええんじゃ」

秀久の言葉に、市松も虎之助も深々とうなずいた。実際、彼らの主人・秀吉は休む暇《いとま》もなく東奔西走《とうほんせいそう》していた。それについていくだけで、いくらでも功名の機会は得られそうだった。

——わしもそろそろ、次のことを考えなあかんもんな……。

一番槍の功名は市松、虎之助に任すとして、そろそろ秀久は軍団の一つも指揮する立場になっていた。

物事を難しく考えないのは自分の取柄《とりえ》だ、と秀久は昔から思っている。人のことなど動かしたことはないが、

——まあ何とかなりよるやろ。みんなやっとることやで、わしにできんちゅう理屈もない。

と思っていた。高を括《くく》っていた、とも取れるが、そんな形で肚《はら》を括ってもいたのだった。

二

天正年間の前半を、小気味よいくらいあちこちと追い使われた秀吉であったが、天正五年（一五七七）に播磨《はりま》出陣が決まると、しばらくは腰を据えて播磨平定に砕身《さいしん》することになりそうだった。

既に一昨年、明智光秀は丹波《たんば》平定を命じられ、それに取り組んでいる。光秀は幕臣であり、義昭について信長のもとに赴《おもむ》いた。義昭と信長の関係が齟齬《そご》をきたした時、光秀はそのまま信長のもとにとどまり、以来、信長の命令を受けて粉骨砕身してきたが、幕臣としての身分を失ってはいなかった。

この複雑な立場にいる男と、秀吉とが、信長家中で一、二を争う出頭人《しゅつとうにん》と呼ばれて出世争いを演じている。

しかし秀吉は、功を焦《あせ》ることはなかった。

短気な信長とは異なり、秀吉は城を包囲しての兵糧《ひょうろう》攻めを得意としていた。飢えがどれほど人を苛《さいな》むかよく承知していると同時に、相手を降伏させれば、その中の有能な人士を自分の家中に吸収することもできる。当然ながら、自軍の消耗も防ぐことができる。

秀吉は自分の手法を押し通した。

そうして、美濃を攻略する際に竹中半兵衛をその取っかかりとしたと同じく、播州《ばんしゅう》平定のために黒田《くろだ》（小寺《こでら》）官兵衛《かんべえ》（孝高《よしたか》）を見出《みいだ》していた。

当時、播磨には守護・赤松《あかまつ》氏、赤松氏の庶流《しょりゅう》・別所《べっしょ》氏などが勢力を揮《ふる》っていたが、官兵衛はこれらの直臣《じきしん》ですらなく、赤松分家で御着《ごちゃく》城主である小寺政職《まさもと》の家臣にすぎなかった。しかし、半兵衛同様、官兵衛も、目先だけでなく遠く将来までを見通すことができる人物だった。

織田家の将来性を見抜いた官兵衛は、播州諸将を織田家支持にまとめるべく奔走した。

半兵衛も官兵衛も、後世、軍師とさえ呼ばれるようになるが、戦国時代の戦さでは、はっきりした作戦分担などはないのが普通であり、彼らの最も鮮やかな手腕は、今日の観点でいえば「外交」の局面でこそ、揮われた。

力攻めの限界を、秀吉は鋭く見抜いていた。戦さは、必ず外交と両建てにするべきものであり、信長のように、最初に条件を提示しはするものの、それが拒絶されると直《ただ》ちに苛烈《かれつ》な攻めをもってしたのでは、却《かえ》って時間がかかる。

半兵衛たちの外交力は、どんなに高く買っても釣銭《つりせん》のくるほどのもの、と秀吉は思っていた。

半兵衛と官兵衛がすぐ親しくなったのを、秀久は面白《おもしろ》く感じたが、また、当然だとも思った。いずれも小豪族の出で、とびきり頭が切れる。官兵衛の方が少しばかり、切れ味を表に出す型で、油断ならない感じを他者に与えるが、とにかくこの二人は、頭の回転を下げることなく話のできる相手を見出して満足していた。

秀久のようないささか回転数の下がる人間をも、決して馬鹿にしないところがまた、二人とも共通だった。最初から張り合う気などは皆無《かいむ》の秀久は、二人の揃《そろ》っているところに出くわすと、避けずに話に加わっていった。

もっとも、ほとんどの時間を黙って聞いているだけだったが。

官兵衛が洗礼を受けて正式の切支丹《キリシタン》となったのは天正十一年（一五八三）のことだが、おそらくこの頃から興味を持っていたものか、その言葉の中には、「造《ぞう》物主《ぶつしゅ》」などという聞き慣れぬ言葉が混じっていた。

「父なるだいうす（神）を信じれば、永遠の生命が得られるそうにござる」

と官兵衛が云った時、半兵衛が口もとをさざめかせて

「南蛮《なんばん》の人は、逞《たくま》しい。それがしなぞは、永遠に生きるなどということを考えただけでめまいがしますな」

と返したのが秀久には可笑《おか》しかった。実はその頃の半兵衛は既に相当、体調を

悪くしており、永遠に生きることを考える気力にすら乏しかったのだが、秀久はそれには気づいていなかった。

「これからの世には、新しい秩序を敷くべきにござる」

官兵衛は、話にひと区切りつくと必ずそう云った。応仁《おうにん》の乱以来、何年たったと思し召《おぼ》す、というのも決まり文句だった。

官兵衛の理解では、信長は戦国の世に幕を下ろすために登場した新しい強力な太陽の如《ごと》き存在なのだった。

「とにかくまず、門徒の力を削《そ》ぐこと」

と官兵衛は熱心な調子で云った。

「四国なり、九州なり、草深《くさぶか》（田舎《いなか》）にてはいまが奪《と》り合いの真っ最中なれど、門徒どものせいでそれを治めにゆく余裕がござらぬ」

中央では既に形の定まった「戦国大名」の成長も、遠国《おんごく》ではいまが盛りだった。四国に長宗我部《ちょうそかべ》、九州に島津《しまづ》が、地域を統一する勢いを見せている。

彼らに圧迫された側は、当然ながら中央勢力、すなわち信長に泣きついてくる。

本来ならばそれは、織田家が介入するよい理由づけとなるのに、そこまで手が廻らないのは門徒勢を掃蕩《そうとう》しなければならないからだ、と官兵衛は云うのだった。

「毛利《もうり》との戦さにひと区切りつけば」

と半兵衛が全く力の入らない水のような調子で云った。

「本願寺とは和睦に持ち込めるでしょう。あの巨大な獣を殺さずとも、その牙《きば》を折り取れば済むこと」

淡々と云って、半兵衛は咳《せ》き込み、懐紙《かいし》を口にあてた。

「本願寺を壊滅に追い込むには時がかかりすぎる。まず国土全体に、一つの秩序を敷いてしまうのです。決まりごとを作り、文言《もんごん》で抑え込むのです」

「ほいでも半兵衛どの、上様は公方《くぼう》さま相手にそれをなされたけんど、うまくはいかなんだんじゃろ」

珍しく秀久が口を挟んだ。

秀久が話の筋についてきているので、半兵衛は幾度もうなずきながら、

「いまが峠《とうげ》です」

と云った。

「日ノ本《ひのもと》の、西半分が従えば、あとはなだれてゆくでしょう。そうなったら、決

まりごとで抑え込むことは必ずしも難しくはなくなる」

「そやからつまりは、毛利を負かしたらええんやろ」

半兵衛はまた咳き込んだ。半兵衛の代わりに官兵衛が、

「煎《せん》じ詰めればそういうことにござる」

と答えた。

それからしばらく、半兵衛と官兵衛は諸国の情勢について言葉を交わした。難しくなってくると、秀久は二人の声を何となく聞き流しながら、自分だけの思案にふけった。

「それにしても、長宗我部、て変わった苗字やな」

「長岡《ながおか》郡の宗我部《そかべ》で長宗我部と申すとやら。何でも、香美《かみ》郡にも宗我部があって、香宗我部《こうそかべ》と称するそうにござる」

官兵衛が説明した。

「源平藤橘《げんぺいとうきつ》のどれに入るんやろ」

「唐土《とうど》より渡ってきた秦《はた》氏の末裔《まつえい》だと申しますな」

「全く、お前さまがたは、知らんちゅうことがありゃせんのやな」

そんなことはありません、と二人は声を揃えて云った。

秀久は手を上げて、

「あれも知らん、これも知らん、ちゅうていろいろ分からんことを並べるのは勘弁してや」

と釘を刺した。

三

官兵衛たちの話に名の上がった長宗我部元親《もとちか》は、天文八年（一五三九）生まれで信長より五つ年下だった。若い頃はおとなしくて頼りないと見られていたらしいが、永禄三年（一五六〇）に家督を継いで以来、近隣の豪族たちを次々と従え、天正三年（一五七五）には土佐《とさ》一国を統一し終えた。

山の屏風《びょうぶ》で他国と隔《へだ》てられた土佐から出て、四国全土を斬り従え、それによって我が貧しき家臣たちをもっと豊かにしたい、と元親は考えていた。

こうした元親の動向に関して、当時から信長は逐次《ちくじ》報告を受けていたが、とりあえずは監視するにとどまっていた。

元親には、織田家との間を繋《つな》ぐ存在がある。

元親の母親は、美濃斎藤氏の出であった。そのこともあり、迎えた妻はまた美濃の出身で、幕府奉公衆・石谷光政《いしがいみつまさ》の女《むすめ》であった。この元親室の異父兄が、明智光秀の家老・斎藤利三《としみつ》である。

こうした美濃――更には織田家との近い繋がりから、元親も中央の動静には敏《さと》かったし、また、この関係性ゆえに、無闇《むやみ》と征伐されることはない筈《はず》だと踏んでもいた。

元親の阿波《あわ》侵攻は天正四年（一五七六）に始まった。

石山本願寺を攻囲し、兵糧を運び込もうとする毛利水軍を撃破できずに、信長が苛立《いらだ》ちを深めた年である。

四国のことは後廻し、というのが織田家内部の共通認識であった。元親に対して、四国のことは切取《きりと》り次第、すなわち武力で征服した分は自由にしてよい、との示唆《しさ》がなされた。

その後も、中国征伐の道は険しく、誰も元親に待ったをかけることがなかった。

元親は着々と征服を続けていた。

天正六年（一五七八）になった。

秀吉は、弟・秀長《ひでなが》と共に播磨で次々と国人たちの城を抜き、佐用《さよう》郡・上月《こうづき》城を巡《めぐ》る激戦に一応のかたをつけて、地元の味方勢力である山中幸盛《やまなかゆきもり》を入れた。

ところが城は、宇喜多直家《うきたなおいえ》の攻撃にさらされ、幸盛は城を捨てて退去せざるを得なくなった。それに加えて、東播磨の大物・三木《みき》城の別所長治《ながはる》が謀叛《むほん》を起こし、いつもは危機に陥《おちい》ってもむしろ多弁になる秀吉が、数分の間、黙って強張《こわば》った顔をしたままになる、という滅多にない事態を引き起こした。

秀吉は直ちに三木城を攻囲したが、ここはそう簡単に落ちる城ではなかった。

そうして、四月に入ると毛利家が、上月城一つのために実に五万という大軍を動かしたという報《しら》せが入った。上月城は秀吉によって取り返され、幸盛が再び入城していたが、毛利家はそこに照準を絞《しぼ》ったのである。

秀吉は三木城に押さえを残して自らは上月城に向かい、信長に救援を請《こ》うた。

信長は親征《しんせい》するとして京にまで赴いたが、おりからの降雨に河川は氾濫《はんらん》し、軍はとどめられた。とうとう信長は、安土《あづち》に引き返してしまった。

その後、信長と秀吉の間で、上月城は見殺しにせざるを得ないという結論が出たのは、六月のことだった。

その提案は秀吉からとも、秀吉の助命嘆願を信長が蹴ってのことともいわれたが、これによって戦況は動いた。山中幸盛と、その仕える尼子勝久《あまごかつひさ》は滅んだが、秀吉は危機を脱し、三木城の支城である神吉城《かんき》攻めの織田信忠軍と合流できた。神吉城を陥とし、志方《しかた》城も降《くだ》して、三木城攻めは方途が見えてきた。

秀吉も、珍しく難しい顔ばかりしていたのが、少しほぐれてきたと思われた矢先。

十月、摂津守護にして有岡《ありおか》城主・荒木村重《あらきむらしげ》がにわかに叛旗《はんき》を翻《ひるがえ》して籠城してしまった。

目まぐるしい状況の変化の中でも、この裏切りは只ならぬ一大事だった。

秀久の驚いたことに、官兵衛が単身、有岡城に向かったと聞かされた。

――別所に続いて荒木も裏切ったで、官兵衛どのは自分ごとに受け止めなされたんやな。

人一倍自信も強い官兵衛だけに、自分がとりまとめた筈の播磨で別所の裏切りが勃発《ぼっぱつ》したことに責任を感じていたに違いない。その埋め合わせといえば余りに言葉が軽いが、三寸不爛《さんずんふらん》の舌を以《もっ》て村重を説得し、何とか挽回《ばんかい》に努めようとしたのだと思われた。

　すると、しばらくして陣中から半兵衛の姿も消えた。

　秀久は知らなかったが、村重のもとに行ったまま戻らぬ官兵衛を、信長は村重に寝返ったと解釈し、長浜城に預けられていた官兵衛の人質・松寿丸《しょうじゅまる》を殺すよう指示していた。

　それに対し半兵衛は、極秘に、松寿丸を匿《かくま》うために長浜に向かったのだった。

　そのことは誰も知らず、陣中から二人の知恵者が忽然《こつぜん》と消えたことが、不思議でもあり、さまざまの憶測《おくそく》を呼びもした。

　秀久は、彼らのいずれについても、敵陣に駆け込んだのではないかとか、全てを放棄《ほうき》して逃げたのでは、といった声がある度に、

「たわけ抜かすな！　分かりもせんくせに口をつぐんどれ！　それでも四の五のぬかす奴は、わしが相手になったるわい」

　と怒鳴りまわした。

　やがて半兵衛は戻ってきたが、板輿《いたごし》に乗っていた。

　秀久が走り出てみると、仰向《あおむ》けの半兵衛は痩《や》せ、顔色は鉛色《なまり》で、せいせいと短く息をきってはその合間に軽い咳《せき》を繰り返していた。

「半兵衛どの、どないしたんじゃ」

秀久はすがりつかんばかりにして叫んだ。

すると、秀吉の弟・小一郎《こいちろう》秀長が出てきて、

「権兵衛、騒ぐな」

と秀久を制した。

秀長が指示して、板輿のまま半兵衛は中に迎え入れられた。

「小一郎さま、半兵衛どのはどないしてしまわれたんじゃ」

秀長は首を振るだけで、その場は応《こた》えなかった。が、あとで秀久を側に呼ぶと、

「病《やまい》が、だいぶ悪いらしい。こっちに戻る途中で血を吐いたげな」

と声を潜《ひそ》めて告げた。

秀久は殴られたような衝撃を感じた。

すさまじい迅《はや》さで、初めて秀吉と共に半兵衛の居館に行った時のことから、いままでの自分と半兵衛の繋がりを思い出していた。同じ美濃者同士として、同じ寄騎《よりき》衆として、半兵衛は秀吉の頭となり、自分は手足となってこれまで来たのだと思った。それなのに自分は、半兵衛がそれほど身体《からだ》を悪くしていることにも気づかず、のほほんとしていた。

「じ、陣中で病に倒れるちゅうことは、そんなたわけたことは、けっして、ありゃせんですわな。聞いたことがないもんで。弾に当たってはかなくなるとか、槍に刺されて……」

「権兵衛、声が大きい」

秀久の足はわなわなと震《ふる》えた。

「戦さに来て、病に倒れるなんちゅうことは、わしゃ、金輪際《こんりんざい》、聞いたことがあれせんっ！」

「もう黙っとけや」

秀長はそう云って秀久を制した。

秀久の顔は泣き出しそうに歪《ゆが》んだ。これ以上この場にいたら、大声で泣き喚《わめ》いてしまいそうになるので、秀久は慌《あわ》てて外に飛び出した。ちょうど、尾藤ら尾張古参の一群が入ってくるところで、

「おっ、権兵衛、顔色変えてどこ行くがや」

と訊《き》かれたが答える気にもなれず、すれ違った。

「権兵衛、ばたばたすな。敵に筒抜けたら何とする。繕《つくろ》え、繕え」

あとを追ってきた秀長に、切迫した声で云われて、やっと秀久は表情を取り繕

った。

その時初めて、秀久は松寿丸の一件を秀長から聞かされ、

「極秘のことだで、誰にも云いなや」

と念を押された。

「わ、かり申した」

とかすれ声で答えながら、秀久は泣けて仕方がなかった。

——半兵衛どのは、畏友《いゆう》のために命がけになったんやな……。

眼光鋭く火炎のような言葉を吐く官兵衛と、さらさら受け流す水のような半兵衛のやりとりが、秀久の頭の中でぐるぐる廻った。

翌・天正七年（一五七九）の六月、竹中半兵衛は陣中に没した。

そして、同年の九月になぜか村重は有岡城を脱出してしまい、残された家臣や女たちが懸命に防戦した挙句《あげく》、有岡落城となったのが十一月だった。

有岡城に踏み込んだ織田勢は、土牢《つちろう》に閉じ込められていた官兵衛を発見し、これを救出した。

伝え聞いた秀久は、複雑な心境だった。

官兵衛はそのうちに、息子にまつわる一件を知るだろう。そうして、半兵衛に対し、どんなに感謝してもしきれないと思うだろう。しかし、その半兵衛はもういない。

――嘆《なげ》いていてもしょむないで。

と秀久らしく割り切っているのだが、そのくせしばらくするとまた、

――官兵衛どのも、どんなにか半兵衛どのに会いたかろうになあ……。

と思ってしまった。

堂々巡りの慨嘆《がいたん》から抜け出すには、役目のことを考えるのが一番である。秀久は無理やり、自分の思考を半兵衛から切り離した。

四

天正八年（一五八〇）の一月に、三木城は落ち、別所長治は自刃《じじん》して果てた。

また、さしも長引いた本願寺との抗争も、この年遂《つい》に終わりを迎え、和睦《わぼく》した顕如《けんにょ》は石山本願寺を明け渡して退去した。

しかし織田家の軍勢に休む閑《ひま》はない。それどころか、本願寺との抗争にかたが

ついて、いよいよ遠国征伐が本格化する運びとなった。

秀吉は、閏《うるう》三月から四月にかけて西播磨の英賀《あが》城を降し、続いて長水山《ちょうずいさん》城を陥とした。

そうして、翌・天正九年（一五八一）六月、この中国遠征の第一のヤマ場ともいうべき、因幡《いなば》・鳥取《とっとり》城の包囲に入った。


鳥取城は、千代川《せんだいがわ》の河口近く、鳥取砂丘から三キロばかりの位置にある。川が造った平地から山地に移る最も手前の、久松山《きゅうしょうざん》という二百メートル足らずの山に築かれた城である。

山続きに五、六百メートル北側に出城《でじろ》・雁金山《かりがねやま》砦、更に七、八百メートル離れて同じく出城・丸山《まるやま》城があり、河口から荷揚《にあ》げした兵糧をまずは丸山城に入れる仕組みになっていた。

秀吉はこの、丸山、雁金山の両出城をも含めて大きく包囲する作戦をとった。

秀吉が本陣を置いたのは、鳥取城の東方千五百メートルほどに位置する山で、いま本陣山《ほんじんやま》と呼ばれる地点である。

出城と対峙《たいじ》する右翼側に、羽柴秀長、秀吉が天正二年に丹羽長秀《にわながひで》から貰《もら》いうけた桑山重晴《くわやましげはる》、但馬《たじま》の降将・垣屋光成《かきやみつなり》らを配し、千代川河口に近い浜坂《はまさか》に秀吉の母方の親戚といわれる青木一矩《あおきかずのり》を置いて兵糧の運び込みを阻止《そし》すべく見張らせた。海上には細川藤孝《ほそかわふじたか》麾下《きか》の松井康之《まついやすゆき》が水軍を率い、攻囲軍への兵糧補給と、鳥取城に兵糧を運び入れようとする毛利水軍を撃退しようと参加している。

一方、左翼側に秀吉は、堀尾吉晴、一柳直末、仙石秀久を並べた。そうして左翼側の平地に、木下秀定《ひでさだ》、中村一氏《なかむらかずうじ》が、両翼の前方における連絡役として置かれ、袋川《ふくろがわ》の外側に神子田正治、蜂須賀正勝、黒田官兵衛孝高、加藤光泰が並んだ。この包囲線は更に数人の武将を置いて千代川の左岸にまで及び、実に、十二キロにわたる長大な囲いとなっていた。

この配置を見ると、加藤清正、福島正則らの活躍する以前の秀吉家臣団がほぼ摑《つか》める。

秀久は、自分が左翼線の一部を担っていることに満足だった。うすうす、今回も主に連絡や、突発事への対応のための予備隊となるのかと思っていたので、正規の攻囲隊の指揮官となっていることが晴れがましく、

——わしも、やっとここまで来た。

と感慨もひとしおなのだった。

隣の陣が一柳直末なので行き来もしげく、日に何度も秀久は坂道を上って直末の陣に顔を出したが、秀久の上機嫌とは異なり、

「選ばれたはいいが」

　と直末は、いま一つつまらなそうな顔をしていた。

「この戦さじゃあ、功名は立てられやせんが。ただ取り巻いて見張っとるだけやで、でえらい退屈よ」

「そうさなあ」

　確かに、相手の弱るのをじっと待っているだけの戦さは、退屈なばかりか、華々しい功名には繋がりそうにない。

「右手に行きたかったな」

　と直末は腕を撫《ぶ》した。右翼側は出城があるので、ただ固めているだけでなく、出城に対して挑発するような戦さを何度か挑んでいた。

「なあに、戦さを仕掛けるといっても、まずは鉄砲の撃ち合いじゃろ」

　と秀久は云った。

　直末は首を振って、口惜《くや》しそうな顔をしかめ、

「瓢《ふくべ》をもて」

と命じて、酒の入った大きな瓢箪《ひょうたん》をじかに口にあてた。

攻囲軍の中で、最も激烈な戦さぶりを繰り広げたのは、鳥取城に近する位置につけられた羽柴秀長の隊であった。

秀長の家臣・藤堂高虎《とうどうたかとら》は深夜の警護の際に襲われ、槍で突かれて相当な疵《きず》を負った。

実はそれ以前に、丸山城に降伏を呼びかける使いを送ったのだが、相手は無礼にもこの使いを斬り捨ててその骸《むくろ》を返してよこしたという一件があり、それが高虎の家臣だったため、高虎は憤激して自ら夜番を買って出ていたのである。

丸山城には、日本海を遊弋《ゆうよく》する海賊の奈佐日本助《なさやまとのすけ》が入っており、いかにもそれらしい荒っぽい対応であった。

こうした中、秀長隊と同じく右翼にいた宮部継潤《みやべけいじゅん》が、

「出城と本城の連絡を断ち切らねば、いつまでも頑強に奴らは持ち堪えよるわ」

と主張し、その遮断《しゃだん》に挑んだ。

継潤は近江・宮部郷の出身で、湯次《ゆつぎ》神社の社僧《しゃそう》であり、比叡山《ひえいざん》の僧であったともいう。比較的早い段階で浅井氏を見限り、秀吉の傘下《さんか》に入った。明敏《めいびん》なだけでなく勇猛で戦さを得意とし、この時も、出城からの反撃を斥《しりぞ》けつつ、遂に経路の

遮断に成功した。

「見ろ、やはり右手に行くべきであったわ」

継潤の軍功が次々と伝わってくる中、直末はそう云ってむくれた。

「戦さはまるっきり、時の運や」

そう云って秀久は笑った。それは事実だった。運はどちらに転ぶか分からず、人も羨《うらや》む光輝《こうき》をもたらしてくれることもあれば、隠居を強《し》いられるような大怪我を負うこともあり、無論、それを一期《いちご》に落命することもある。

だから皆、兜《かぶと》の前立《まえだ》てに名号《みようごう》を書いたり、神の使いの獣をかたどったり、愛《あい》染明王《ぜんみようおう》の「愛」の一字を戴《いただ》いたりするのである。死力を尽くして闘ってもなお、運が人の生命《いのち》を左右する。最早《もはや》そこには、切ない神頼みくらいしか入るものはない。戦士は誰でも、信心深いものだった。

秀久の兜には羊歯《しだ》の脇立てがあるくらいで、およそ信心を感じさせるものはなかったが、その懐《ふところ》には常に、一寸八分の金銅の観音《かんのん》像が秘められていた。この像は現存している。秀久もまた、最後の最後は神仏に頼るほかはない戦国武士の一人であった。

鳥取城の大将は、城主であった山名《やまな》豊国《とよくに》が城を逐《お》われた後、毛利本家から派遣されてきた吉川経家《きっかわつねいえ》である。経家は優《すぐ》れた武将で、さまざま不利な条件の中、実によく持ち堪えた。

しかし、継潤の策が功を奏し、いよいよ本城が孤立させられ、餓死者も出るようになると、降伏の道を探り始めた。

ちょうどその頃、秀久は秀吉のもとに呼ばれた。

五

何事かと思いながら本営に赴いてみると、そこには黒田官兵衛と生駒親正《いこまちかまさ》がいた。

親正は秀久同様美濃出身で、この時既に五十代を迎えていた。信長に従属したのは、永禄九年（一五六六）の稲葉山城陥落の時であったから、臣従《しんじゅう》は秀久の方が早いということになる。

同じ美濃者であり、秀久同様、秀吉の寄騎でもあったが、秀久は親しく接してはいなかった。年齢も違い、生駒一族から信長の側室となった女性が出ていることもあってか、親正はどこか権高《けんだか》で、近寄りにくかった。

秀久が入っていくと、親正は顔を秀吉の方に向けたまま、大きな鋭い目を横に流して秀久を見た。

「権兵衛もそろそろ、大きな役目を持ってもいい頃だで」

と秀吉は目尻に皺《しわ》を寄せて笑った。

「官兵衛と、甚助《じんすけ》（親正）とで淡路《あわじ》に行ってちょうよ」

「淡路？　淡路ちゅうと……確か……」

何か変わった名前の、という発言を秀久は呑《の》み込んだ。もう既に、親正が苛立たしげな顔つきになっていたからである。

「安宅《あたぎ》一族ですな」

と官兵衛がさりげなく補った。

安宅氏は淡路の国人《こくじん》で、水軍を組織していた。これを継いだのが三好長慶《ながよし》の弟・冬康《ふゆやす》である。その後、冬康は長慶に殺され、子の信康《のぶやす》が継ぎ、更には信康の弟、清康《きよやす》へと受け継がれた。

つまりは淡路は三好氏の勢力下にあり、三好が阿波から京畿《けいき》に攻め上る経路となっていた。

しかし、天正三年（一五七五）に毛利が本願寺の要請で淡路に家臣を置き、本願寺を支援する毛利水軍の拠点とした。

安宅清康には信長から、毛利を阻止するよう指示があったが、それは成功しなかった。

淡路の国人層のうちには親毛利、反織田派も少なくなかったからである。

一方、阿波の三好康長《やすなが》や十河存保《そごうまさやす》からは、長宗我部元親に鉄槌《てっつい》を下してくれるよう再三の要請が来てもいた。

織田家における長宗我部関係の取次ぎは、前にも述べた美濃及び幕臣との関係から、もっぱら明智光秀が担っていた。

しかし、元親が阿波に侵攻し、三好氏を圧迫するようになると、三好康長は秀吉に接近することで頽勢《たいせい》を盛り返そうと考えた。それは、対毛利戦において水軍を必要とする秀吉の思惑とも重なり合っていた。

秀吉からの報告を受け、信長は元親の配下に対し、三好と対立を避け、協力するようにとの書状を送った。そうして、かつて切取り次第と告げた四国の領有について、土佐及び阿波の南半分のみを認める、と云ってやった。

無論、元親は拒絶した。

光秀が家老・斎藤利三の兄で、元親正室の異父兄にあたる石谷頼辰《よりたつ》を遣わして説得に努めたが、物別れに終わってしまった。

そうなると同時に元親は、毛利に対して交誼《こうぎ》を呼びかけた。

秀吉が鳥取城を囲んでいる間に、こうした状況の変化が起こっていた。

いまや元親の動向が、中国戦線に直接の影響を与えかねない流れになってきたのである。

毛利との関係、長宗我部との関係、いずれをとっても、この段階で淡路に楔《くさび》を打ち込まねばならない、と秀吉は判断した。

幸い、鳥取城の陥落はもう目途《めど》がつきそうだったし、いずれにせよ秀吉の手元には十分な人手があった。

「とりあえず、先鋒《せんぽう》として甚助と権兵衛が先に行きや」

名指しされた二人は、声を揃《そろ》えて、

「はっ」

と低頭した。

「あとのことは、官兵衛とように話を詰めや。委細《いさい》は官兵衛が承知しとるで」

と云うと、秀吉は忙しげに床几《しょうぎ》から立ち上がった。

親正と共に官兵衛の幕屋《まくや》に向かうと、官兵衛は親正と秀久の前に一枚の図面を広げてみせた。

大ざっぱな淡路の図だった。測量などはない頃のことなので、ただそこには、海岸を表すらしい切れ切れの線と、いくつかの丸印、大路を表すと思《おぼ》しき線が書き込まれているだけである。

「ここが明石《あかし》。ここより淡路島に渡りまする。するとここに、岩屋《いわや》城がござる。只今は毛利の兵が数十名にて守っておると申しますな」

官兵衛は紙の端に近い位置から指を動かして、対岸の一点を押さえた。更にそこから、するすると指を下方に進めて、

「ここが洲本《すもと》。安宅河内守《かわちのかみ》（清康）が持ち城にて、河内はそのほか、ここ、由良《ゆら》城をも持っておりまする」

と説明した。

「明石から岩屋まではどれほどの遠さかの」

「せいぜいが一里ばかりにござろうか」

「毛利勢が数十なら、蹴散らすには造作あるまい」

小さく締まった、端の下がった口もとをこすりながら、親正が尊大な調子で云った。官兵衛はそれには答えずにただ、

「ともかくも、淡路をいま押さえてしまわぬと、後々面倒なことになりかねませぬ」

と云った。

「先にわしらでかたづけて、官兵衛どのが歩みやすいようにしておくで、あとからゆるりとお出《い》でなされよ」

親正が上機嫌になって笑いながら云った。

有岡城の土牢に幽閉《ゆうへい》されていた官兵衛は、そのために片足を損じ、跛行《はこう》していた。

親正のそうした物言いを、秀久は快《こころよ》く思わなかったが、官兵衛は穏やかに微笑を浮かべて黙っていた。

六

ほんの短い間ながら、船に乗ると親正は無口になった。揺れが堪えるらしく、青黒い顔をしていた。

秀久も、海に浮かぶような大船に乗るのは初めてだったが、何でもないようにけろりとしていた。

初め両者は、明石から岩屋に向かい、毛利兵を殲滅《せんめつ》して岩屋城に入るつもりでいた。

岩屋城と呼ばれる城は、二つある。

岩屋港の近く、町並みの南の丘陵に残る城跡は、関ヶ原の合戦後に池田輝政《てるまさ》が築かせたもので、戦国当時のものはこれではない。

戦国時代の岩屋城は、海岸線づたいにずっと北の、古歌に名高い松帆《まつほ》の浦《うら》の西側、海岸に迫る山の上にあった。

本土から岩屋の港を目指してくる船は、小舟といえども見逃すことのない眺《ちょう》望《ぼう》を持った城である。

まして秀久らは単身ではなく、数百の兵を率いてきた。

「この、軍船ちゅうの、どうも勝手がようないな。そっと忍び寄るちゅうことができゃせんもんで」

冗談交じりに秀久が云うと、親正は顔をしかめて、

「忍び寄りたきゃあ、裸になって頭に着類《きるい》一切載せて、泳いでいきゃあええが」

と口の端から押し出すように返した。

秀久は笑ったが、しかしすぐさまその笑いは引っ込んだ。

敵は岩屋城から海上を見張り、こちらの船に気づくや、港で待ち受けていた。その人数から見て、毛利の兵だけでなく、地元の衆も混じっていると思われた。

彼らは、近づこうとする秀久らの船に鉄砲を撃ちかけてきた。

船酔いのため兜を脱いでいた親正は、慌ててそれを目深《まぶか》に被《かぶ》った。

「これは、危のうござるで、あそこに漕《こ》ぎ寄せることはでけまへん」

と船の舵《かじ》取りが言上《ごんじょう》した。

軍兵の人数は十倍でも、上がり際を狙《ねら》い撃ちされては被害ばかり大きい。それでも押し切って行けないこともなかろうと思ったが、親正の顔にその気がないと書いてあった。

「ここで無《の》うても上がれる港はあるがやろ。いっそ、島の反対側はいかがにござる」

仕方なく秀久が云うと、何それなら、と親正は即座に答えた。

「向こう側まで行かんでも、浜づたいに下がったとこに三原《みはら》川《がわ》ちゅう川の出口があるで、そこなら船を入れられるわ。官兵衛どのに聞いた」

――ほんなら、初めっからそこに上陸してもよかったんや。

前日、高の知れた毛利兵が！　と意気揚々で岩屋直行を主張したのは親正で、秀久は、親正がそう云うからには勝算があるのだろうと思い、あえて異を唱《とな》えなかったのがこの始末である。

のうのう、と秀久は船子《ふなこ》に声をかけた。

「おんしらは淡路のことを知っとらんか」

わしらは何も知りまへん、と後ずさりするような答えが返ってきた。淡路島に漕ぎ寄せようとしているのだから、何も知らぬ筈はないが、

「まあええわ」

と面倒になって秀久は云った。

「ほんならその、三原川の口のとこに入ったらええがや。そこは何ちゅう港や」

「名はござりまへん」

ただ、港と呼ばれているという。そのあたりの地名を問うと、湊《みなと》だと答えたので、

「ほんならまあその、湊の港に行こまい」

と秀久が決めた。

しばらく船を進めていくと、船子の一人が、

「おお、行く手に小舟が見ゆるわ」

と叫んだ。

秀久は緊張した。敵の偵察か？　と思った。しかし、舷《ふなばた》から目を凝《こ》らすと、小舟の上の人物は大きく手を振り廻して何か叫んでいた。

そのうちに、その人物が、

「お味方にござる！　お迎えに参った！」

と叫んでいることが分かった。

「まことかどうか、知れぬで」

親王が眉間《みけん》に皺を寄せたが、秀久は構わず、

「おおーう」

と大声をあげて小舟に手を振り返した。仮にそれが敵であり、こちらの船に乗り移って暴れたとしても、何ほどのことやある、と思っていた。

見る間に小舟は波の上を滑ってきて、顔の分かるところまできた。

「倭文庄田《しとおりしょうだ》の船越五郎右衛門景直《ふなこしごろうえもんかげなお》と申す者。織田前《さきの》右大臣さま（信長）にお味方仕《つかまつ》る」

四十前後の、よく陽《ひ》に焼けた顔を上向けて、塩辛声《しおからごえ》で景直は叫んだ。

「小舟下ろせ」

と秀久は命じた。脇にいた家臣の与次郎が、

「殿、お危のうござる」

と制止したが、

「鉄砲も見当たらんし、まさか刀を投げてきやせんやろ」

と振り切って下ろさせた。

幸いその日は、穏やかに晴れて波は静かだった。

船子の一人に櫓《ろ》を操らせて、秀久は景直のすぐ側まで近づいた。

景直は真っ白い歯を見せて笑った。

「ともかくも、わが館《やかた》までお出で願わしゅう存ずる」

「おう、有難い。そうさせてもらおうぞ」

秀久は即答した。

どこの国にも、こうして積極的に先読みをし、外来の勢力におのが命運を賭ける小豪族がいる。秀久自身、美濃でそうであったし、近江でも、播磨でも、そうやって近づいてくる者がいた。

大勢力に身を投ずるのだから簡単に思われるようだが、実はそうでもないのを

秀久は知っている。その住む場所で、他者に先んじてよその勢力につくことは、常に地元の反撥を受けることである。大勢力の手先となって働くが、必ず庇護《ひご》してもらえるわけではなく、そこが完全に領土化されるまでは、時に、敵中に孤立したような状態となることもある。場合によっては、地元勢によって誅殺《ちゅうさつ》されてしまうこともあり得た。だからそれは、ちゃっかり大樹に身を寄せるだけのようでいて、その実、相当な賭けなのである。

——淡路で一番に賭けてきよったんや。

と秀久は、景直の赤黒い顔と白い歯を好意と共に眺めた。

七

景直の館のある倭文庄田は、三原川の河口からほぼ真東に数キロ入ったところで、平坦な地であった。館は、丘陵を背にし、周囲を川筋と水濠《すいごう》に囲まれていた。

ここを拠点にして敵の城を攻めるとすれば、さしあたり、南西に数キロ離れた志知《しち》城の野口《のぐち》長宗《ながむね》がその相手ということになると思われたが、親正は首を縦に振

らず、

「急《せ》いてことをし損じては何にもならぬ。官兵衛どのの合流を待とう」

と云い張った。上陸しようとして激しく銃撃されたことが、親正をひどく慎重にしたようであった。

――これは、官兵衛どのが来んと、どもならんな。

面倒になって秀久は、官兵衛の来島を促《うなが》す使いを送り、しばらくは島内で味方になりそうな豪族への声かけと、誼《よしみ》を通じてきた豪族たちから人質をとり、本土に送る手配だけに専念した。

やがて待つほどもなく、官兵衛が淡路に姿を現した。

官兵衛はすぐ、志知城攻めの手配をした。

志知城は、東西百メートル、南北百二十メートルほどの台地を堀で囲んだ城である。城主・野口長宗は、おとなしく開城せよとの秀久らの勧誘を拒否していたが、ただでさえ多い軍勢が、官兵衛の到着で更に増加され、目の前の平野を埋め尽くさんばかりになっているのを見ると、戦意を喪失して投降した。

どう考えても自分たちだけで同じことができた、と秀久は思ったが、久々に官兵衛とゆっくり話すことのできる時間が持てたので、それはそれで嘉《よみ》すべきこととであった。

官兵衛は、鳥取城がまだ何とか持ち堪えていること、秀吉が、吉川経家と安芸《あき》衆を惜しんで、彼らは「加番《かばん》」として城入りしたにすぎないのだから助命してもよい、と云い送ったのに対し、経家から、それほど高く買ってくれるなら経家一人の生命でほかの衆すべてを助命してほしい、と返答してきたことを語った。

「ええ覚悟やな」

「入城の際に、首桶《くびおけ》を先に立ててきたそうですからな」

勿体《もったい》ない人物や……と秀久が呟《つぶや》くと、官兵衛も無言でうなずいた。

二人ともほぼ同時に、竹中半兵衛のことを思い出したのが、相互に伝わった。

あれこれと思い出話をした。

「わしは、最後にゆるりと話のできなんだのが、いまも心残りなんじゃ」

秀久がそう云うと、

「それでも、最期《さいご》を見取りなされたゆえ、ようござる。わしなどは……」

と云いながら、官兵衛は軽く胸元を押さえた。

「そう云えば」

と沈んだ空気を撥ねのけるように、秀久は元気よく云った。

「半兵衛どのはいつもわしのことを、川に浮かべた瓢《ふくべ》のようやと笑いなされてな」

「ほう、それはまた何の謂《いい》にござる」

「中身が空《から》っぽちゅうことじゃろ、と云うたんや。そうに違いないんやから」

「まさか」

ふふ、と秀久は小さく笑った。

「あのな、それでも褒《ほ》め言葉なんやと」

秋風の吹き込む他所人《よそびと》の城で、秀久は亡き人を思いやる眼をした。

「口栓をきっちりとかった瓢はな、何度水に沈めようとしても、ひょっくら浮いてきよるやろ。わしもそれと同じで、沈めても沈めても、必ず浮いてくるから何も案ずることはありゃせんのだと」

奇妙な人物評だが、どこか当たっているのかもしれない、と官兵衛は思った。

官兵衛の眼には、仙石秀久は茫洋《ぼうよう》として捉《とら》えどころのない人物に見える。好人物であることは間違いなく、持って廻ったひねくれたところのないのが取柄《とりえ》だとも思うが、

――武将としては、並。

とそっけない評価も下していた。

「浮き沈みは誰にもあることやで、わしが何かでつまずいて沈んどっても、思い出して元気になれるように、半兵衛どのが云うてくれたと思っとるんや」

秀久はそう云って笑った。

「何せわしゃ古いつきあいだもんで。まぁだあのお人がほんの若僧だった頃を知っとるもんな。……若い時の半兵衛どのは、唐《から》の国の仙人みたいな様子をしとったのや。ああわし、懐かしゅうなった、まいっぺん、わっかい頃の半兵衛どのに会《お》うてみたいわ！」

酒が廻ったか、だらしなくその場に寝そべりながら秀久は遠い眼をした。いつの間にか自分も三十歳になってしまい、あの時の半兵衛よりもずっと歳上になってしまった。

そこへ、面白くなさそうな顔をした親正が入ってきたので、官兵衛との会話はそれなりになったが、秀久は、官兵衛と話したことが多少なりと地下の半兵衛の慰めにでもなればいいという気がした。

官兵衛の云うところによると、切支丹の考え方では、人が死んでもその霊魂は失われることはないのだという。もしその辺で半兵衛の霊魂が聞いていたら、それはそれで面白いかもしれない。何となく、霊魂になっても水のようにさらさらと、執着《しゅうちゃく》のない様子をしているのだろうか、と思った。

淡路の征服には思ったより手間どったのだが、秀吉は別段、親正らを譴責《けんせき》することもなく、十月二十五日に鳥取城が開城すると、十一月半ばに自ら二万の兵を率いて淡路に入国した。

島の中は、たちまち織田家の軍勢に満ち溢《あふ》れてしまった。

本軍の到着を受けて、秀久と官兵衛が先鋒となり、由良城攻めが行なわれた。

由良城という名の城も、岩屋城と同じく、新旧二つがある。

一つは、由良港の前方に細長く伸びた成ヶ島《なりがしま》――ここは当時、細い砂州《さす》によって陸続きであったが――に築かれたもので、慶長《けいちょう》年間に池田忠雄《ただかつ》が造ったものである。

官兵衛たちが囲んだ由良城は、本島の、ちょうど成ヶ島北端に向き合うほどの小山に築かれた中世ふうの山城《やまじろ》で、安宅氏の居城であった。

周囲を二重、三重の人垣で囲み、一斉に鉄砲を撃ちかけると、一応城門が開かれて騎兵が数十現れ、声をあげて吶喊《とっかん》してきたが、また激しい射撃を浴びせられ、這《ほ》う這《ほ》うの体《てい》で城門内に滑り戻っていった。

しばらくして、城内から兜を外した武者が一騎、しおしおと現れた。城将・安宅清康の降伏の使いであった。

これが戦さか、と呆《あき》れるほどあっけなかった。

秀吉は、降伏の使いを引見すると、その日のうちに淡路を発《た》って姫路《ひめじ》に帰った。あとのことは、家臣らに任せても問題ないと判断したようだった。

もう、淡路の国人たちに、抵抗する力は残っていなかったようで、秀吉が残していった若い池田元助《もとすけ》と、仙石・黒田・生駒の軍とで、掃蕩《そうとう》は容易にできてしまった。

当初、ひどく手を焼くかに思われた岩屋城でさえ、守兵は彼らが押し寄せる前に船に乗り、脱出してしまった。後から聞いたところでは、毛利勢は僅《わず》かに三十名ほどにすぎなかったという。

そのことを知った時、親正は嫌な顔をして黙っていた。

秀久が、冗談めかして、

「内緒のことと致しましょうで」

と云うと、からかわれたと思ったのか、親正の顔は一層歪んだ。

――わし何でかな、この御仁《ごじん》とどうも合口《あいくち》ようないわ。

そんな親正の様子を見ながら、秀久は思った。

親正は戦さでの聞こえも高く、今回のように、戦さに気の乗らないさまを見せたのはむしろ珍しいことだった。同郷で目上で、本来なら尊敬したり頼りにしてもよさそうな存在なのだが、気性の合わないのは如何《いかん》ともなし難い、といったところだった。

岩屋城に池田元助を残して、秀久らは一旦、島から引き上げた。

八

天正十年（一五八二）の正月、信長は年頭の出仕を家臣に求めた。昨・九年の正月は安土にとどまる馬廻り衆だけに命じ、他国にある者は出仕免除を行なったのだが、今年はできる限り顔を出すよう命じた。

それればかりでなく、信長への御礼銭百文《もん》を持参するようにと触れが廻った。

毛利との戦さは腰を据えてかかるところであったし、淡路の状況も風雲急を告げる、といった感じはしなかったので、秀久は久々に安土に顔を出すことにした。

信長はこの日、安土城に帝《みかど》の行幸《ぎょうこう》を迎えるためにしつらえたもろもろの華麗な建物を、家臣たちに見せてやることにしていた。

表門から入り、幾つかの門を潜《くぐ》ると白洲《しらす》があり、そこから家臣たちは見物人よろしく、見て廻ったのだった。手には用意の百文が握られている。

――世の中の、富ちゅう富がみんな上様のとこに集まったような景色やな……。

秀久は感心した。どこにもかしこにも黄金《おうごん》が用いられ、目が痛くなるような感じがした。拝見を済ませてもとの白洲に戻ってくると、

「御台所口《おだいどころぐち》に廻れとの仰《おお》せにござる」

と役目の者が告げた。

よく分からぬまま裏に廻ってゆくと、厩《うまや》の口のところに信長が立っていて、そこに行列ができていた。

見世物《みせもの》小屋のあるじのように、信長はそこで見物代を自ら受け取っているのだった。楽しくて仕方がない筈だが、相変わらずその鋭い顔は、微笑すら浮かべていなかった。それでも秀久には、面のような信長の顎《あご》の線がふわりと緩《ゆる》み、上機

嫌であるのが窺《うかが》い知れた。

――上様は初めの時と、なんもお変わりありゃせんの。

歳月はこの人には何の刻印も打たないのだろうか、と進まない列に並びながら秀久は思った。

家臣たちの中でも、悪童気分の強い者は、この催《もよお》しを大層面白がっていた。

「上様にはお変わりもなく、大慶至極《たいけいしごく》に存じ奉《たてまつ》りますっ」

と大声で笑い出しそうになりつつ云っているのは、前田利家に違いない。

「その方も達者で何より」

と信長の返すのが聞こえた。感情の籠《こも》らない疳《かん》高い声にも、いささか楽しげな響きがあった。

列が進んでいくにつれ、秀久は胸がどきどきしてきた。

恭《うやうや》しく差し出される銭を手にすると、信長は肩越しに後ろに投げた。後ろに控えた近習《きんじゆう》がそれを取り、大きな三方《さんぼう》の上に綺麗に積んでいった。

秀久の番がきた。

信長の鷹《たか》の眼に向き合うと、あれも云おう、これも云おうと思っていたことは全て飛び去ってしまった。秀久はただ、

「御慶《ぎょけい》、も、申しあげまするっ」

と舌を嚙《か》みそうになりながら云い、深々と低頭しつつ両手に摑んだ銭を前に突き出した。軽く引かれたので手を離し、おそるおそる顔を上げた。

「権兵衛か。幾つになったか」

ご下問があるとは思わなかったので、秀久の心臓は大きくトン、と打ったが、辛《かろ》うじて、

「三十一歳になりましてござる！」

と図抜けた大声で返すことができた。

「歳《とし》に似合《にお》うた分別くさい顔になりおった」

信長はびしっと云ったが、不快な感情は一分《いちぶ》たりとも含んでなかった。

「上様には、初めて引見いただきましたる時と、何一つお変わりなく」

「淡路のこと、ようやった。そのほうにくれる」

唐突《とうとつ》に話題が切り替わるのはいつものことだったが、あまりに急すぎて一瞬、意味が分からなかった。くれる？　と胸中に反芻《はんすう》し、あっ！　と思った瞬間、秀久は自然にその場に膝《ひざ》を折り、平伏していた。

「あ、有難き、有難き仕合《しあわ》せっ！」

信長は一つ大きくうなずいた。

信長の脇に控えた近習の軽い咳払《せきばら》いに、秀久は飛び上がってそこをどいた。そのまま張りついてでもいようものなら、信長の機嫌は一瞬にして変わる。額《ひたい》を足《あし》蹴《げ》にされ、いま下賜《かし》されたものどころか、一切の領地を召し上げられることにもなりかねない。

その慌てたさまが可笑《おか》しかったか、ヘッ、という嘲笑《ちょうしょう》らしき信長の声が聞こえたが、それすら名誉なことだと秀久には思えた。

控えの間で家来から、

「上様のご首尾はいかがにござりました」

と問われ、秀久は何となくたじろぎながら、

「淡路……」

と云った。

「淡路を賜《たまわ》った……と思う」

眼を丸くした家来を、騒ぐな、と制した。聞き間違いでなければ、いずれ秀吉からまともな沙汰《さた》が下るであろう。喜ぶのはその時になってからでいいと思った。

もっとも、平伏して礼を云ったことを咎《とが》められてはいないから、まず聞き違えたおそれはほとんどない。

落ち着くに従って、秀吉が淡路のことを信長に報告するにあたり、秀久の判断や行動を是《ぜ》として言上してくれたに違いないという気がしてきた。

「殿様へのお年賀な」

と秀久は、秀吉への年礼のことを云った。

「用意したものを全部倍にしぃや」

「倍に、致しますか」

「造り花をつけて豪奢《ごうしゃ》に飾りたてたらええな。手配頼むわ」

弾《はず》む気持ちで秀久は云った。

実際にはまだ、淡路全土を征服し終えたわけではない。が、淡路を領有したいなら、自分の手でそれをやり遂《と》げればいいだけのことだった。

九

この年の秀久の戦さは、淡路ではなく備中《びっちゅう》の冠山《かんむりやま》城攻めに始まった。

毛利の驍将《ぎようしよう》・清水宗治《しみずむねはる》の家臣、林重真《はやししげざね》の城である。

この城攻めで秀久は、加藤虎之助清正と陣を共にした。二十一歳になった清正は、人が変わったように落ち着き、最早《もはや》かつての悪童ではなかった。

この城は小城だったが、切り立った崖《がけ》と沼沢地《しようたくち》に囲まれた難攻の城であった。

秀久と清正と、荒木（木下）重堅《しげかた》、秀吉正室・ねねの叔父にあたる杉原家次《すぎはらいえつぐ》が、攻め手の中心になり、策を練った。

「水の手を断つのがよかろうと存じまする」

秀久は提案した。

「土地の者に案内させて、水の手を断たば、小城ゆえ早速にも窮乏することにござりましょう」

「それはよい考えにござりまする」

大声で清正が賛同した。

清正と秀久で行くことになった。

連れていくのはそうしたことに達者な伊賀者数人と、それぞれの家士《かし》数人である。

秀久は伊賀者たちに、

「まずは土地の者を捕《と》らえてきぃや」

と命じた。

しばらくして何人かの地元の者が連れてこられた。

「手荒にすなよ」

と秀久は命じ、連れられてきた何人かのうち、年はくっているがまだ足腰のしゃんとした老人にあれこれと話しかけてみた。

老人はすっかりびくついていたが、訊かれたことにはぽつぽつと答えた。

どうやら冠山城のあるじは、周辺の土民の扱いがきついようであった。土民とはいえ、れっきとした人なのだから、粗末に扱えば反感を持つ。

それが老人の口を動かしていた。

――ほやから、普段から気ぃつけなあかんのや……。

と思いながら、いよいよ本筋のことを訊いた。

城の造りやたたずまいから何となく、城内に水が潤沢《じゅんたく》にありそうには思えなかったのだが、案の定《あんじょう》、

「城の衆は、間道を伝って裏手の泉まで水汲《く》みに行っておりますけえ」

と老人は話した。

秀久が、城の間道を案内できるかと訊くと、老人は躊躇《ちゅうちょ》しながらうなずいた。一向は老人の案内で藪《やぶ》を潜り、小さな崖をよじ登ったりしながら、城の裏手に分け入った。

その間、荒木重堅が陽動作戦で、城の表口に攻撃をしかけ、城兵の注意を引きつけていた。

間もなく、湧《わ》き水が見つかった。小さな小屋があり、番人が二人ばかり見張っていた。

二人とも、あっという間に清正の刀の餌食《えじき》になってしまった。

秀久の指図《さしず》で、湧き水は埋められた。

「石を投げ入れるだけではあかん。湧き口に泥をように詰めて、上から丸太で押し込め」

作業はあっという間に終わった。城内に、相当量の溜水《ためみず》をしてあるだろうが、元を断たれてはどうにもなるまい。

帰路、清正がいきなり、おっ、と声を発するや脇道に入っていった。

塀があり、一部が崩れているのに何のてだてもしてなかった。

秀久が何か云うより早く、清正は飛びついてよじ登り、中に飛び下りた。伊賀

者が続き、秀久も登って、下りた。入るなり一人の伊賀者をつかまえ、

「すぐ戻って、水の手も断った、攻め口も見つけた、と申しあげよ」

と命じた。

易々と城の中に入ってしまった彼らは、すぐさま戦闘態勢を整えた。

黙って突き進んでゆくと、気づいた城兵十人ばかりが突進してきた。

白兵戦は久々である。

秀久は大胆に踏み込んでゆき、粗末な胴丸《どうまる》をつけただけで兜のない相手の脳天めがけて刃を打ち下ろした。

鈍くめり込む手応えがし、鮮血が散った。

くずおれる相手に構わず、秀久は突き進んだ。すぐ横で、清正が大声で吠《ほ》えまくっているのが聞こえた。加藤虎之助清正、という名を隅々まで知らしめようとするように、ひと太刀《たち》振るっては名を叫んでいる。

横合いから突き出された槍の穂先を、秀久は危うく避《よ》けた。相手が槍を手元に引くより早く、つけ入り、またも相手に兜のないのをよいことに、刀で相手の横ぞっぽうをぶん殴った。敵のこめかみから頬《ほお》にかけて、刃《やいば》が深く食い込んだ。

そこへ、新手《あらて》の敵、二、三十人が走り寄ってきた。

——多い！

と思ったが、清正は嬉しそうに、

「また餌食が来た！」

と叫んで、阿修羅《あしゆら》のように暴れ廻った。

そうしているうちに、背後がざわめかしくなったと思う間もなく、味方の兵が入ってきた。

小さな塀の崩れめから、鉄砲水のようにどうっと、織田兵はなだれ込んだ。

秀久が、よし！　と思った瞬間、清正が

「わしの餌食に手ぇ出すな！」

と不機嫌そうに怒鳴った。

冠山城は落ちた。その後、二、三の小城を攻めたがいずれも堅城であったので、秀吉はそれに費やす労力を惜しみ、攻撃の目標を切り替えて、五月、備中・高松《たかまつ》城攻めにかかった。

秀久は冠山城で水の手を断った功績を認められて秀吉から太刀を賜り、攻め口を開いた清正も激賞されて感状を頂戴した。

十

足守川《あしもりがわ》の水を城の周りに引き入れた水攻めを、秀吉は選んだ。長大な工事が終わっても雨が降ってこず、織田勢はややたじろいだ。が、五月二十五日から、梅雨《つゆ》の降りではない激しい雨が続き、たちまち城は、遠目には湖の上に浮かんでいるかのように見えた。

そして六月三日の午前中、なるべく少ない損害で折り合うことを選択した毛利家の使いが、明日、城将・清水宗治は切腹し、高松城は開城する、と告げたその同じ日の夜、京の長谷川宗仁《はせがわそうにん》から遣わされた急使が到着した。

陣中のただならぬざわめきが、変事のあったことを表していた。しかし大げさな動揺は、敵を利する行為になってしまう。

四日朝、石田三成から各将に対し、間もなくあることを皆に告げ知らせるが、それまでは静粛を保ち、流言蜚語《りゅうげんひご》の類《たぐい》を撒《ま》き散らす者は成敗する、と達しが届いた。それで秀久らは、何事が起きたか正確に把握するより前に、とりあえず上士を集めてそれを伝え、何事もなく常のとおりに行動せよ、特に炊飯の煙をいつもどおり上げよ、という指示を下した。

それから間もなく、秀久ら主《おも》だった将士が集められた。

鉛《なまり》のような顔色をした羽柴秀長が、重くしわがれた声で、

「惟任日向《これとうひゅうが》謀叛につき、上様は本能寺《ほんのうじ》にて御生害《ごしょうがい》あそばされた」

と云った。

——!?　ご生害、て……。

戦国に生まれた者の習いで、「謀叛」という言葉には反応が早い筈なのだが、それでも秀久は一瞬とまどった。それでいて頭脳は本人の自覚より先に理解していたと見え、ずん、と氷の塊《かたまり》を腹にねじ込まれたような感じになった。

——ど、どうするんじゃ。どうするんじゃ。どう……。

将士らは顔を見合った。すると秀長が、

「殿には早急に、姫路にお戻りある」

と告げた。皆がごくりと息を呑むと、秀長は、

「できる限り迅速に京に上り、惟任を討つ」

と続けた。

皆が反応するより早く、秀長の傍《かたわ》らにいた官兵衛が、

「本日の、清水長左衛門尉《ちょうざえもんのじょう》の切腹は、予定のとおり執《と》り行なう」

とつけ足した。

秀久にも、事態が呑み込めた。敵にこの非常事態を知られてはならない。本日午前中に、予定どおり清水宗治には切腹させ、それから可及的速やかに織田軍は退《ひ》くのである。

「て、敵はこのことを……」

「毛利に向けた使いは、昨夜捕らえた」

ああそりゃ何より、と将士の中から安堵《あんど》の声が漏《も》れた。

高松城を開城させ、杉原家次を入れると、全軍は姫路に向けて発った。六日のことであった。この間、誓詞《せいし》の交換を済ませた秀吉は、信長の死を毛利側に告げたと、古史料はいっている。

毛利側は秀吉を追撃しなかった。それは彼らの手抜かりといった問題ではなく、毛利側首脳の一人、小早川隆景《こばやかわたかかげ》にその意思がなかった。

隆景は、織田家内に変事が起きたと思《おぼ》しき最初から、この切所をできる限り穏

やかにまとめあげ、それによって、織田家もしくはその後継者との今後の関係を良好にしたいという考えがあった。かつ、隆景の中には、今後どうなるにせよ、羽柴秀吉との関係をなるべくよい形で維持することが、毛利家の将来にとってよい方向である、という見通しがあった。

実際、後々までもこの時の毛利家の姿勢を秀吉は評価し、感謝し、毛利家と小早川隆景に対する尊重を貫いている。

とにかくそうした次第で、秀吉は追撃されることもなく姫路に戻った。

そうして、帰着した七日の夜、秀久は秀長に呼ばれた。

「長宗我部が、惟任と動きを共にするのは必定《ひつじょう》だで、おんしは急ぎ淡路に渡ってくりゃ」

考え方としては至極当然なのだが、思わず秀久は、

「えっ」

と云ってしまった。

秀久は、迅速に引き返して光秀を討つ、という秀吉の姿勢に深く共感していて、

「さすがはわが殿や」

と感動していたし、当然ながら
――こうなったら惟任の首級《しゆきゆう》はわしが獲《と》ったるわい。

と思っていたので、

――そんな……。

と、いわば置き去りにされるかのような不当な気分になっていた。

「あ、淡路には生駒どのでも送って下されませ。わしは殿さまと共に京に上りますっ」

秀長はじろりと秀久を見た。

「そうはいくまい。淡路はそなたの国であろう」

うっ、と秀久は詰まった。そのことを信長から告げられた時のことが奔流《ほんりゆう》のような勢いで蘇《よみがえ》り、未だ受け入れ難かった信長の死に対する哀惜《あいせき》の念が一気に溢れ出して、秀久の両眼は涙に曇った。

「上様の仇《かたき》を、討ちとう存ずる」

「分かっておるわ。しかしこの機に乗じて、長宗我部に我が物顔をされては、亡き上様は決してお赦《ゆる》し下さらぬぞ」

聞いているうちに、どうしようもなくこみ上げてしまい、秀久はとうとう、声を放って泣き出した。

「よいな、頼んだぞよ。急ぎ淡路に向かやーせ」

秀長は泣き伏している秀久の肩口を軽く叩《たた》くと、そこから出ていった。

秀吉は九日に姫路を発ち、同時に秀久は淡路に向かった。

誰も知るとおり、このあと秀吉は山崎《やまざき》で光秀と交戦し、敗れた光秀は逃れて、小栗栖《おぐるす》の藪で土民に襲われ、落命する。

秀久は戦勝の報せを、洲本城で受けた。

天正九年（一五八一）の末に降伏した安宅清康は、池田元助に伴われて信長に引見され、赦されて洲本城に戻ったものの、ほどなく病死していた。

その後、洲本城に入ったのは地元の将・菅平右衛門《かんへいえもん》であった。

秀久はこれを降し、岩屋城と共に織田家の城として確保した。ほとんど戦さとはいえず、秀久の上陸を知った菅は開城して退《しりぞ》き、秀久も深追いはしなかった。

その頃の洲本城は、中世ふうの城館で、さして豪壮な城ではない。

海面《うなも》のきらめきを、眼を細くして眺めながら、秀久はなお悶々《もんもん》とした。天下分け目ともなるであろう一戦に、自分は加われなかった。無論、役目を命じられて淡路に詰め、長宗我部に備えていたのだから、そのこと自体は正しく評価される筈ではある。しかし山崎の戦さの場、その風を肌に感じ、硝煙《しょうえん》の臭《にお》いを嗅《か》ぎ、夏草を踏み、敵の血に濡《ぬ》れることができなかったことで、それを実際に体験した諸将との間にうそ寒い隙間《すきま》のようなものを感じずにはいられないと思った。

奥州、関東、越後、四国、九州。

信長は実に、これだけの地域に手をつけずして中途に倒れた。冷静に見れば、天下布武《てんかふぶ》の歩みは遅く、既に五十歳になろうとしていた信長がその後二十年生きていても、その手法のままで天下を統一できたかは分からない。

光秀を倒した秀吉は、信長と同じ手法でことを進めてゆくつもりはなかった。いずれにせよ、天下統一に乗り出すにはその前に、織田家の内部闘争に勝ち抜かねばならない。

信長の配下にいる時、秀吉は主君の一切を注意深く観察し、自身の役に立つことと、立たないことを見分けていた。信長とはもともと資質も異なり、かつ、秀吉は決して信長の轍《てつ》を踏むまいとも考えていた。

剽《ひょう》げた笑顔と態度の内側に鉄の意志を抱き、誰よりも明確に覚めた鋭敏な感覚を持った小男が、天下に踏み出そうとしていた。

第四章

四国の風

一

信長の逝去《せいきょ》により、秀久の身分は完全に秀吉の家臣となった。

唐突《とうとつ》な光秀謀叛《むほん》の謎は解けず、みな口々にさまざまなことを述べたてていたが、秀久は、

――ほんとのとこは、本人にしか、分からんて。

と割り切っていた。ただ一度だけ、官兵衛に、

「日向（光秀）は何で謀叛したのやら」

と首を傾《かし》げて見せると、官兵衛はつまらなそうに、

「上様が将軍におなりあそばすと思い込んで、そのようなことは許してはならないと思い込んだのでしょう」

と答えた。

「あの男は骨の髄まで幕臣にござりましたし、京畿《けいき》周辺の幕臣一同を束《たば》ねてもおりましたゆえ、それらの意思もあったかと存じまするな」

「上様が将軍になられたら、何があかんかったのやろ」

何も、と官兵衛は微笑した。そしてうんざりしたように首を振ると、

「あの男には未来が見えていなかった。日向の眼はいつも、過去だけを見ていたのでござる」

とバッサリ斬り捨てた。

秀久には、官兵衛の云うことの当否は分からなかった。いずれにせよ、秀久にとっては済んだことにすぎなかった。

すると官兵衛は、

「日向の家老の斎藤利三が、上様の長宗我部元親に対する扱いを不満に思って、主人をそそのかした、ということもあるかもしれませぬ」

と、ふいに秀久にも無縁ではないことを呟《つぶや》いた。

事実、信長は元親に対する扱いを途中から変えており、それは秀吉の介入によるものであった。

秀吉は、名族・三好の最後の生き残りである三好康長にすり寄られたのをよいことに、自らの甥《おい》・後の秀次《ひでつぐ》を康長の養子とさせた。

これによって元親が三好康長を滅ぼすことは不可能になった。そうして、先にも述べたとおり、信長は元親に、土佐及び南阿波の領有のみを認める、と告げ

た。まさに前言を翻《ひるがえ》したのである。

それを不服とした元親に対し信長は、五月七日、三男・信孝《のぶたか》を総大将とし、惟《これ》住《ずみ》（丹羽）長秀を後見とした軍団を送って制圧することを表明した。

実際に信孝は一万を超える軍勢を率いて渡海しようとしたが、光秀の謀叛により、この企《くわだ》ては流れてしまった。阿波・勝瑞《しようずい》城に入っていた康長は逃亡せざるを得なくなった。元親にとっては願ったりの状況であった。

秀吉は織田家の後継者として、信長の嫡男《ちゆくなん》であった故・信忠の遺児・三法師《さんぼうし》をたて、信長次男の信雄《のぶかつ》、三男の信孝と対立した。特に、信孝が柴田勝家《しばたかついえ》と結んだため、早晩この、信孝・勝家と秀吉とが戦さになるのは必定《ひつじよう》であった。

中央の混乱が続けば続くほど、元親にとっては有難いことになる。

元親と信孝・勝家が手を結び、元親が自身の侵攻に邁進《まいしん》することで効率よく秀吉を妨害することは、別段慧眼《けいがん》でなくとも容易に推測しうることである。

「あ、ああ……」

官兵衛の前も構わず、秀久はうめいた。

「わしまた、主戦場から外れる！」

秀吉が中央で信孝・勝家と決着をつける時、その場にいることができない。

官兵衛は軽く眉《まゆ》を吊り上げたが、穏やかに、

「そうでしょうな。権兵衛どのは宮内少輔《くないのしょう》（元親）に対する押さえとして、欠くことのできぬ大事な存在」

となだめた。

「そうかしれんけどもな、役目のことに文句つけてはなりゃせんと、承知してはおるけんどな……くそう、ついとらん！　こうなったらいっそ、こっちから敵に攻め込んだる！」

と秀久は大きな声を出して頭を掻《か》きむしり、官兵衛に苦笑いされた。


長宗我部元親の動きは素早かった。

織田信孝の渡海を知るや、元親は恭順《きょうじゅん》を云い送り、信長の死と同時にそれを自動的に撤回して、かねての計画どおり讃岐《さぬき》侵攻を繰り広げていった。

七月には自らの次子・香川親和《かがわちかかず》を大将として東讃《とうさん》に侵入させ、親和は鵜足《うた》郡の聖通寺《しょうつうじ》城を陥《お》として城主・奈良元政《ならもとまさ》を敗走させた。

続いて藤尾《ふじお》城の香西佳清《こうざいよしきよ》を降《くだ》し、親和は十河《そごう》城に向かった。

十河城は十河存保の城だが、その時存保は阿波・勝瑞城におり、城は城代・三

好隼人佐《はやとのすけ》が守っていた。

隼人佐は頑強に抵抗し、城を陥とさせなかった。

親和は元親の合流を待つことにした。

まさにこの時、元親は十河存保の入っている阿波・勝瑞城攻めの最中であった。

十河存保は三好長慶の弟・義賢《よしかた》（実休《じっきゅう》）の子で、叔父・十河一存《かずまさ》の跡を継いで十河となった者である。徹底して元親に対抗し、その軍門に降ることを拒否していた。

存保の入った勝瑞城は、十四世紀に築かれた平城《ひらじろ》で、管領《かんれい》細川氏の時代には阿波統治の中心として阿波屋形《やかた》とも呼ばれ、賑《にぎ》わう城下町を伴っていた。

八月二十八日、双方は、城の西南方四キロ、中富川《なかとみがわ》の河原で激突した。

戦《いく》さは凄《すさ》まじい肉弾戦となり、存保に従っていた阿波諸城の城主三十名以上がこの地で討死《うちじに》を遂《と》げた。

それでも存保は歯を食いしばり、戦さを続けた。

元親勢は二万の兵で城を包囲したが、九月五日から大雨が降り続き、城の周囲はあたり一面水浸しとなって、彼らは民家の屋根や大樹の上に避難したという。

城兵は舟を出してこれら敵兵を突いて廻ったというが、そうした抵抗も相手に大きな損害を与えることはできなかった。

元親は陣を移し、水が引いた後、改めて城を攻囲した。

城の周囲では、幾度となく戦闘が繰り返された。

援軍の来ない籠城《ろうじょう》に勝ち目はない。存保に逆転の目があるとすれば、織田家勢力の誰かが駆けつけてくれることただ一つである。

結局存保は、九月二十一日、城を明け渡し、讃岐・虎丸《とらまる》城に退《しりぞ》いた。

勝瑞城を陥とした元親は、十月、十河城攻めの香川親和と合流し、城を囲んだ。

しかし三好隼人佐はなお抵抗した。

この抗戦に力を貸したのは季節の訪れだった。冬が来ることを嫌った元親は囲みを解き、一旦、土佐に帰ることにしたのである。

十河城からは急使が出て、京の山崎《やまざき》城に向かった。

秀吉が七月に築いた城である。

秀吉は、いわゆる清洲《きよす》会議において信長旧領の分割を定める際、柴田勝家から北近江を求められた。北近江はれっきとした秀吉の領地である。しかし、光秀討

伐の功績により、播磨や丹波などを領有することになった秀吉は、

「それにて宜《よろ》しゅうござる」

とあっさり北近江を譲った。

そうしておいて、山崎の天王山《てんのうざん》に築城した。それはたちまちに勝家の非難するところとなったが、秀吉はそれには応じず、大坂城をその居城とするまでの間、山崎城を拠点としたのである。

秀久は山崎城に呼ばれ、十河存保の救援に向かうよう秀吉から命令された。

二

秀久を大将とする船団は、淡路から播磨灘を突っ切り、引田《ひけた》に碇《いかり》を下ろした。

引田城は、引田湾の北側に突き出た城山《しろやま》という陸繋島《りくけいとう》の上に築かれ、その頃は無主の城であった。

存保の籠《こも》っている虎丸城は、引田港から八キロほど西に入ったところにある。

十河城はそこから更に二十キロ足らず西北西に進んだ地点である。

秀久はそれらの城にとりあえず糧秣《りょうまつ》を補充し、彼らの士気を高めることを図

った。

その後、考えを変えて小豆島《しょうどしま》に渡った。

──わしどうも、考えがまとまっとらんな……。

一旦は四国に上陸してみたものの、肝腎《かんじん》の敵はいま目前にない。その一方、讃岐の国人《こくじん》層の中には元親支配を受け入れている者も多く、それらが秀久軍の隙《すき》をついて挑んでくることは考えられる。

小豆島に渡った秀久は、そこから屋島《やしま》を攻めようとした。

屋島は源平の合戦で義経《よしつね》が大勝した場として名高い。現在では陸続きになっているが、江戸時代までは島であったという。ここを占拠《せんきょ》すれば、十河城の後ろ巻きとして都合がいいと思った。

讃岐の将で、早い段階から味方についている森村吉《もりむらよし》を先手《さきて》として差し向けたが、屋島の城将・高松頼邑《たかまつよりむら》は弓、鉄砲を最大限に用いて防戦した。

「こうした戦さで徒《いたずら》に兵を損ずることはいかがにござりましょうや」

じきに、仙石家に古くから仕える酒匂儀右衛門の子・余五平《よごへい》が云いだし、金ケ《かなが》崎《さき》の時から陣を共にする家来の与次郎や吾介も、

「船で近づけば必ず敵に覚《さと》られるで、どうにも無駄が多いことにござる」

と屋島攻めの中止を口にした。

——やめた。

と秀久は、美濃衆の気の乗らない顔を眺《なが》めて決断した。

攻撃をしかけて途中でやめたり、目標を切り替えたり、時機を待ったりすることは、珍しいことではない。主君秀吉も、堅固《けんご》な小城などを少しつついてみて落ちそうにない時は、

「この柿はまぁだ熟《う》れとらんで、いま食っても渋苦《しぶにが》いばっかりだわ」

と老練な大猿のようなことを呟いて、攻撃の中止を決めることは時折あった。

従ってそう決断することに、さして迷いはなかった。

船団は小豆島に戻り、

「とにかく決戦は春!」

と秀久は皆に告げた。冬を越せば、元親が戻ってくる。

「わしらはここが主戦場やで、春になったら宮内少輔を叩《たた》きのめすで、えかっ」

と一同に告げると、皆、座り直し、

「畏《かしこ》まって候《そうろう》!」

と景気のいい声で応《こた》えた。

天正十一年（一五八三）の正月。

秀久は年礼のため、山崎城の秀吉を訪ねた。

そこには諸将も顔を揃《そろ》えた。秀久は皆と腹蔵《ふくぞう》なく挨拶《あいさつ》を交わしたが、やはり何となく、山崎の合戦に不在であったことが響いている気がした。

光秀を打ち破ったその戦さの話は、何度となく宴《うたげ》の席でも繰り返された。

無論誰も、秀久に話を向けるようなことはしないのだが、

「あんときゃ、雨で散々だったでな」

「そうそう、わしゃ、敵に槍《やり》をつけたはいいが、思わずぬかるみに足を取られてすっ転んだで、鎧《よろい》の草摺《くさずり》にまで泥が詰まってもうわやくちゃよ」

と参加した者が笑いあう時、秀久はつまらなそうに鼻の頭を掻《か》いているしかなかった。

それと共に、家中の雰囲気が微妙に変化してきているとも感じた。

誰の目にもつくほど、石田三成が中心になって全てを取り仕切っていた。席次は以前と変わっていなかったが、大声で話しているのは神子田や尾藤ではなく、加藤、福島ら若手の方であり、幾人かは顔も見知らぬ者がいた。

隣席の一柳直末に、

「あれは誰ぞ」

と訊《き》くと、

「知らん」

と手短かな答えが戻ってきた。

「大方、播磨か但馬か、そのあたりの新参者であろうず」

「わしらすっかり、肩身が狭《せも》うなって……」

と尾藤知宣が口を挟んだ。

「そんなことはあるまい」

と否定すると、知宣は口を尖《とが》らせ、

「そりゃあ、仙石権兵衛は淡路の大物だで、肩も身も幅ぁ広いわなあ」

と絡《から》んだ。

面倒くさくなって知宣の相手はせず、秀久は厠《かわや》に行こうと立ち上がった。

長い廊下を辿《たど》っていくと、庭に面した小部屋に二、三人の者がいるのが見えた。

三成と大谷吉継《おおたによしつぐ》、それに秀久と同様、美濃出身の谷衛友《もりとも》だった。

「おう、甚太郎《じんたろう》」

と衛友に声をかけて秀久は近寄っていった。

「ああ、仙石どの」

やっと二十歳《はたち》を超えたほどの衛友だが、三木《みき》城攻めでは討死した父の仇《かたき》をその場で討ち取るなど剛勇で知られ、その功で信長から六千二百石の加増を受けている。

「久々のお出ましにござりまするな」

「すっかり無沙汰《ぶさた》になってまったわ」

と部屋に入り、

「こんな静かなところで集まって何の悪巧みしとる」

と冗談を云うと、だいぶ酔っていたらしい吉継が膝《ひざ》を打って大笑いした。

「見いや、佐吉《さきち》がこうしとると、悪巧みに集まっとると見えてしまうんや」

「やかましい」

三成はにこりともしないで云ったが、珍しくその顔は強張《こわば》っておらず、吉継に心を許している感じが見て取れた。

三人して酔い醒《さ》ましをしていたのだと衛友が云った。

「わしもちょっと仲間に入るわ」

と秀久はその場に座った。寒かったが障子《しょうじ》は開け放たれて、冷たい風が入ってきていた。

「わしどうも、しばらく皆と離れとったら、なんだか馴染《なじ》みがようないっちゅうか、何かな、歳《とし》とったか？」

そんなことはないでしょう、とすぐさま衛友が云った。目上の者にも臆《おく》せずものを云う気性の持ち主だった。

三成と吉継も、声を揃えてそんなことはないと云った。

「おんしらは仲がええらしいの」

秀久は吉継と三成を斜めに見て笑った。

「こやつがいろいろ手ぇ焼かすで、わしが面倒をみてやるのでござる」

吉継が云うなり、

「それは逆だ」

と三成がびしっと云い返した。

「ご覧のとおり、この男は限度というものも心得ずに酒をくらいまするによって、わしが面倒をみてやらぬと、池の中に頭を突っ込んだまま眠ってしまうくらいの愚行を致しまする」

「誰がそんなことを！　余計な心配だわさ！」

眼を剝《む》く吉継に、ふん、と三成は鼻を鳴らした。

秀久は何となく快《こころよ》くなって小声に謡《うた》いながら、

――こんな小難しい男にも友達はできるもんやな。

と思った。そこで吉継に、

「佐吉が初めて長浜《ながはま》の城に来よった時な、わしが助けてやったんや」

と思い出話を始めた。

衛友と吉継は面白《おもしろ》そうに聞いていた。三成だけは表情も変えなかったが、

「そやからわしは恩人なんじゃ」

と秀久が云いながら、ふとこの廊下に来た目的を思い出してさっと立ち上がる
と、三成は膝に手を置いて、

「その節はお世話になり申した」

と大真面目《おおまじめ》に云いつつ低頭して見せた。秀久はからからと高声《こうしょう》に笑いながら、
廊下を進んでいった。気持ちよく酔いが廻っていた。

三

秀吉は二月から、伊勢の滝川一益《たきがわかずます》との戦いに入った。

滝川一益は信長の横死《おうし》の際、関東におり、北条《ほうじょう》氏との激烈な戦闘の末、やっとのことで西に戻ってきたのだった。従って清洲《きよす》での会合には加わっていなかったが、当然ながら柴田勝家に肩入れしており、勝家と連動して挙兵したものだった。

秀久も小豆島から手勢を移し、伊勢・亀山《かめやま》城を囲む軍団の中に加わった。

しかし、この戦いは予想外に長引き、簡単には決着がつきそうにないと分かると、秀吉は秀久に、

「長宗我部がそろそろ穴から這《は》いずり出る頃だが。そっちの手当ては権兵衛に任すで、よしなに頼むわ」

と淡路に戻るよう命じた。

今度こそ、元親と正面切ってあたることになるだろうと推測できたので、秀久としても期するところがあり、

「四国のことは、権兵衛めにお任せ下されまするよう」

と見得《みえ》をきって言上《ごんじょう》した。

秀久は淡路に戻ると、森村吉を先遣隊《せんけん》として送り、引田《ひけた》城北西の与治山《よじやま》に砦《とりで》を築かせて駐留させた。

四月、元親と信親《のぶちか》親子は、阿波・大窪《おおくぼ》越えから讃岐・寒川《さむかわ》郡に侵入し、北進して、虎丸山《とらまるやま》の北西数キロに位置する田面山《たもやま》に陣取った。

旧暦の四月は現代の六月頃にあたるため、畑には麦が金色の穂をなびかせ、田には緑の苗がきれいに植えられている。

土佐兵はその麦を刈り、早苗田《さなえだ》に踏み込んでせっかく植えられた苗をみな掘り返した。

それらは戦さの常道であった。

この挑発に対し、十河存保は堅く守って短慮はせず、状況を見守った。

元親は方向を変えることを決意し、香川信景《のぶかげ》と大西頼包《おおにしよりかね》を引田に向けることにした。

「宮内少輔はこっちに来るで、見とれや」

秀久には勘があった。秀久は、身内の仙石勘解由《かげゆ》と仙石覚右衛門《かくえもん》、さらに森村吉の甥で、猶子とした仙石権平にそれぞれ三百程度の兵をつけ、土佐勢が辿ってくるであろう道筋に伏せ勢とした。

「鉄砲で無《の》うて弓を使いや。先頭を倒しといていきなり襲いかかるんじゃ」

と指示を出した。そのまま待つことしばし、忍び物見《ものみ》に出した家来が走り戻り、

「参りますっ！　土佐の勢、ざっと二千ばかりが川伝いにこちらの方に向かって！」

と息を切らせて告げた。

――ようし、来た。

何も知らずに進軍してくる土佐勢に、道の両脇と、進行方向左手の高みから弓を射かけた。

敵が驚くところに、間《かん》、髪《はつ》を容《い》れず軍勢がなだれ下った。権平を先頭に伏兵らは、高みを下ってきた勢いを利して敵勢の真ん中に突っ込んでいった。

権平はまだ十七歳だったが、秀久が見込んだだけあり、槍を振るって敵兵に襲いかかるさまは、俊敏な隼《はやぶさ》のようだった。

土佐勢は右往左往し、虎丸山の南裾《すそ》にかかるあたりまで追い散らされた。

「退《ひ》くな、退くなーっ！」

大西は絶叫し、大手を広げて走りくる自軍の兵を遮《さえぎ》った。馬の鞭《むち》をうち振り、

「そのざまは何ぞ！　敵に後ろを見せれん！」

と怒鳴りながら、戻ってくる兵の横っ面《つら》を鞭で引っぱたいた。

「押せ押せ、押せ、押せやいっ」

必死に兵をまとめ、大西は再び勢を反転させた。香川も揃って、退勢を立て直し、前へと進ませた。

さすがに名にし負う長宗我部の勢であった。両将に煽《あお》られると、覚悟を決めて再び引田方面に走り出した。

ちょうど権平は、ひと息入れていた。馬の鞍《くら》の四方に、落とした敵の首を結びつけていたので、その動きはやや緩慢《かんまん》だった。

「権平それ」

と、ちょうど旗本衆を率いて進んできた秀久が声をかけた。

「それはやめといた方がええ。そんなに敵の頭をぶら下げたら、馬も疲れるで、それはやめにせえや」

権平が返事をしようとした時だった。

鉄砲の音が鳴り響き、彼らのすぐ近くにいた武者が、馬からはじき飛ばされたように後ろざまにのけ反《ぞ》って落馬した。

「ちっ、懲《こ》りぬ奴ばら」

権平は舌打ちすると、馬首を向け変えようとした。馬が不満げにいななくのを、無理に手綱《たづな》を繰って弾の来た方に向けさせたのとほとんど同時に、大西らの一群が突っ込んできた。

秀久は馬上に大槍をとり、

「死に迷うたか、往生《おうじょう》せい！」

と叫ぶなり、彼らの真っ只中《ただなか》に突っ込んだ。

そのまま、大西・香川の軍勢だけを相手にしていたなら、勝利は難なく仙石勢のものになったであろう。

しかしそこに、元親・信親の率いる軍勢が、ざっざっと音をたてて現れたことで、形勢が一変した。

旧記には「黒烟《こくえん》を立て」とあるが、まさしく人の津波のごとく土佐勢は詰め寄せてきた。

「殿、引田の城にはやはやお戻りあれや！」

仙石覚右衛門が叫んだ。

「何を云うか。戦さに後《おく》れをとったことはありゃせんわ！」

大物と見てとって殺到してくる土佐兵を、畑の麦のように薙《な》ぎ倒し、秀久は吼《ほ》えた。

「なりませぬ。殿は大将じゃ。戦さは家来にお任せあれや」

覚右衛門は秀久の馬に飛びつくや、手綱を引き廻して強引に馬の向きを変えさせ、勇み足を踏み鳴らす馬の尻を叩いた。

秀久は歯嚙《はが》みしたが、確かにここで膠着《こうちゃく》していては全滅するとも思った。

戦さで不利になったら逃げるのは当たり前であり、永禄生まれの若造ならばいざ知らず、信長の麾下《きか》に素早い駆け引きをしてきた古参の秀久にとって、それは恥ではない。

というより、退けどきを知らぬ武者などは、猪《いのしし》武者と呼ばれて嗤《わら》われるものであって、進退が自在であってこそ戦さ上手と呼ばれるのが古手《ふるて》の常識であった。必要もないのに死ぬ覚悟などする者は一人もいない。

やたらに死ぬ死ぬ云うのはむしろ、死を恐れるしるしであり、戦さを日常とする戦国武者は日頃、死をわざわざ口にしたりはしないものであった。

口惜《くや》しくはあったが、退けどきを誤ったらそれこそ恥である。

「退けっ」

と秀久は声を振り絞った。同時に今度は自ら馬首を向け変え、引田の城目指して駆け出した。

四

伏兵の指揮をとった三名が、そのまま殿軍《しんがり》を引き受けた。

しかし彼らは、長い戦闘に疲労していた。権平はつけた首が災《わざわ》いして、自由に馬を操ることができず、次第に敵兵の槍を避《よ》けきれなくなって、血にまみれ始めた。

少しずつ退きながら、追いすがる敵を追い払うのは難しい。

勘解由が矢を受けて、馬上に倒れかけた。が、何とか踏みとどまった。勘解由は矢を左肩に突き立てたまま、右手の刀を振るい、ほとんど膝の締めつけだけで馬を乗りこなしていたが、前に立ち塞《ふさ》がった武者がそれなりの身分と思《おぼ》しいのを見るや、渾身《こんしん》の力で馬を寄せ、相手に折り重なって地面に落とした。

利《き》かない左手で何とか相手を押さえながら首を掻こうとするところに、敵の身内が駆けつけ、勘解由の頭を槍で横殴りにした。

勘解由は衝撃を受けて転がった。

敵兵は二人がかりで勘解由を押さえつけると、遂にその首を討ちとった。

それを見ていた権平は、もう終わりだと判断した。若者は死に淡白だった。

「我こそは仙石権兵衛秀久が家中にて、隠れもなき仙石権平久村《ひさむら》なり」

と権平は馬の鐙《あぶみ》を踏んで立ち上がり、大声で叫んだ。

「心あらん者は寄りて組めや」

歳にしては大柄な権平は、面頬《めんぽお》をつけていた。それによって年齢を知られまいとしたのだった。

よく聞けば、呼ばわった権平の声はまだ若々しかったが、誰も気づかなかった。喧騒《けんそう》の中で「仙石」の部分ばかりがくっきりと聞こえ、黒糸縅《くろいとおどし》の見事な鎧や紅梅月毛《こうばいつきげ》の駿馬《しゅんめ》も、権平をあたかも大将のように見せた。

敵が一斉に群がった。

権平は三人を斬って捨てた。そこに、一人の逞《たくま》しい武者が現れて、

「これは稲吉《いなよし》新蔵人！」

と名乗るなり、突っかけてきた。

新蔵人の白刃《はくじん》が、権平の右腕をぶち折る勢いで叩きつけられた。

腕は籠手《こて》に保護されている。籠手は布に細い鎖を綴《と》じつけたもので、横に引かれる刃には強いが、鋼《はがね》の刃の打撃を防ぎきるほどのものではない。

権平は避けきれずに打たれ、その額《ひたい》に汗が浮いた。とっさに刀を左手にとると、接近した新蔵人の鼻柱めがけて突いた。

あまりに無鉄砲な反撃が、却《かえ》って敵を惑乱《わくらん》させたか、これに手応えがあった。

思わず馬上にのけ反った新蔵人は、だらだらと鼻から血潮をこぼしつつ、馬を飛び下りた。

「尋常《じんじょう》に勝負せよ！」

と呼びかけられて、権平もずるりと滑り落ちるように馬から下りた。両手に刀の柄《つか》をしっかり握ると、振りかぶった。折れた筈《はず》の右腕だが、上がった。

閃《ひらめ》く白刃が幾度か嚙み合い、火花が散って、離れた。

野猿のように叫びながら、新蔵人は権平のもつれる足元を狙《ねら》ってきた。

薙ぎたてられて、遂《つい》に権平は転んだ。

両手は刀の柄をなお摑《つか》んでいた。

弱々しく打ち振られたそれを避けて、新蔵人は仰向《あおむ》けになった権平の口に、刃の切っ先を叩きこんだ。

双眸《そうぼう》を張り裂《さ》けるように見開き、権平の四肢《しし》に、生命《いのち》の抜ける痙攣《けいれん》が起きた。それが静まるのを待って、新蔵人は権平の首を掻こうと、まだ刀の柄を両手で摑んでいるのを、払いのけようとした。

動かなかった。

息絶えてなお、権平の両手は刀を放さず、両眼を見張って構えを解かなかった。

五

秀久と覚右衛門は何とか合流し、一旦、引田城――与治山のそれではなく、城山の方の城に逃げ込んだ。

ばらばらと絶え間なく兵は逃げ込んできた。

「できるだけ早く、抜けだすんや。こんなとこ、追い詰められたら海の中に落つるよりほか、なんとしようもないもんで」

と秀久は、努めて平静を保とうとしながら云った。

勘解由と権平の死を告げられると、秀久の顔は一旦、蒼くなり、それからばっと紅潮した。震《ふる》えがくるのを抑え込んだが、こみ上げるものと同時に肩が震えだした。

――くそっ。わしが下手な戦さしてもうたんじゃ。

長丁場《ながちようば》で疲弊していた彼らに殿軍を任せたのは間違いだった。大将として退いてきたのは判断の誤りではなかったが、そもそも、初めの奇襲が成功した段階で深追いをさせず、自ら兵をまとめ、一撃を与えたらまとまって退いた方がよかった。

しかし、こんなところで延々と思い返しをしても意味はない。

「奴らが来る前に出る。使いを出して、退いてくるもんらに、浜へゆけと云ってやれ」

畏まって候、と誰かが云い捨てに走り出ていった。

「淡路へ渡られまするか」

「いや、小豆島にゆく」

そこへ、与治山の森村吉が駆けつけてきた。

「一刻も早《はよ》う抜けなされ」

村吉も同じ判断だった。

「わしらが支える間に、はやはや」

「おんしらも、無理をしてはあかんど」

「わしらは地元にござれば、一旦散っていずこの浜からなりとも、逃げおおせるは難しゅうはござらぬ」

「よし分かった、早う退いてきぃや」

秀久は云い置いて船に乗った。

小豆島を目指す船の上で、秀久は初めて、船酔いのような症状になった。が、それは別のもの——自らの拙《つたな》い指揮のために人を失ったことの苦しみが、まるで黒い手に胃の腑《ふ》を摑まれ、揉《も》みしだかれているように感じさせたのだった。

秀久は口を開けて喘《あえ》ぎながら、

——こんなもんは、散ったもんらの無念に比べたら屁でもないわ。

と自らに怒りをぶつけた。

まさに同じ頃、秀吉は近江・賤《しず》ヶ《が》岳《たけ》の戦いで柴田勝家を打ち破り、勝家を追い詰めるべく北上していた。

この戦さで活躍したのこそ、加藤、福島ら永禄生まれの武者たちであり、それは誰の目にも明らかだった。

その噂《うわさ》は、しばらくして小豆島から淡路に戻った秀久にも聞こえてきた。

秀久は機嫌が悪かった。

無論、僻《ひが》みもやっかみもしない。彼らが一人前の戦士に成長したという事実であり、それは羽柴家にとって大いに嘉《よみ》すべきことである。ただ、引き比べて自分が無様《ぶざま》な戦さをやり、大事な人材を損なった、というだけである。

秀久は飲んで荒れた。

敗戦の報告は秀吉に送った。

秀吉はいっとき不機嫌になったが、自身の戦勝のゆえもあってか、さして怒ることもなく、譴責《けんせき》の言葉は送られてこなかった。

だが、叱《しか》られなければそれでいいというものではない。

「わし、戦勝祝いに行くわ」

秀久は洲本《すもと》城の一室で、膝にまつわる四男の市蔵《いちぞう》を抱き上げながら、妻に云った。

秀久の妻は、同じ美濃の出身で、野々村《ののむら》氏の女《むすめ》である。おとなしく、これといって特徴のない女だが、秀久は気に入っている。妻の美濃訛《なま》りを聞くと多少なりとも穏やかな気分になる。

「お殿さまはいまどちらにおわします」

「大坂だとよ」

「石山《いしやま》……」

「同じ云うなら大坂城と云え」

「大坂城」

「でえらい城よ」

清洲会議でこの城は、池田恒興に与えられていた。秀吉は恒興を美濃・大垣《おおがき》に移す代わりに、最初の配分の時より一万石加増してやり、大坂城を自身の手中にした。

「だいぶ西にお出《い》であそばしましたこと」

「そうよ。美濃では都に遠い。大坂城は場所がええ」

あんまし、行きとうはなけれども な、と云って秀久は妻の肩を摑んだ。

確かに、淡路から大坂はほんの目の前といっていい。

秀久は船を仕立て、祝いの荷物を積み、大坂に向かった。本能的に、ここで秀吉を避《さ》けてはならぬと思っていた。それに、この訪問で秀吉の機嫌を計ることもできる。

本来、そういう気の廻し方は好むところではなかったが、家が大きくなれば、ただのんびりと流れに任せてばかりもいられないくらいは心得ていた。それに、賑《にぎ》やかなことは嫌いではなかったし、勝家を倒して後継争いに大きく歩を進めた秀吉を心から祝いたくもあった。

そもそも、自分の一生は秀吉に預けたつもりだったから、秀吉の栄達がわが身の仕合《しあわ》せである筈である。

あちこちで盛んに普請《ふしん》が行なわれていた。ここがかつて石山本願寺《ほんがんじ》と呼ばれていた時、既に豪壮な城塞《じようさい》であったが、天正八年に顕如が退去したあと焼け落ちてしまい、それはもう残っていなかった。しかし秀吉の普請ごとは、大抵、驚異的な迅《はや》さで成し遂げられるので、今回の城普請もあっという間にできあがることと思われた。

木の香も新しい客殿のひと間で、秀久は待たされた。

自分を案内してくれた小姓《こしょう》は見知らぬ顔だった。

じっと待っていると、石田三成が忙《せわ》しげに現れて挨拶をし、またすぐ立っていった。声をかける間もなかった。とにかく皆、山ほどやることを抱えている、といったふうで、別段、悪気があるのではなく、ただ凄まじく勢い込んでいた。

そこへ、羽柴秀長が現れた。

「よう来てくれやったの」

秀長はもの柔らかく云って微笑を見せた。

「こちらにおわしましたか」

うん、と簡単に応えて秀長は、

「上様はどうにもお忙しいで、わしも駆り出された」

と云いながら座った。そうして、難しい時期なので、内向きのこと、すなわち家臣や身内のことについては、できるだけ自分が取次ぎをするようになるだろうと、これも口調柔らかく云った。

秀長の「上様」という言い方が耳にとどまった。なるほど、と思った。

――これからは、家来はそう易々《やすやす》とは「上様」には会われん、ちゅうことやな。

「誰も皆、その扱いよ」

と云って、秀長は秀久が遠ざけられたわけではないことを伝えた。

秀吉の戦勝に対する祝いを大声で述べたあと、秀久は座り直し、改めて、

「引田の戦さで……」

と語尾を呑《の》んだ。秀長はゆらりと手を振り、

「宮内少輔はやりよるで、それは承知よ。焦《あせ》らんと取り組みや。上様もそのご意向だで」

と、秀吉が怒ってないことを告げた。

「上様には、ご機嫌を損じなされましたでございましょうか」

云ったこともない丁寧《ていねい》な云い方で、舌を嚙みそうになりながら秀久は更に確かめた。

秀長はまた、ゆらゆらと手を振った。

「四国のことは、そのうちに上様なりこのわしなりが出向いてかたをつけよう。そこもとはとりあえず、淡路、小豆島を守りゃーせ」

ははっ、と秀久は低頭した。

秀長が出ていったあと、秀久はゆっくりと腰を上げ、その室を出た。

すると廊下の向こうから、ほかならぬ秀吉が、大きな声で話しながら現れた。その傍らについているのは千宗易《せんのそうえき》（利休《りきゅう》）であった。信長の茶頭《さどう》だった宗易は、そのまま秀吉の茶頭になり、それぱかりでなく、政治向きのことにもいろいろと関わっている、とは秀久も承知していた。

「上様！」

と声をあげて、秀久は廊下にぱっと膝を折ると、平伏した。おかげで澄まし返った顔をした宗易にまで頭を下げたようになり、ひどく腹立たしかったが、そのことは考えないようにした。

「おお、権兵衛か。祝いに来たか」

「はっ。お祝いに参りました」

秀吉の口調にはこだわりがなかった。秀久はほっと胸を撫《な》でおろした。いくら秀長に云われても、秀吉本人を前にしないことにはその機嫌は読み取れない。

「よしよし、苦しゅうない、苦しゅうない」

秀吉は右手の扇《おうぎ》をさっと開くと、そう云って大きく空を扇《あお》いだ。

「上様にはご機嫌うるわしゅう……」

と秀久はやっと安心して云うことができた。

六

引田の戦さの結果を秀久が案じたのは、大げさではなかった。

翌・天正十二年（一五八四）、秀吉は、徳川家康、織田信雄の二人を相手に覇権争いの最終段階を演じたが、小牧《こまき》・長久手《ながくて》の戦いと呼ばれるその戦さの過程で、古参の一人、神子田正治が失態を咎《とが》められ、粛清《しゆくせい》されたのである。

正治は小牧の二重堀砦《ふたえぼりとりで》から美濃に転進する際、日根野弘就らと共に殿軍を務め、織田信雄の追撃を受けた。その時、未だ交戦中の諸隊を捨てて真っ先に離脱したのを、秀吉に見られていた。その夜秀吉が犬山《いぬやま》城で、

「半左衛門、不甲斐《ふがい》なし！」

と叱ったところ、正治はむっとした顔を見せ、

「反撃にも何にも、手勢がありゃせんかったで」

と云い返して座を立とうとしたということであった。

正治は昔から、尊大なところのある男だった。軍学の知識があり、それだけに他人が愚かしく見えるのか、普段から傲慢《ごうまん》な物言いが多かった。

当然、秀吉は激怒し、

「手勢？　うぬがわしのもとに泣きついてきた初め、手勢も何も家来は十人となかったではないか！」

と雷を落とした。

――半左衛門め、たわけじゃな。

話を聞いて秀久は思った。失敗したら、思いきり畏《おそ》れ入ってしまえばいいのだ。そういうところで虚勢を張っても意味はない。

しかしやはり、自分が一番古くからの家来で、木下藤吉郎だった秀吉を知っているという気安さが、正治の判断を狂わせたのだろう。

翌・天正十三年（一五八五）に紀州《きしゅう》攻めが始まった時、秀久は尾藤知宣と共に敵将・湯川直春《ゆかわなおはる》の小松原《こまつばら》城を受け持ったのだが、知宣と二人になると会話はどうしても正治のことに集中した。

犬山城での反抗がなければ、戦さの失敗はそれなりになったかもしれなかったが、古参であることを鼻にかけたかのような口返答が決定的だった。秀吉の怒りは収まらず、遂に正治は所領を取り上げられてしまったのである。

無一文になった正治はやむを得ず、高野山《こうやさん》に上った。

高野山は、問題を起こした武将がとりあえず送られるところであると同時に、武将自らも逃げ込む場所である。寺領内に保護されれば、高僧を恃《たの》むこともでき、下された仕置きに対して抗弁、懇願《こんがん》する当面の余裕を得られる。

いわば、ほとぼりを冷ますことのできる場所なのだが、

「いや、半左衛門はもう、高野にはおらんでよ」

と知宣は、まるでそこで誰かが聞いてでもいるかのように声を潜《ひそ》めた。

「あのあとで、上様から高野にもおることはまかりならんと云われて、出ていくことになったげな」

「出ていく、てどこへ」

「どこて、どっこも行くところはなかろうさ」

二人は顔を見合わせた。

いうまでもなく秀久には、引田の戦さの失敗がある。一方知宣にも、小牧・長久手の戦さの序盤で森長可《もりながよし》が性急な攻めを行ない、羽黒《はぐろ》で家康勢に大敗した時に、行を共にしていた、というしくじりがあった。

両者共に何の咎めも受けなかったからこそ、こうして紀州攻めに出陣してきているのだが、二人とも顔色は冴えなかった。

「なんかわし、右府《うふ》さま（信長）の時のことを思い出したわ」

そう云って知宣は眉《まゆ》を曇らせた。

「右府さまも、石山本願寺のかたづいたあとに、家中の古ものを追放なされたことがあったんだが」

「そういや、そうやな」

古い話——といっても天正八年（一五八〇）のことだから、まだ記憶のかなたというわけでもない。

その年信長は、少壮時代からの老臣・佐久間信盛と、林秀貞《はやしひでさだ》、安藤守就、丹羽氏勝《うじかつ》の四名を突然追放した。このうち、佐久間については その罪状を列挙した折檻《せっかん》状があったが、その中には何年も前に云ったことが含まれていた。また、林については、二十四年前に企《くわだ》てたとされる謀叛が理由になったともいわれた。

この粛清は無論、織田家家臣全体を驚かせた。

皆、表の理由はどうあれ、実際には信長が、もういらなくなった古い家臣を整理したと理解した。無論、信長のことだから、何十年前だろうとその時の失態はきっちりと記憶に刻《きざ》みつけられていただろうが、過去の怒りと現在の必要性とがうまく重なり合った時、処分は発動されたのだ。

「上様は」

と知宣もやや云いにくそうに、秀吉のことを云った。

「昔のことを引っ張り出してあれこれ仰せらるるようなお人じゃあれせんけども、右府さまのやり方を、そりゃあように見ておわしたからの」

「それはそうよな……」

端《はた》から見れば、れっきとした大身《たいしん》の秀吉重臣が頭を寄せて、何を話しているのかと思われたであろう。

知宣が際限もなく沈み込みそうだったので、

「考えても始まらんで」

と秀久は調子を変えた。が、知宣はそれに誘われなかった。不安げに身じろぎ、

「それにな」

と話し続けた。

「それにわし、なんか戦さの考え方が、変わってきたように思うんだが」

「考え方？」

――戦さの考え方、て何や。

秀久は、だんだんどうでもよくなってきた。

——こいつと話しとると、気ぃ沈むでかんわ。

「わしら思うのは、どうせ戦さなんぞ、取ったり取られたり、旗色ようなかったら逃げて、たとえしくじっても、誰もそんなに咎めたりはせんかったように思うんだが」

「そりゃあ、そうやろ。戦さはどだい、運不運よ。まずい時もありゃあ、うまい時もあろうさ」

話を切ろうと、秀久は立ち上がった。これ以上知宣がグチグチ云ったら、大あくびをして、もう眠うなった、と無理やり終わらせてしまおうと思っていた。

するとと知宣が、いきなり立ち上がり、顔の周りや首筋をやたらに掻きむしるような仕種《しぐさ》をするなり、

「けども、最近はみんなそうは思わんようやで。昔なら、しくじってもほかに家来はなし、みんな一蓮托生《いちれんたくしょう》で、一人がしくじってもみんなで庇《かば》って、勝ったり負けたり何度もしとったと思うけんどな。いまは、上様も、すげ替えられる首をいっくらでもお持ちやで、しくじったら終わりだが」

「こんなとこでそんなつまらんこと、繰り返しとってもしょむないやろ」

とうとう苛立《いらだ》って秀久は強く云った。

「しくじりはしくじりや。半左衛門があんなことになったのは、素直に謝りもせんと、無用に突っぱらかったからや。上様は、やたらと人の首をちょん切るようなお人やないで、無駄な心配しとったら白髪《しらが》が増えるんじゃ」

秀久は幕屋から首を出して、

「おい！」

と知宣の家来を呼んだ。

「殿様がお帰りや」

そう云って秀久は、そのままそこから出、ずんずん宿営の間を歩いていってしまった。これ以上知宣と一緒にいたら、貧乏神が乗り移りそうな気がした。

幸い小松原城は、両将が取り組むまでもなく、湯川自身が火を放って退去するという結果に終わった。

そのほかの城も、多少の抵抗はあったものの、次々と落ちた。紀州の地侍や根来《ねごろ》衆を討ち平《たい》らげた秀吉は、秀久を呼び、

「いよいよ四国のことにかたをつけるで、よう働きや」

と声をかけてやった。
「地元のお味方衆がどんなにか喜びましょうで」
と云って、秀久はきりっと締《し》まった顔をしてみせた。

七

天正十三年（一五八五）、羽柴秀長を総大将として、数万の軍勢が四国に送られた。秀長と甥の秀次が阿波から、宇喜多、黒田、蜂須賀らと、秀久及び尾藤らが讃岐から、和睦《わぼく》して傘下《さんか》に入った吉川、小早川勢が伊予《いよ》から、という布陣であった。

秀久らは小豆島から発して屋島に上陸し、まずは喜岡《きおか》城を攻めようということになった。

喜岡城は屋島のちょうどつけ根にあたるあたりに構えられた城館で、大きな城ではないが、深い空堀《からぼり》を巡《めぐ》らせ、高松頼邑以下二百人が決死の覚悟で守っていた。

「先鋒《せんぽう》は、何とぞそれがしに！」

軍議の場で、秀久は誰より早く進み出て大声で云った。

「先年、屋島より道を開いて攻め込もうと致しましたれど、力及ばずして時を待った経過がございますれば、今回の先鋒こそは何とぞ、この仙石権兵衛に申しつけ下されたく……」

平伏すると、いち早く黒田官兵衛が、

「それは宜《よろ》しいな！」

と大声をあげた。

「この度《たび》は征伐の手始めなれば、総軍、次第を正して攻めるべきこと無論にはござれども、仙石どのの所望《しょもう》もまた理あること。されば、仙石どのを先鋒とするが良策にござる」

秀久は腹の中で官兵衛を拝みたい気持ちだった。居並ぶ武将の中でも、官兵衛は戦さの駆け引きに明るい智将として、皆に一目《いちもく》置かれている。その官兵衛が先頭きって賛成してくれたので、皆も秀久に任せようという気になってくれたらしく、ことはすんなりと決まった。

翌日の早朝から、秀久じきじきの指揮で兵卒たちは付近の山に駆り出され、

「伐《き》れるだけの木を伐りだせ！」

と命じられた。たちまち、兵卒らは山を丸坊主にする勢いで木を伐り始めた。

「精出して頑張ったら褒美《ほうび》をくれるで。怠けたらこれぞよ」

秀久は馬の鞭を振り上げて怒鳴った。

運び下ろされた丸太を、皆、力を合わせて空堀に投げ入れた。

堀に埋め草をすることは昔からある手法である。低湿地の多い尾張では、草を刈っては投げ入れて足場を作りながら行軍することも珍しくない。しかし、木を伐って投げ入れているのを見た諸将は、

「権兵衛の草はまた、随分と太くて大きいのう」

と笑った。

城兵は無論、黙って見てはいない。この空堀を破られては一大事なので、雨あられと弾丸を降らせた。

そこでもまた、秀久は前に出た。金扇を開き持ち、

「狙うならば我こそ大将ぞよ！」

と堀のきわに立って踊った。弾丸が集中し、そのうちの幾つかは兜の脇立ての羊歯《しだ》をかすめたが、秀久は退かなかった。とうとう、森村吉が走り出てすがりつき、秀久の身体《からだ》を後ろに引いた。

おおかた埋まったのを見ると、秀久は扇の代わりに刀を抜き放ち、

「堀は埋まったぞ！　いざ行け、おのれら。天下に仙石家ありと知らしめるんじゃあっ」

と叫ぶなり、またも先頭きって空堀に突っ込んだ。綺麗に並べたわけでもないゴッゴツの松の丸太を乗り越え乗り越えすることは、それだけで十分危険である。しかもその壮絶な前進を、城兵の鉄砲が狙っている。ひゅん、と鳴って弾丸が耳の脇をかすめた。

――南無観世音菩薩《なむかんぜおんぼさつ》！

と懐《ふところ》の小さな菩薩を恃みつつ、秀久は這った。よじ登り、越え、足が挟まったのを引き抜き、とうとう堀を越えて、石垣の上の土塀にかじりついた。

「殿が一番乗りをなされたわっ」

と家来の誰かが叫び、

「仙石家では家来が主君に後《おく》れをとると云われなば、天下の恥ぞよ！　続けえっ」

と声を振り絞るのが聞こえた。

わあああっ、と絶叫して、仙石勢は喜岡城になだれ込んだ。

他家の兵が続くまでもなく、小さな城はひしめく仙石勢で満ちた。

それでも高松頼邑は降伏しようとはせず、仙石勢と激しく斬り結び、とうとう、全員が討死《うちじに》を遂げた。

小城とはいえども、緒戦《しょせん》に勝って皆、意気上がった。そのまま次の城に向かおうとした時、

「しばしお待ちあれ！」

と官兵衛が云いだした。

「つらつら考うるに」

と官兵衛は賢《さか》しげに眼をきらめかせながら云った。

「高の知れた小城をいちいち抜くは時の費《つい》え。かつ、宮内少輔は奸計《かんけい》にたけたる者なれば、我らを狭隘《きょうあい》なる谷に誘い込み、間道より出《い》でて退路を断ち、大きく損なわんとする策と見申した。これは最早《もはや》、取り合うことなく、我らも急ぎ阿波に向かい、宮内の本拠を衝《つ》くこそよしと存ずる」

――凄《すご》いわ。

と秀久はただ感心していた。

――ようそんなふうに頭が廻るもんやな。

自分なら、仮に元親に策があると思っても、なあにそんなもん、蹴散らしてやればええんじゃ、と判断し、突き進むだろう。

喜岡城攻めに先立って官兵衛が支持してくれたことを忘れていない秀久は、

「さすがは黒田どの！」

と大声で官兵衛を褒《ほ》め称《たた》え、真っ先に賛意を示した。

こうして、小豆島から讃岐に上陸した約二万の兵は、海岸沿いに南東に進み、大坂越を通って、阿波攻めの羽柴勢と合流した。

淡路から八百艘《そう》の船団を組んで鳴門《なると》の瀬戸を押し渡り、土佐泊に上陸した羽柴勢は、ざっと六万ほどの軍勢であったという。

双方が合流すると、まさしく山野に人馬が溢れかえった状態になった。

対する元親側の総勢は二万とも四万ともいう。元親自身は阿波西端の白地《はくち》に本陣を置き、吉野川《よしのがわ》河口の木津《きづ》城から白地まで、川沿いに点々と堅城が配置されていた。

攻撃に先立ち、総大将の秀長は、秀久ら主だった将を集めると、

「このほど上様は、関白《かんぱく》におなりあそばされる」

と荘厳《そうごん》な口調で告げた。

この年七月十一日、羽柴筑前守秀吉は関白宣下《せんげ》を受けた。

秀久にはいま一つピンとこなかったのだが、要するに、武門の棟梁《とうりょう》は将軍であるが、関白はそれよりずっと上の位置であり、「一《いち》の人」と呼ばれる存在であって、畏れ多くも帝《みかど》に最も近い人、ということであった。

「従って我らこそは、天下の公軍《こうぐん》であり、我らに敵対するものはすべからく賊軍《ぞくぐん》ということになるがや」

終《しま》いの方は砕けた口調になりながら、秀長は告げた。

――わしら天下の公軍かあ……。

「上様は、日ノ本《ひのもと》六十余州いずこにてあれ、私に諍《いさか》いするものは成敗すると仰《おお》せだで。これからは、領地のことに不服あらば、互いに争わず、上様のお定めに従わねばならぬ。それができんで争う者は、わしらで成敗するがや」

頭が鋭いとは到底いえない秀久にも、ことの重大さはうすうす感じられた。

何せ、隣近所の土地を巡って互いに争い、取り合い、相手を支配下に入れて自身は大きくなり……というのがこの時代の「世の習い」だったのである。それをやめろ、と関白太政大臣《だいじょうだいじん》豊臣《とよとみ》秀吉は、その権威にかけて天下万民に命じているのだ。

——あっ、このことだったか！

遠い昔。信長が美濃を征服して岐阜に居を定め、「天下布武《てんかふぶ》」の印を用い始めた頃。自分はこの言葉について竹中半兵衛と会話した覚えがある。

それを思い出したら、するするとほどけるような気がした。

——要するに上様は、右府さまがやろうとしとったことを、やってなさるんだわな。

「争いはやめよ、それでも争うものは武力で黙らせてやる」ということである。若い頃の秀久にはそれと「互いの取り合い」との区別はつかなかった。だが、違うのだ。信長も秀吉も、六十余州を全て「自身の」領地にしようとしたわけではなかったのだ。

——わし、そんなことも分からんとただ戦さしとったんやなあ。

秀久は何となく、鼻の頭を撫でた。

——まあ、わしが分かっとらんでも、分かっとる人は困りゃせんで。

と苦笑いしたいような気持ちだった。自分が、他家の領土を奪いに行く自儘《じまま》の兵でなく、他家同士の争い——たとえばこの場合、三好対長宗我部の争いで、長宗我部の心得違いを糾《ただ》しにいくのだとなったところで、仙石権兵衛にとっては大して意味が変わらないともいえた。

ただ、理非《りひ》を糾《ただ》しにいくというからには、相手がおのれの過《あやま》ちを覚って降伏すれば、それを滅ぼすことは、理屈のうえからはないことになる。

——つまり、おとなしく云うことをきいたもんは赦《ゆる》す、ということになる筈や。

長宗我部元親にはこのできごとの意味が、抵抗なく分かったものか。あるいはただ、目前の状況が不利であると読んだだけなのか。

いずれにせよ元親は、羽柴家ならぬ、関白さまお遣《つか》わしの公軍が、黒い波のように白地に向けて迫った七月下旬、秀長からの停戦条件を呑んで和睦した。

閏八月十日、秀吉は坂本《さかもと》城で論功行賞を行なった。

秀久の思ったとおり、元親はそれ以上追い詰められることはなく、土佐一国を保証されて「元親による四国騒擾《そうじょう》」は終わりを告げたことになった。

阿波には蜂須賀家政《いえまさ》が入り、伊予は小早川隆景に与えられた。そうして讃岐は、秀久に与えられた。

この時の讃岐の石高ははっきりせず、十八万石とも十二万石余ともいわれる。そのうち、山田郡二万石は十河存保のものとなったが、ともかくも十万石を超える所領が秀久のものとなったのである。

——わしが、国持ち大名……。

何という響きのいい言葉だろうと思った。日本国に人多しといえども、国は六十余りにすぎず、その一つを自分が領有することになったのだ。

——ほらな。

と秀久は自分で自分に云った。

——木下藤吉郎についていったら間違いないと云うたやろ！

すばらしい気分だった。

第五章　転変

一

天正十四年（一五八六）の四月頃から、秀吉は九州に軍勢を派遣することを具体化し始めた。

九州では、大友《おおとも》家と島津家とが相争い、まさしく関白《かんぱく》様の裁定《さいてい》を必要とする状況にあった。既に織田信長も、当時の関白近衛前久《このえさきひさ》と共にこの両者の調停を試みている。

秀吉は早くから九州のことは意識していた。いずれ遠征するつもりでもあった。

ただその前に、織田家内部の権力闘争に勝ち抜き、ついで家康と雌雄《しゆう》を決さねばならなかった。しかしその決着は容易にはつかず、家康を打倒したとは到底いえない展開であった。

家康と組んでいた織田信雄が先に音《ね》をあげてしまったため、戦《いく》さは終わりを告げたが、家康は敗北したとはいえず、秀吉への臣従《しんじゅう》を拒んだ。

秀吉はこれを政治的に解決しようとし、妻のなかった家康に自分の妹を輿入《こしい》れさせ、それでもうまくいかぬと見てとると、実母を人質に送ってまで家康に上《じょう》洛《らく》・臣従を呼びかけた。

秀吉はこの時、自身の権勢を西に向けて広げることに意を注《そそ》いでおり、東のことは棚上げしたい意向であった。実質的に家康を叩《たた》きのめすことに手間取るより、形としての臣従を勝ち取りたかった。

この家康との綱引きに、二年かかった。戦さは天正十二年（一五八四）のことだったが、家康が「とりあえずの臣従」――実態でいえばせいぜい、秀吉政権への協力――のために遂《つい》に上洛したのはこの年、すなわち天正十四年の十月二十六日であった。

しかし秀吉は、これでよしとした。家康上洛の目途《めど》がついたと同時に、自分が家康に関わっている間を利用してしきりと勢力の拡大に努めた島津を叩くことに集中した。

島津氏は、後に源を名乗るようになるが、秦氏の子孫であるらしい（諸説ある）。

鎌倉時代に守護に任ぜられ、そこから守護大名として成長し、いまに至ったが、戦国大名として伸長するには既に時期が遅かったのは、長宗我部氏と同様である。

島津氏との全面的な争いになりつつあった大友氏も、やはり鎌倉時代に守護に任ぜられて九州の住人となった。もとは相模《さがみ》の出身であるとされ、大友の名も相模・大友荘からついたもので、姓は藤原氏である。

二十一代当主・大友宗麟《そうりん》（義鎮《よししげ》）の時、その勢力は飛躍的に伸長し、北九州の覇王となった。が、宗麟の早い引退とそれによる二元政治、切支丹《キリシタン》大名としての熱心な行動が、臣下との間に軋轢《あつれき》を呼び、その力は次第に衰えた。

元亀元年（一五七〇）に龍造寺《りゆうぞうじ》氏に敗れ、天正六年（一五七八）に耳川《みみかわ》の戦いで島津義久《よしひさ》にも敗れると、昔日《せきじつ》の勢いはどこへ、という雰囲気になってきた。

宗麟は秀吉に頼ることにし、この年三月、上洛してこれにすがった。

宗麟には安心するよう強く云った秀吉だったが、それでもなお、家康のために自身の遠征はできず、半年がたってやっと、家臣を九州に出兵させることに手をつけ得た。

秀吉は四月の段階で、「九州弓箭《ゆみや》覚悟の事」という一文のある親筆《しんぴつ》を毛利輝元《てるもと》に与えていた。それにはまた「筑前検使に安国寺《あんこくじ》（恵瓊《えけい》）、黒田官兵衛仰《おお》せつけらるる事」ともあった。

小早川隆景、吉川元春《もとはる》にも、輝元と相談してことにあたるよう指示がなされた。

七月二十五日、官兵衛と、六角《ろっかく》旧臣の家系である宮城豊盛《みやぎとよもり》が軍監《ぐんかん》として京を発《た》った。

今回秀吉は、自身が進発するまでの間、九州に最も近い地域の大名を先に立てた。当該地域に近い大名が中心となるのはこの後も秀吉の戦さの通例となるが、この方式には不安があった。九州に近い地域、すなわち中国、四国の大名は、まだ秀吉の配下となって日が浅い。そこで秀吉は、中国勢には官兵衛と宮城を軍監としてつけ、四国勢には秀久をつけることにした。

二

七月から八月にかけて、秀久は忙《いそが》しく戦さの準備をし、船団を調《ととの》えた。

九月初頭、秀久と、長宗我部信親、十河存保とは今治《いまばり》沖で合流し、伊予灘を押し渡り、別府《べっぷ》湾の奥・沖ノ浜《おきのはま》に上陸した。

沖ノ浜は、いま大分港のある大分市勢家《せいけ》あたりの海辺だったという。沖ノ浜は文禄《ぶんろく》五年（一五九六）西日本を襲った大地震の津波により、失われてしまう。しかしこの時はまだ、多数の船で賑《にぎ》わう大きな港町であった。

秀久の軍勢二千（三千とも）、四国勢三千、それに大友義統《よしむね》の兵も加わり、勢は六千といったところであった。これに、あとから元親の勢が加わると、総勢はざっと七、八千といったところになるであろう。

しかしこの兵団は、あまりいい編成とはいえなかった。

離合集散は戦国の習いであり、昨日の敵が今日の友であることは、皆、承知のうえである。しかし、ついこの間まで十河存保は長宗我部元親と死闘を繰り広げ、遂に敗れて城を逐《お》われ、逃れて京に行き、讃岐のうちに二万石を得て戻ったばかりなのである。

急に仲よくしろといわれたところで、できるものではない。存保自体、終始顔を強張《こわば》らせていたし、存保の兵も長宗我部勢を見る眼は険しかった。一方、長宗我部兵の顔には、「この負け犬どもめが」と書いてあった。

秀久には、これを丸く収める器量はなかった。第一、秀久自体が、大事な家来を引田《ひけた》で失わせた長宗我部に対して、そう易々《やすやす》と胸襟《きょうきん》を開く気にはなれなかった。

無論、自分の役割は分かっている。

自分の感情のおもむくままに信親にあたり散らしてはならないし、存保を抑え、足並みを揃《そろ》えさせねばならないことも知っていた。

だが、それを巧くやってのけるだけの役者っぷりはなく、秀久にできるのは、せいぜいが、

――喧嘩《けんか》させたらあかん。わしは一歩引いて、みんなをまとめ上げな、あかん。

と自身に云い聞かせることぐらいだった。

――上様だったら、何の苦もなくこいつらを仲ようにさせてしまうのやろな。

秀久の自然な気持ちは、どうしても存保寄りになる。いまはまだ元親の勢が国を出ていなかったが、これで元親が着けば、親子に対して存保は余計に対抗的な気分になるだろうと思うと、ますます存保の方に気持ちが片寄った。

存保と秀久は二つ違いで、話がしやすかった。それに対して信親はほぼひと廻り下、元親の方は秀久のひと廻り上である。

――役目のことを忘れたらあかん。

と自戒《じかい》しながら、存保とばかり会話しがちになるのを如何《いかん》ともなし難《がた》かった。

ともかくも、上陸した討伐軍は、上野原に陣を敷いた。府内《ふない》城の外郭《がいかく》といわれるが、当時そこには大友館と呼ばれる居館があり、城らしい城がそこより二キロ足らず北に建てられたのは、慶長年間に入ってのことである。

一同は上野原から、大友義統の案内により、東豊前《ぶぜん》及び筑後《ちくご》方面にまず向かった。

この時、島津側では、兵を二つに分けたうち家久《いえひさ》率いる一万余りが、日向路を押し上り、梓《あずさ》峠を越えて三重郷《みえのごう》に進出していた。

島津軍は怒濤《どとう》の勢いで進み、十一月二十五日、鶴賀《つるが》城（利光《としみつ》城とも）に降伏を呼びかけた。

この頃、大友家の総帥《そうすい》・大友宗麟は臼杵《うすき》の丹生島《にうじま》城にいた。

鶴賀城は、宗麟と府内の義統を繋《つな》ぐ要地の城であった。鶴賀城から北に直線に進めば府内、東に直線に行けば臼杵である。

家久が降伏を呼びかけた時、鶴賀城の当主・利光宗匡は筑後表《おもて》に出陣して不在であった。その子・統久《むねひさ》は時を稼ぐためにあえて呼びかけに応じることにした。

城側がことさら荘重《そうちょう》に使いの者をもてなし、畏《おそ》れ入ってみせている間に、家久北上を聞いた宗匡は戦場を離れ、駆け戻ってきた。

宗匡は島津軍の陣に夜襲をかけ、大きな被害を与えた。

怒った家久は、

「高の知れたる小城一つ、揉《も》み潰《つぶ》せ！」

と総攻撃をかけた。

二日間の攻撃に、利光勢は耐えきった。

しかし、宗匡が城外に出たふとした瞬間、敵の射手《しゃしゅ》が遠目にこれを見つけた。宗匡の見事な出立《いでた》ちが、大将らしいと勘づかせた。

銃声一発、宗匡の身体《からだ》はその場にくずおれた。

城兵は当主の亡骸《なきがら》を城内に引き入れ、協議し、何事もなかったことにした。撃たれて亡くなったのは大将ではなかった、と見せかけることにしたのだった。

笛や太鼓で踊りを踊り、平静を装った。

水の手を断たれた時も、馬の背に白米をかけて水の豊富なさまに見せかけ、なお頑強に抵抗した。

鶴賀城は、戸次川《へつぎがわ》（現・大野川）の右岸、二百メートル足らずの山上に築かれた城である。小さく堅固《けんご》な山城《やまじろ》ではあるが、特にここだけが難攻不落の特殊な条件に守られていたわけでもなく、その堅守はもっぱら城兵の一心の守りによっていた。

この城から、救援を請《こ》う急使が大友館に届いたのである。

府内から鶴賀城まではせいぜい十数キロほどの道のりだった。その気になればあっという間についてしまう。

この時四国勢は、島津勢北上の報を受けて、府内に戻っていた。

三

「なんとかしてやりたいわ」

軍議の席につくなり、秀久はそう云った。

それは、軍監として正しい行為ではなかった。議論の出つくすのを待ち、吟味《ぎんみ》したうえで最終的に是非《ぜひ》を述べる立場にいた。

しかし、鶴賀城の使いの述べた戦況が、秀久の心を摑《つか》んでしまった。

「そこまでして抵抗しとるんや。これを見殺しにしたらあかんな、そう思うやろ、と見廻した。

沈黙が座を支配した。

鶴賀城の奮闘に胸を衝《つ》かれる気持ちは誰も変わらなかったが、それと実際の戦術とはまた別の話である。

そんなことは秀久にも分かっている筈《はず》だ、と諸将は困惑の面持《おもも》ちだった。どれほど鶴賀城を気の毒に思っても、問題は一《いっ》にかかって勝算にある。勝算立たずして救援に向かうのは、泳げない者が水難救助に向かうのと同じことになる。

島津勢はゆうに一万を超えていると見られていた。そのうえ諸将には秀吉から、堅く軽挙《けいきょ》を戒《いまし》める旨《むね》の書状が届いていた。

しばしの沈黙のあと、

「お心は誰も同じく存ずれど」

と、元親がゆっくり口をきった。

「関白さまの令旨《りょうじ》もござる。ここは本軍の到着を待って然《しか》るべしと存ずる」

信親が何度もうなずいた。

「もし、関白さまご親征《しんせい》が時を要するならば、少なくとも豊前の諸将に相諮《あいはか》るべきにござりましょう」

豊前の諸将とは、黒田と、小早川ら中国の将たちである。

「戸次川て、どんな川や」

元親父子の言葉には応《こた》えずに秀久は訊《き》いた。大友義統が、

「なかなかの大河にて、流れも速く、冬場の渡河《とか》は時費《つい》えでもあり、できれば避《さ》けたが宜《よろ》しいかと……」

と歯切れ悪く云った。そのためらいに満ちた口調が、逆に秀久を刺激した。

「春まで待ってろちゅうんか！」

秀久は妙な具合に、激昂《げっこう》の蓋《ふた》を開けてしまった。自分でもおかしいくらい、カッとなった。

「城主が死んでも降参しない城に、なんとか持ち堪《こた》えて春まで待ってやー、て云うんか。皆が行かぬというなら、わし一人でも行くわい」

そのまま放っておくと何かとんでもない罵《のの》り言葉を吐いてしまいそうで、秀久は奥歯をぎりぎり嚙《か》み鳴らした。

「いやいや、待たれよ」

元親がやや強い声で止めた。

「このような時に軽挙は厳禁」

年上の将らしいたしなめるような調子に、秀久が眼を三角にした。それが今度は、存保の心の堰《せき》をきった。

「関白さまのおつけ下された軍監どのの仰せならば、我ら諸将、やわか、従わぬと申すことがありましょうや！」

元親に対する反撥《はんぱつ》と、秀久に対する心理的な傾きとが、存保に働きかけていた。存保は秀久の方に身体を向けて小刻《こきざ》みにうなずきを繰り返し、

「みどもも軍監どのと参りまする！」

と長宗我部親子を尻目にかけながら大声を出した。

秀久の頭の隅で、小さな誰かの声が、この流れは不可《いか》ん、と囁《ささや》いていた。しかし秀久はその声を無視した。ばっ、と席を蹴って立ち上がるや、

「進軍！」

と決定的な声を出してしまった。

会議の流れとは恐ろしいものだった。現状に対する冷静な判断よりも、お互いがお互いに抱く感情の複雑な綾《あや》の方が物事を推《お》し進めた。そのうえ彼らは武士であった。どうしても、臆《おく》すると取られかねない発言はしにくい。特に、秀吉のつけた軍監自らが、行けると判断している以上、どうしようがあるか、という気が四国の将たちにはあった。

これでもし、秀久に逆らったことから秀吉に讒言《ざんげん》でもされれば、一発で首がと

ぶ。

鶴賀城の後詰《ごづめ》に駆けつけることに決まった。

京畿《けいき》に比べれば温暖な気候かもしれなかったが、枯れ草を踏んでゆく兵卒には、小雪混じりの十二月の風は厳しかった。馬上の秀久の耳も、凍りそうな感じだった。

大友氏の将である吉弘統幸《よしひろむねゆき》、宗像鎮続《むなかたしげつぐ》らの家臣が先導し、四国勢を先に、秀久が続き、殿軍《しんがり》に戸次統常《べつきむねつね》が控えた。

府内から四、五時間で、戸次川左岸の高み、白滝台《しらたきだい》に到着した。

乾季で水は少ないというが、戸次川の水はなみなみと青黒く見えた。その向こうの山の上に、鶴賀城が心細くも、小さく孤高を保っている。

この頃、川は城のある山の裾《すそ》で二股に分かれていて、その間が広い河原になっていた。支流の方は水がほとんどなく、枯れ葦《よし》の間に細い流れがある程度である。

――待ってや。いま助けに駆けつけるからな。

秀久がじっと眼を据えて鶴賀城を睨みつけていると、戸次統常が早足に近づいてきて、

「物見《ものみ》の者が戻って参って申しまするには、島津は囲みを解き、坂原山に退《しりぞ》いたとのことにござる」

と告げた。

これに警戒感を強めるべきだったが、秀久の気持ちはそう動かなかった。

「やっぱし、高の知れた田舎侍《いなかざむらい》のすることとやな」

と昂揚《こうよう》した口調で秀久は云った。そこまで思い上がるのはむしろ珍しいことなのだが、この時ばかりは完全にいい気になっていた。

「釣《つ》られてはなりますまいぞ」

元親が云ったが、最早《もはや》秀久の耳には入らなかった。

再び、軍議が持たれた。

四

「敵が囲みを解いたんや。いま行かんでいつ行くんや。わしらが行く気ないと知ったら、向こうがまた何仕掛けてくるか分かりゃせんわ」

ここまで来てなお渋るか、と秀久はほとんど呆《あき》れ返った気分だった。

が、皆、秀久の言葉に煽《あお》られる様子がなく、

――くそっ、こうなったらわし一人で行ったる！

と秀久は意地になった。

秀久の家臣で、長いこと行動を共にしてきた酒匂余五平は、はらはらしていた。どうも秀久の調子がおかしかった。いつもはこれほど、依怙地《いこじ》になる主人ではないのである。どうして今日に限ってこれほど突っ張るのか分からなかった。四国攻めの時も、自分たちが提言をしたらすぐに考えを変えてくれた。

ただ、元親が秀久のことを何ほどのものとも思っていないことは、側に控えた者にも、明確に伝わってきた。

家柄、経歴、人物と、どこをとっても元親と秀久とでは役者が違う、と誰よりも元親自身が思っていることが、匂《にお》いのように伝わってくるのだった。

余五平は叱《しか》られるのを覚悟で、秀久の袖をそっと引こうかと思った。家来の立場で見ても、ここは簡単に敵に突っ込むところと思えない。島津側の静まり方が尋常《じんじょう》ではない。

――殿、これは罠《わな》にござりましょうず。

と自分がひと言云えば、秀久ははっとして覚《さ》めてくれるかもしれない。

余五平が動こうとしたその瞬間、

「幸いここは場所もよいゆえ、ここに陣取り、薩軍《さつぐん》をこそこちらに渡らせて勝負するがよかろうと存ずる」

と元親が具体的な提案を口にした。そして信親が、

「功に焦らず持ち堪え、関白さまのご出馬をお待ち申しあげてこそ、ご諚《じょう》にもかなうかと存じまする」

と急《せ》き込むようにつけ足した。

余五平は目を閉じた。自分の時は過ぎてしまったと思った。そしてその目の前でまたも秀久はざっ、と立ち上がり、

「軍法は時宜《じぎ》によるわ！」

と怒鳴った。

「ご諚に従うこともあれば、また背《そむ》くこともあって当然や。ご諚ご諚と一つ覚えで戦機を逸《いっ》したら何とする。分かりもしやせん若輩《じゃくはい》が！」

信親が蒼《あお》くなった。

このままでは、秀久と信親の喧嘩になってしまいかねなかった。

存保が立ち上がった。

「戦さは臨機応変にて、危険もござりましょうが、危険のうちにこそ、勝機もござるものなれば、論に時を奪われるは惜《お》しゅうござる。はやはや、川を渡りましようぞ」

信親は元親の顔を見た。

しかし元親はそれ以上云おうとはしなかった。公平な立場で軍議を導き、定めるべき軍監が、真っ先に渡河を主張している以上、秀久が翻意《ほんい》せぬ限りこのことは決まってしまうのだ。

それは、既に府内を発《た》った時から分かっていることだった。そして元親は、それでも現場に赴《おもむ》いてみれば、秀久の云うようにすぐ後詰に向かうのが正しいかもしれないし、あるいは、秀久がその眼で戦場を見て、これはやめておこうと判断するかもしれぬと、いわば希望的観測を抱きながら府内を発ってきたのである。

しかし、希望は潰《つい》えた。秀久は考えを変えなかったし、この渡河戦は誤《あやま》りだ、という気持ちは、実際に戸次川の流れを見るにつれてむしろ強まっていた。

皆、言葉少なにそれぞれの陣に戻り、即刻渡河できるよう急いで準備を整え始めた。鉄砲方は、銃を濡《ぬ》らすと使い物にならなくなってしまうので、ひどく神経を尖《とが》らせていた。

園田《そのだ》の渡しという浅瀬に向かって、軍勢は白滝台から下りていった。

馬は深みに嵌《は》まっても泳げるし、槍《やり》を川底に突いて馬を持ち上げる技もある。それでも騎馬武者の脚は水に浸《つ》かるし、鎧《よろい》の小札《こざね》は革を紐《ひも》で綴《と》じたものが多いので、水を吸うと相当に重くなった。

まして、徒歩で渡る徒歩立《かち》ちの者は辛い。

先頭をきった秀久の隊が渡り始めたのが、辰《たつ》の下刻（午前九時）頃だった。

皆が心配したように、渡河中を襲われたらひとたまりもないので、秀久は鋭くあたりに目を配った。

不気味なほど静まり返っていて、一羽の鳥すらもいなかった。

秀久の馬は深みに足を取られることもなく、すらすらと渡り終えた。

秀久は諸隊の渡り終えるのを待った。

山を前に、右翼に土佐勢が集まった。左翼に秀久の二千と存保の一千が位置したとも、中央にこの二隊が陣取り、左翼には小荷駄《こにだ》を中心とした大友勢がいたともいう。

渡河は無事に行なわれたが、列をなして川を渡るその様子は、冬枯れの葦の間から密《ひそ》かに様子を見守っていた島津の物見にとって、数を見積もるいい機会であった。

思ったよりも少なく、総勢一万に達していないと把握した物見は、姿勢を低くして這《は》うように後退し、それから弾丸のような勢いで自軍に馳《は》せ戻った。

林の中に静かに兵を埋伏《まいふく》していた家久は、秀吉軍が数千規模であることを知ると、思わず片頬《かたほお》を薄くそよがせた。

「飯どきを待つ」

と家久は重臣らに告げた。

第一隊を伊集院久宣《いじゆういんひさのぶ》・五千、第二隊を新納大善《にいろだいぜん》（膳）・三千、第三隊を本庄《ほんじょう》主税助《ちからのすけ》・二千と分け、残り八千を家久が率いた。

夕刻、その軍勢は音もなく迫る水のようにひたひたと林の中を進んだ。

その第一隊は川の右岸を進み、竹中《たけなか》の渡しの対岸に現れた。

いち早くそれを見つけた仙石勢の見張りが、

「敵襲っ！　敵襲なりっ！」

と叫びをあげた。

しかし、島津第一隊のあたりはむしろ柔らかだった。

竹中の渡しの対岸に現れた伊集院は、誘うように鉄砲を撃ちかけ、突進するように見せつつ、川の半ばあたりで行き悩むかの風情《ふぜい》を見せた。

——来たっ！

敵襲！　の叫びがあがった時も、秀久はまだ、しまった、とは思わなかった。これだけまとまった軍勢が後詰に来ていて、戦さにならない筈がない。むしろ、来るべきものが来た、と思った。

しかしその対処として秀久が思いついたのは、とにかく突っ込む、ということであった。

「薩摩《さつま》の山猿に思い知らせよ！」

と絶叫するなり、馬腹《ばふく》を蹴ってまっしぐらに竹中の渡しに向かって突進した。永楽銭《えいらくせん》の旗が揺れ、薄暗くかげるたそがれの河原を、仙石隊は島津兵を追って再び川波の中に足を踏み入れた。

大槍を手に群がる雑兵《ぞうひょう》を薙《な》ぎ払いながら、

「島津の戦さはこれかよ」

と秀久はなお、哄笑《こうしょう》した。何をあれほど、元親も信親もびくついとったんや！　と昂揚した気分で思った。

ずるずるっと引き出されるように、仙石隊は突出した。

それを押し包むように島津軍が展開し、それまで抑えていた銃撃を、一斉に開始した。

「⁉」

秀久は手綱《たづな》を絞《しぼ》って馬を止めた。その瞬間、飛来した弾丸が、兜《かぶと》の鉢《はち》をかすめ、キン、と高い音をあげた。自分の周りが、いきなり空《す》いた。一瞬あってそれが、すぐ近くにいた騎馬武者の数人が撃ち落とされて地に倒れ伏したためだと知った時、初めて秀久の背筋はぞっと凍った。

遮蔽物《しゃへいぶつ》のない河原で、武者たちは鉄砲の餌食《えじき》になった。惑《まど》う仙石隊に、今度こそ歯を剝《む》き、怒号を浴びせつつ、島津兵は襲いかかった。

あたり弱く見せかけた兵に釣られて敵がまんまと深入りし、左右より起こった新手《あらて》に叩きのめされる。それが島津得意の釣り野伏《のぶせ》、という戦法だった。

五

島津の第二隊、第三隊も鬨《とき》の声をあげて突っ込んできた。

それに対し四国勢は、鉄砲を応射することさえもできなかった。

そこにはただ、混乱と叫喚《きようかん》とだけが渦巻いた。

——くそっ。くそっ。くそっ。

それしか、秀久の脳裡《のうり》に浮かぶ言葉はなかった。

島津の武者は、疳《かん》高い叫びを放ちながら白刃《はくじん》を閃《ひらめ》かせて迫ってくる。

斬っても斬っても、襲いかかってくる。入れ替わり立ち替わり来るそれが、同じ兵を叩き斬ってもまた平然と蘇《よみがえ》ってくるように錯覚して、秀久の目は吊った。

秀吉軍の各隊は、完全に分断され、孤立した。

何がどうなっているのか、全く分からなかった。

あとから落ち着いて考えると、白滝台に退いて待てば、逃げおおせた者はどうせそこに来るのだから、そこで軍勢をまとめられたかもしれなかった。また、戸次川の少し上流左岸には鏡《かがみ》城という城がある。そこにまとまる手もあった。

しかし、冬の陽《ひ》は早くも暮れ、ただ見える明りは、島津軍の放火により燃え上がるあたりの農家だけという中で、秀久の頭の中には何一つ考えらしいものは浮かんでこなかった。ただ、叫びをあげて目の前に殺到してくる島津の武者を突き、刺し、倒し、突き、刺す、の連続であり、頭の中はむしろ空白といってもよかった。

後に秀久は、

「わしが将器《しようき》やなかったんやろ」

と家来に述懐《じゆつかい》したものである。

群がりくる軍兵を叩き斬りつつ、なお全体の動向を眺《なが》め、指示を思いつき、伝令を走らせることが将たる者の務めだとすれば、その時の秀久は全く将と呼ぶにふさわしいものでなく、ただ一人の荒武者にすぎなかった。

そうしてその荒武者の手も足も、しだいに疲労に冒《おか》され、動きはぎこちなく、鈍くなっていった。

目も、霞《かす》んだ。

——ああ、わしこの、知らん他国の葦の中で倒れて死ぬんやな……。

槍を投げ出したくなった。

声をあげて泣き出したくなった。

その時、余五平が馬を引いて現れ、有無を云わせず秀久を馬上に押し上げた。

「御命だにあらば」

と余五平は血みどろの顔で微笑した。

「今日のことも今後のことも、全ては何とでもなりまする」

があっと吠《ほ》えて突っ込んできた敵兵の槍の柄《え》を、余五平は力任せに刀で撥ね返した。刃は樫《かし》の柄を両断した。

「殿、御命お守りあれや」

「余五、わしもここで死ぬっ」

「それは、なりませぬ」

また一人、凄《すさ》まじい勢いで飛び込んできた敵兵を、余五平は斬った。

「大将は生き延びて、その代わりあとの辛い始末をなさらねばなりませぬ」

そう云って余五平は笑った。その背中を、後ろから敵兵が刺し貫いた。

「おのれっ。後ろからとは卑怯《ひきょう》やないか！」

秀久は馬を飛び降り、余五平を刺した敵が槍を引き抜くより早く、真っ向脳天から相手を斬り下げた。

血飛沫《ちしぶき》が飛んで、秀久を赤く染めた。

「余五っ、しっかりせい」

「長生きして、畳《たたみ》のうえで逝《い》きなされ」

微笑が余五平の血濡れた頬に浮かんで消え、同時にその生命《いのち》の火も消えた。

くそっ、くそっ、くそったれえ、と悪ガキのように叫びながら、秀久は涙を滴《したた》らせ、余五平の髪一房を切り取って懐中《かいちゅう》すると、馬に乗った。

業火《ごうか》に黒い人影が浮かぶ中を、秀久は疾走《しっそう》した。

ほとんど偶然のように、園田の渡しに辿り着き、そこを渡った。道は難しくない。流れ下る川に沿って、ひたすら北上すればよかった。

六

十河存保は討死《うちじに》した。

家臣に、

「千松丸《せんまつまる》を連れて上洛せよ。関白さまにお目通り願い、わが戦さの有様を申しあげて千松丸のことをお頼みせよ。頼んだぞ」

と云い残し、その身は乱戦の中に消えた。千松丸とは存保の幼い嗣子《しし》であった。

長宗我部信親も奮戦し、討死を遂げた。

信親の勢はよく戦い、一度は島津勢を上流の方に押し戻しさえしたのだった。

しかしそもそも、兵数において相手に上回られているうえに、秀久の無謀な突出、味方の分断があっては、どんな神将《しんしょう》といえども頽勢《たいせい》を挽回などはできよう筈もなかった。

――父上は？　父上はご無事か？

それだけが気がかりだったが、元親が討死する筈はない、と堅く信じていた。それに、たとえば自分を案ずるあまり、わけの分からない行動を取るようなこともないだろう。だからこそ父は、信じ、尊敬できる大将なのだった。父はいつも、判断を誤ったことなどなかった。

たとえ秀久と大喧嘩になっても、行かぬと云い張ればよかった、と信親は思った。「軍監」という名の重みに負けた、と若い心のうちに思いながら、信親は迫りくる島津兵の只中《ただなか》に斬り込み、乱戦の中でもなお主君を見失わなかった家臣たちがそれに続いた。

元親は幾度も、信親の無事を確かめる使いを出し、自分の方に退いてくるよう云わせた。愚かな軍監が引き起こした愚かな事態につきあう義理はない。

しかし、信親のいどころは分からなくなっていた。というより、そもそも使いの者が戻ってこなかった。

元親の的確な指揮で、この本隊は長く持ち堪えた。しかしそれにも限りはあり、これ以上は全滅、というところで、元親は戦場脱出に全てをかけた。それは当たり前のことである。愚かしい戦さにつきあって死んではならない。万一そのことで関白から咎《とが》めがあるなら、土佐に帰って謀叛《むほん》を起こせばいい。元親もまた、戦国屈指の強者《つわもの》であるからこそ、落ち延びる道を選んだ。戦さは続いているのだ。勝たねば終わったことにはならない。

信親の戦死をまだ知らぬ元親にとってこの脱出は、怯懦《きょうだ》とも未練とも何の関係もない脱出だった。元親が希望を失い、打ちのめされるのはまだ先のことだった。

初めから戦意に乏しかった大友勢は、押し包まれる前に散り散々《ちぢ》になり、ほとんどが退いた。ただ戸次統常だけは踏みとどまり、大友家のために気を吐いた。統常にはこの戦さがどうしてこんな流れになったか、少しも分からなかった。いずれ関白殿下が島津を討ち滅ぼして、仇《かたき》をとってくれればいいが、と思いながら統常は戦い続け、散った。

やってもうた、やってもうた、とそればかりが秀久の頭の中に渦巻いた。

——この、どたわけが。もうちっとましなこと考えんかい！

と自分を叱るのだが、また、考えはぐるぐると、やってもうたの繰り返しになった。

従者数人がついているだけの、落ち武者を絵に描いた体《てい》である。

とにかく誰のせいにもできず、全ては軍監・仙石権兵衛秀久のやらかした失策——それも、滅多にない大失策であった。

——神子田の次はわしや。

神子田の件は、彼一人に責任があったわけではなかった。それでも所領を没収され、高野山にも滞留を赦《ゆる》されないのだとしたら、自分などはどうすればいいのか。

——わし自分で首切って、自分で抱えて持っていくほかないかもしれん。

疲労と空腹とが、ばかげた情景を浮かべさせた。

秀久は馬を止めて下りた。

くすくす笑い出して従者らをぎょっとさせた。それから笑いは異様に高まり、ついで、押し殺したようなむせび泣きに変わった。

「わしなんぞについてきても、この先なんもいいことありゃせんぞ」

秀久は従者らに云った。

「国に帰って畑でも耕した方がましやぞ」

「殿、お気を確かに持たれませ」

与次郎が云った。

「わし、府内には行かれん」

恥ずかしいわ、と秀久は最早体面を繕《つくろ》う気力すら失って云った。

「ここに半兵衛どのがおったらなあ」

つるんと澄ました顔で、やってしまいましたな、と云うだろう。そうして、どうしたらいいかを教えてくれるだろう。

その時、

――豊前小倉《こくら》に、官兵衛どのがおわすて聞いた……。

とりあえず、そこに行こう、と思った。官兵衛なら、半兵衛と変わらぬ知恵を貸してくれるだろう。もし蔑《さげす》まれたらその時はその時だ。蔑まれるようなことをもうやらかしてしまっているのだから、それはそれで仕方がない。

秀久は綿のように力の入らない身体を馬の上に何とか据え、馬腹を蹴った。

七

「申しあげますっ。ただいま、仙石権兵衛さまお越しにござりまする」

「仙石？」

どんな様子だ、と官兵衛は訊《き》いた。取次ぎは声を潜《ひそ》めて、

「落ち武者の如《ごと》きありさまにござる」

と囁いた。

「人目を避けて茶室に通せ。とりあえず飯を供《きよう》せ」

はっ、と家臣は平伏したのち去った。官兵衛は南蛮《なんばん》ふうの卓に向かって椅子《いす》を引き、卓上に置いた聖書の上に組んだ両手を軽く載せるようにして俯《うつむ》き、朝の祈りを唱えた。

十二月十三日の朝方だった。

この城に南蛮ふうの卓と椅子があるのを知った時、

——さすがはフランシスコ（宗麟）の家来。

と官兵衛は思った。この城のあるじだった高橋元種《たかはしもとたね》は切支丹ではないが、流行

に乗ったか、主人から賜《たまわ》ったものかもしれない。

官兵衛は南蛮ふうの卓が好きだった。床から遠いところでものを考えると、頭が明快になる気がする。

――さて。関白さまの仰せに、仙石は反してしまったということじゃな。

詳細は知らずとも、やらかしてしまったことは間違いない。

十字をきって祈りを終えると、

――力になってやろうか。

と官兵衛は腰を上げた。

官兵衛自身は秀久を好きでも嫌いでもない。愚かな失策をやらかすような人間はどうも戴《いただ》けないが、しかし故・竹中半兵衛は秀久を気に入っていて、そのよさをよく知っているようだった。もし半兵衛が存命なら、皮肉そうに薄い唇《くちびる》を吊り上げて微笑して、よしなに頼むと云うだろう。それに、敗軍の将となりながら、まっしぐらに官兵衛のもとに飛び込んできたのは殊勝《しゅしょう》なことである。

――そうさな、愛嬌《あいきょう》のあるのはあの男の取柄《とりえ》か。

おのれの賢さに自惚《うぬぼ》れのある官兵衛は、人から頼られるのが好きだった。同時に、自惚れていると十分承知しているので、自身のそうした狭小《きょうしょう》さをも突き放

して見て、

――またいい気になれる機会がやってきたぞよ。

と自分自身をからかいながら、茶室に向かった。

小気味よく音をたてながら、秀久は飯を食っていた。官兵衛を見るとさすがに箸《はし》を置いたが、その時はもうあらかたたいらげていた。

――これだけ飯が食えるなら心配はいらぬ。

と官兵衛は見た。

「やらかしましたか」

単刀直入に云った。もっと荘重な相手ならそれに合った出方があるが、しくじりをしたあとで夕飯にありついた犬のように見える秀久には、こんなくつろいだ云い方がうまくいく筈だった。

はっ、と云って両手を畳につき、がっくり頭を伏せるなり、秀久の両眼からは涙が激しく滴り落ちた。

「いかがなされた」

「わし、たわけたことをしてもうたのでござる。わしが一生の間違えをやらかして、ほいで、諸将がたの生死もわかりゃせんのです。わしの失敗のせいで、宮内《くないの》少輔《しょう》どのも、弥三郎《やさぶろう》どの（信親）も、河内《かわち》どの（存保）も、皆々討死なされたかもしれん」

最初からのことの流れをざっと聞いて、安易な慰めは官兵衛の口から出てこなくなった。何から何まで秀久の責任で、そのうえまずいことばかりだった。

「わし……」

ずるっと鼻水を啜《すす》って秀久は官兵衛を見た。

「わし、逃げんと討死するか、腹でも切った方がよかったんやろか」

「生命を無駄にしてはいけない」

官兵衛は強く云った。

「今さらそこもとが腹の一つばかり切ったところで、何の足しにもなりはしませぬ。討死した人への供養《くよう》にもならぬ」

秀久は肩を落とした。

「ほんならわし、どうしたらええのやろ」

「そこもとの気を楽にする方法は、それがしには分かりません。それがしならば、神に赦しを乞《こ》いまするが、そこもとではそうもいきますまい」

「神さんに赦しを乞うたら、赦してくれなさるんか」

「こちらが心から悔い改めておれば」

「悔い改める……」

「二度と同じことはせぬと誓うのです」

「そりゃあ、もう二度と同じことはやらかさんわ！」

　官兵衛はうなずいた。

　ここに飛び込んできてからいままで、ただの一度も秀久の口から、「仕方がなかった」とか、「事情があった」とかいう、自分を庇《かば》う言葉は出なかった。

　その意味で秀久は、愚かではあっても潔《いさぎよ》かった。

「肝腎《かんじん》なのは、先のことでしょう」

　官兵衛はさらさらと茶を点《た》てた。

「ま、それがしの見るところ、そこもとの運は、まだ尽きてはおりませぬ。何せそれがしがこの城におったのもたまたまのことにて、これからまた、馬ケ岳《うまがだけ》に籠《こも》って冬を越し、春の関白殿下のお越しを待つことにござれば」

「そうやったのか。この城に詰めていなさると思とったわ。春まで待つのか」

「左様」

「わしも、春まで待たなあかんかったんやな……」

たっぷりと薄めに点てた茶を、官兵衛は差し出した。秀久は尋常な作法で飲み干したが、ああっ、と切ないため息をついて、

「茶が、うまい……」

と呟《つぶや》いた。

「ともかくも、しでかしてしまったことは、しでかしてしまったこと。飾らずに申すが、四国勢の安否も分からぬままにこうなっては、関白さまのお怒りは必《ひつ》定《じょう》。最早そこもとにできることは、高野山に上ることだけでしょうな」

「……やっぱり、それか」

「左様。とりあえず、お国の留守居衆《るすい》と連絡をとり、奥方やお子たちはどこぞへ逃がしなさるが宜しかろうと存ずる」

「そしてわしは高野山か」

「讃岐にも淡路にも、とどまってはなりませぬ。謀叛の疑いをかけられまする」

「謀叛⁉ 何でわしが謀叛するんや」

「関白さまの誅伐《ちゅうばつ》を受けるくらいならいっそ、という考えかたですかな」

「たわけたことを。誅伐されるようなことをやらかしたのはこっちや」

「とにかく、城に入ってはなりません。できれば身一つで高野に行かれたがよう

ござる」

　分かった、と云って秀久は唾《つば》を呑《の》んだ。

「それがしも微力ながら、口を添えまする。そのほかに、できることはありませぬが。とにかく、仙石どのがいたく恥じ入り、何もかもおのれの失策と認めておられた、と申し上げます。それと……」

「む？　それと？」

「機を待って、取り返しなされよ。このまま尻すぼみに終わってはなりませぬ。戦さ場の失策は戦さ場で取り返しなされ」

「戦さ場で……」

「人の一生、取り返しのつかぬことは決してありませぬ。我らが神いわく、人の過ちは七度の七十倍赦せと」

「七十倍……」

「元気を出しなされよ。沈まぬ瓢簞《ひょうたん》にござりましょう？」

「ひょうたん？」

　かつて自分の云ったことを、秀久は完全に忘れていた。

「半兵衛どのがあの世から見ておわしまするよ」

「あっ、そのことか」

ずっ、と鼻水の名残《なごり》を啜り上げて、やっと秀久は背を伸ばした。自分に云い聞かせるように、そうやな、そうやな、と小声で呟いた。

「何かあったら遠慮なくこちらにお使いを下され」

「官兵衛どの、かたじけない。わしこのこと、一生忘れんわ。いつかきっとこの恩は返すで、待っとって」

いま一服？と官兵衛は訊いた。いや、と首を振り、

「わしすぐに高松に……」

と秀久は片膝《ひざ》を立てて答えたが、つと座り直した。

「これが不可《いか》んのや。茶の一服にどれほど時が費《つい》えになるわけでもありゃせんのに、わし万事、思い込んだらそればっかしになってまうでかんわ」

秀久は手をついて丁寧《ていねい》に一礼し、

「もう一服、頂戴《ちょうだい》致す」

と重々しい口調で云った。

その素直さが、官兵衛の心を打った。すぐ改めようとする柔らかさも持っているのだ、と思った。

お安いこと、と云いながら官兵衛はもう一度、優雅な手つきで茶を点て始めた。

八

長宗我部元親もまた、土佐に戻ることをせず、伊予・日振《ひぶり》島にとどまっていた。

信親戦死の報《しら》せが届くまでにはしばらくあったが、ついにその報告を受けて、元親は端《はた》の見る目も無残なほど力を落としてしまった。しかしとにかく、秀吉に経緯《けいい》を告げねばならない。

元親は桑名親勝《くわなちかかつ》を使者として遣《つか》わした。

同じ頃、官兵衛も秀吉のもとに使いを送り、一部始終を報告したうえ、秀久が非常に悔いていること、何もかも一身の責任であると涙にくれていることを伝えた。しかし言葉遣いに気をつけ、死を乞うような表現は一切避けた。それを云えば、では死ぬがよい、と秀吉が反応するに決まっていると思ったからである。

官兵衛は使者として気の利《き》いた者を選び、必ず秀吉からご下問《かもん》がある筈だか

ら、その際には

「あるじ官兵衛申しまするには、仙石権兵衛にはまだ使い途《みち》がある筈ゆえ、上様の無量のご度量をもってご寛恕《かんじょ》下さるれば、必ず将来に益となること疑いなし」と冷静に言上《ごんじょう》するよう教えた。

秀吉に対しては、慈悲を乞うより、利益に訴える方がうまくいきやすい。秀吉が無慈悲だからではなく、湿っぽいことが大嫌いだからであり、失策をした者が哀れっぽく憐《あわ》れみを乞うほど、苛立《いらだ》たしいものはないからである。

自分の口添えがどれほどの効果があるだろうと、官兵衛は思った。秀吉が自分に、いささか警戒心を抱いていることを官兵衛は知っている。しかし、こと軍事の利害に関しては、自分の言葉の有効性を取り上げてくれる筈である。

官兵衛は待った。とりあえず、高野山に上がった秀久を放っておいてくれるようならよい、と思っていた。

実は秀吉は、官兵衛や元親からの報告が入るより前、まだ長宗我部親子の消息不明のままにただ敗報だけを得た時点で、素早く藤堂高虎と増田長盛《ました　ながもり》を土佐に送ったという。たとえ親子共に失われても、土佐は次子・香川親和に保証する、という使いであり、このあたりが秀吉の比類ないところでもあった。

桑名が元親の報告を携《たずさ》えて大坂城に参上した時も、秀吉はすぐさま面会し、

「仙石手に合はざる合戦して、信親を果たしつることの不憫《ふびん》さよ」

と云って泣いたと旧記に記されている。

それは演技ではなく、秀吉はそういう男だった。

「手に合はざる合戦」――器量に釣り合わない戦さ、と秀吉はこの事態を総括した。

官兵衛の報告が来た時、秀吉は難しい顔をして官兵衛からの書状を読み、ついで不機嫌そうにそれを放り出した。

使者が息を呑んでいると秀吉は放った書状を拾い上げ、もう一度ざっと目を通し、また放った。そうして、

「官兵衛はこのことをどう云っとる」

と問うた。

きたっ、と思った使者は、云われたとおり冷静な顔を作り、静かな調子で、秀久がまだ使えることを申し上げた。

秀吉の、猜疑《さいぎ》に満ちた大きな目が、使者の腹の底まで見抜くようにぎろりと顔を眺めた。それから、

「ふん、まあええが」

という言葉が秀吉の唇から漏《も》れた。

秀吉は秀久から讃岐を取り上げ、そこに尾藤知宣をあてた。

が、それだけで、秀久の身の上はそれ以上問われなかった。妻子のことも、家臣のことも何も云われなかった。

秀吉は、まるで記憶の中から秀久のことを消去してしまったかのように対処した。官兵衛と顔を合わせても、話題にすら出さなかった。

大丈夫だ、とは思ったものの、官兵衛はすぐ、秀長を訪ねた。現状を話すと、

秀長は少し考え込んだのち、

「しばらく様子を見た方がええ。いま、上様をついたら藪蛇《やぶへび》になりよるで」

と、官兵衛の読みと大差ないことを云った。

「古参の家来のことは、わしも案じておるのだで」

秀長は強い尾張訛《なま》りで云った。

「みんなわしらを信じてついてきてくれた家来だで、できるだけ報いてやりたいがや」

「権兵衛どののことは、亡き半兵衛も目をかけておりましたゆえ、それがしも肩

入れとまでは申さねど、力になりたいと思ってござる」

うんうんと秀長はうなずき、

「何かあったら、いつでも云ってくれたらええ」

と親身になって云った。

秀吉が古参の家臣に強くあたるようになったことは事実で、神子田のほかにも、加藤光泰が、見境なく多くの浪人を家臣として抱えたことで譴責《けんせき》され、大垣《おおがき》城主の身分を剝奪《はくだつ》されていた。光泰が秀長を頼ってきたので、秀長は光泰をそのまま自分のところにとどめ置いて、秀吉の機嫌を見ていた。

秀久の場合は、しでかしたことがしでかしたことなので、そう簡単にはとりなしもできない。しかしいずれにせよ、秀吉が古参の家臣を整理したがっている意思は見えており、秀長は自分がその防波堤になってやらねば、と内心に思っていたのだった。

九

秀久は高野山に上り、多々ある塔頭《たっちゅう》のうち、増福院《ぞうふくいん》という縁起のよさそうな名の堂舎に世話になることに決まった。

讃岐を取り上げられていわば一文無しになったのだが、出入りの商人などが世話を焼いてくれるので、そう極端に困窮するというわけでもなかった。母方の実家である尾張の津島家も、何くれとなく気を使ってくれた。

初めのうち秀久は、精神的にひどく参っていたので、何をする気にもなれず、日がな一日寝転び、しきりに降る雪をぼうっと眺めて過ごした。

そのうちどこからともなく、自分が「三国一の臆病者」と云われていることを知った。

こんな、俗世間とは隔絶した場所なのに、世間の噂はあとを追ってくる。

「くそっ。何でわしが臆病もんなんや！」

秀久は思わず、ここまでついてきてくれた従者・佃《つくだ》弥之助《やのすけ》の胸倉《むなぐら》を摑んで締《し》め上げた。一瞬たってはっと気づき、手を放したが、腹は癒《い》えず、

「わしのどこが臆病っちゅうんか、云うてみい！」

と弥之助に絡《から》んでしまった。弥之助は困惑しきった顔で、ぜいぜい息を切らしているばかりだった。

すると、庭の雪を掻《か》いていた寺男がいきなり、

「世間では、自分から突進しておきながら、いざ戦さになったら仲間を見捨てて逃げたと云われておるげな」

と嘲笑《ちょうしょう》するように云った。

「何やと！」

秀久は思わず、はだしで雪の庭に足を踏みかけた。

塀際のところで、ぼうっと薄ら笑いして立っている男と目を合わせた。

「わしが、どたわけだったんはほんのことやけどな、島津とあたってからは、やるだけやったんや。刃を交《まじ》えもせずに逃げたわけやありゃせんに、何でわしが臆病や！」

男は黄色い歯をにいっと剝いて笑った。

「世間のもんは、詳しい事情なんぞどうでもええ。はやし立てる相手があれば面《おも》白《しろ》いのじゃ」

何でもなく立っているようで、その男のどこにも隙《すき》がなかった。

「コラッ」

と大喝《だいかつ》して秀久は走り寄った。

「おんしは何じゃ！　怪しい奴め」

ふわっ、と寺男は築地塀《ついじべい》を乗り越えた。塀の外側から、笑い声と、

「さーんごく一の臆病ものお」

とはやすように云う声が遠ざかっていった。

「かたがた！」

お出合い候《そうら》え、と弥之助が騒ぎ立てようとするのを、

「もうええ、放っとけ」

と秀久は手を振って抑えた。

「いずこの間者《かんじゃ》にござりましょうか」

「どこか知らんが、わしなんぞ見張って何になるかの。たわけたこっちゃ」

縁側に戻っても、足を拭《ふ》く気にもなれぬほど、秀久は気が滅入《めい》った。

思い出したくもない戦さの詳細を、無理やり思い出しても、自分が臆病だったとはどうしても思えない。

しかしいまの自分の立場で何を云っても、それが卑怯未練な言い訳にしかならないことは分かった。

——わしが死んだら、それでよかったいうんかい！

負けたら逃げるものだ、という信念に変わりはなかった。その場で死ぬのは不

運であって、それはつまり、「逃げられなかった」ということを意味している。それ以外に考えようはなく、それは信長だろうが秀吉だろうが、戦国の世を生き抜いてきた者なら誰もが、

「負けたら逃げろ」

と云うに決まっていた。

第一、逃げなければやり返せないではないか？　そこで死んだら、負けて終わりになってしまう。

——そんなたわけたことが、あるかい！

と思うのだがしかし、姿の見えない世間というものは、十河存保や長宗我部信親の代わりに、秀久が死ねばよかったと思っているのだ。

存保や信親のことを考えない日はなかった。

一家の命運を秀久に賭けて、行動を共にしようとした存保と、秀久に若輩と罵られて蒼ざめた顔を引きつらせていた信親。

「しょむないしくじりを、やらかしてもな」

と、蚊《か》の鳴くような声で秀久は述懐した。

「それが我が身一つのことなら、何でもない。わしのたわけのせいで、大勢の人

が亡《の》うなったと思たら、堪《たま》らん」

気休めでも何でも、せぬよりはまし、と秀久はよく、声をあげて読経《どきよう》した。字のよく分からないところもあるが、構わず読んでいった。時々、胸が迫って声が途切れると、

——くそっ。泣きたいのはこっちの方だと云って、魂が飛びまわっとるげな。

と自分を責めた。

いっそのこと、髷《まげ》を落として僧侶にでもなってしまおうか、と思わぬでもなかったが、それは別の形での逃亡だと分かっていた。逃げたといって罵られているものを、もう一回逃げるわけにはいかない。

刺激に乏しい静かな環境の中にいると、自分を責めるほかに何もすることがなかった。秀久はよく眠れず、食も細くなってしまい、力のみなぎるような筋肉をしていたのがすっかり落ちて、かなり老けた。そのため、かつての朋輩《ほうばい》に遭《あ》ったとしてもすぐにはそれと分からないかもしれなかった。

十

天正十五年（一五八七）三月一日、秀吉は数万の軍勢を率いて九州に向かい、五月、島津義久は降伏した。七月半ば、秀吉は大坂に帰った。

この戦さで秀吉は、秀久の後任として讃岐に入れた尾藤知宣に重大な失策があったとして尾藤の任を解き、代わりに生駒親正を讃岐に送った。

――生駒どのかぁ。

増福院の縁側にぼんやり座りこんで、空を見上げながら秀久は思った。親正は自分とは何となく肌の合わない人物だったという記憶があるが、それも何だか古い昔のことのようで記憶に精彩がなかった。

それより、知宣のことが気になった。

弥之助が山から下りて聞いてきたところでは、知宣は秀長を大将とする戦さに軍監としてつき従い、根白坂《ねじろざか》の砦《とりで》を巡《めぐ》る局面で、好機があったにもかかわらず、二度、積極的な攻撃に反対して進撃を止めたのがその罪だということだった。

――甚右衛門のたわけが。わしが突っ走ってしくじったから、そのまねをばすまいと思たんやな。

秀久の時とは事情が違うではないか。大将は秀長で、兵も統率が取れており、黒田官兵衛も行を共にしていて、知宣如きが唾を飛ばしていらざる止めだてをすべき場面ではなかったのだ。

失策から整理されることをあれほど恐れていたものを、と秀久は思い出していた。自分がこんな有様でなければ、知宣のためにひと言云ってやりたいが……と思い、何をたわけた、慎め、と自分を貶《けな》しつけた。

気分は相変わらず冴えなかったが、すぐさま、更に衝撃的なことを聞いた。

神子田正治の首が、京で曝《さら》しものにされたという噂であった。

秀久は謹慎してはいたが、高野山に閉じ込められているわけではなかったので、その噂を聞いた時、密《ひそ》かに山を下りてみることにした。

失策をして高野山に上ったものの、そこにとどまることも赦されなかった正治であったが、西国《さいごく》のどこかにいたものとみえ、秀吉が九州親征をした際その御前に現れたのだった。

詳しいことは不明だったが、おそらく秀吉に赦免《しやめん》を懇願し、哀れっぽく泣きついたのであろうと思われた。

――死んだら、終わりやないか。

秀久はむらむらとこみ上げる怒りに、ほとんど飛ぶような足取りで山を下り、正治の首が曝されているという京の河原に急いだ。笠を被《かぶ》ると却《かえ》って目立つので、手拭《てぬぐ》いで頰被りするように顔を包み、地味な恰好《かっこう》をしていた。

――たわけや。死んだらもう、取り返しつかんやないか。

そして秀久は見た。

首はもう、色を変じ、崩れかけて、それが神子田正治かどうかもいま一つ判然としなかったが、脇に立て札があり、その名と、「臆病者」と書かれた文字が秀久の眼を射た。

すうっと血の気《け》が引いた。慌《あわ》てて秀久は足を踏ん張った。

――あかん。ここで倒れたらあかん。

いま、この瞬間まで秀久は、秀吉を酷《ひど》いと思ったことはなかった。自分たちが失策を理由に追い飛ばされても、秀吉を恨《うら》もうと思ったことはなかった。

――何や、これは。

死なせたかったら死なせればいい。仕えるということが、果たして失策に首を賭けることにまでなるのかどうか疑問だったが、まあ殺したければ殺せばよかろう。しかしこれは。死者を辱《はずかし》めるこのやり方は。

――死んだもんは、云い返しできゃせんのじゃ。もう、恥をすすぐ機会も得られやせんのじゃ。

くそっ、何でここまでされなあかんのじゃ！　と秀久はキリキリ、奥歯を噛み締めた。

蒼白になりながら、秀久は背筋を伸ばした。強い怒りが満ちて、自分が失策をやらかしてから初めて、

――わし、絶対に生き抜いてやるわい。

という決意が生まれた。

それまでは、どこか秀吉に甘えたいような、いわば、すり寄って再び復活を遂《と》げたいような生ぬるいものが身のうちにあったのだが、立て札がそれを変えた。心のうちで、これまで秀吉に抱いてきた親しみや温かい気持ちに、はたと蓋をした。

だからといって、刀を抜いて大坂城に斬り込んだところで、門番に捕《つか》まってあっという間に首になるだけである。鉄砲を抱いて秀吉をつけ狙《ねら》い、撃ち倒したところで、結局は囚《とら》われてやはり首になる。自分の力量では、謀叛の旗揚げをしたところで惟任日向ほどの支持も得られず、これまた首になり果てるだろう。そうなった時の立て札は「大馬鹿者」だろうか。

十一

秀久の意識は冴えた。

とりあえず、ここで捕《と》らえられたりしたら何もかも台無しなので、さりげなく後ろに退《さ》がり、人込みにふっと紛れた。

――そんなにわしらをかたづけたいか。わし、絶対にかたづけられせんからな。

これからは、失策を避けて生き延びることが自身に課せられた使命であった。そのためなら何でもやってやる。秀吉の草履《ぞうり》の裏を舐《な》めろと云われたら舐めてやる。御前で裸踊りをしろと云われたら大喜びで踊ってやる。媚《こ》びへつらうと云って笑うなら笑えばいい。

現れる行動は、秀吉に再び容《い》れられたい気持ちだった時と、結果的に変わらぬかもしれないが、心の持ちようは千里も隔《へだ》たっていた。心に透《す》き通った硬い石のような「自分」の芯《しん》があったら、自分は誇りを失わずに何でもやってのけられるのだ。

図《はか》らずも秀久は、この時初めて、秀吉の信長に対する心のありようを見ることができた気がした。

——わし、いまのいままでなんも分かっとりゃせんかったのやな。

自分は絶対に機会を捉《とら》えて、再び浮上してやる、と思った。そしてもし、自分が秀吉に対し、さまざまな提案をしても容れられるまでになり得るなら、いつかきっと、正治の恥はすすいでやる。

暮れかけた京の町を離れて、秀久は山に急いだ。明日から、少し鍛錬しなければならないと思った。しばらく呆《ほう》けていたうちに、だいぶ手足は鈍《なま》っていた。これでは、明日どこかで合戦があると云われても、到底、戦さに加われるだけの身体になっていない。

——わし、この歳《とし》になるまでなんも分からんガキみたいなもんやったんやな。

そりゃ、しくじりだってするだろうよ、と秀久は思った。それも、昨日までのことや、今日からは違う、と自分に強く云った。

すると、行く手に見える大樹の陰から、ふいと一つの姿が出てきた。

——ん⁉　夜盗の類《たぐい》か？

一人らしい。

気をつけろよ、と自分にではなく向こうに対して思った。いまの自分は鋭く気が研《と》ぎ澄まされた状態にいる。

そのまま進むと、道の真ん中に立っているそれが、例の寺男らしいことが分かった。

相手は薄ら笑いを浮かべていた。

「何や、おんしはどこの何者や」

秀久の問いには応えず、寺男はへらっと笑った。そうして、

「新しい噂を聞いたゆえ、教えてやろうと思っての」

と云った。

「噂？　また世間の悪口か。聞き飽いた」

男は秀久の全身を、じっくりと眺め廻した。それから一歩近づくと、奇妙な猫撫《な》で声で、

「世間というところは怖いぞよ？　思いも寄らぬことさえ、勘繰《かんぐ》るものぞ。痛くもない腹まで探るものよ、のう」

と云った。

「どんな下らぬことを聞いたか知らんが、わしには関わりないわ。世間が何と云

おうどうでもええ」

ほう、と男は秀久を改めて眺めた。そしていきなり、

「仙石秀久は、関白殿下に云いつけられて、わざと戦さをしくじったげな、と申す者がある」

と、確かに秀久の思いも寄らぬことを云った。

「何⁉」

「十河も長宗我部も、本当は討ち滅ぼしたいが関白の本音で、危ない戦さをさせて抹殺《まっさつ》しようと企《たくら》んだげな、との」

あまりの馬鹿げた言いぐさに、秀久の顔は軽く歪んだ。

次の瞬間、秀久は鋭く一歩を踏み込みつつ、抜き打ちに斬りつけた。

が、相手は軽々と飛びすさった。

「おのれはなぜそんなことを、わざわざわしの耳に入れに来る」

ふふふ、と寺男は笑った。

「わしはそなたの守り神」

と云うなり、その姿は大樹の梢《こずえ》にふわっと飛び乗り、どう見ても天狗《てんぐ》の業《わざ》としか思えぬ迅《はや》さで、木々の枝伝いに飛び移って姿を消した。

「守り神ならもうちっと、見栄《みば》えのある姿で来んかい」

と秀久は独り言を云った。

これが、神子田の首を見る前だったら、わざと殺したという言葉にひどく傷つけられたろうと思った。

――世間て、たわけやな。起こったことをあとから見て、うがった解釈をあて嵌《は》めるから、とんだ陰謀があったようになってまうのや。

と思いながら刀を収め、何事もなかったように歩き出した。


寺男はそのまま大坂城の城下まで飛ぶように戻り、やがてその姿は黒田屋敷に吸い込まれた。

深夜、男は官兵衛の室の外にうずくまり、秀久について報告した。秀久が神子田の首を見たこと、そのあとで世間のばかげた噂を伝えたが、秀久は動じなかったこと。

「ご苦労だった」

と官兵衛はねぎらった。

「みどもの見まするところでは、仙石さまは最早大丈夫かと存じまする」

「ほう、そうか」

「神子田さまの御首をご覧になって、何か思うところがあったげに存じまする。失礼ながら、お顔つきが変わって、みどもの申すことにもあまり動じてはおられませなんだ」

「長いこと人を見てきたミゲルの申すことなら間違いはあるまい。だが、このあとも様子を見てくれ。もう姿は現して見せずとよいが」

「畏《かしこ》まって候《そうろう》」

男は答えると、素早く十字をきり、何事か唱えて、ふっと姿を消した。

せっかく秀久がやる気になっても、山を下りてから心ない噂を聞いてまた落ち込むことのないよう、官兵衛はわざと、古くから密かに使うミゲルを送った。

何せ武将たちの秀久に対する言いようときたら、一度は親しくしたことさえなかったような調子で、悪《あ》しざまに罵っている。

――皆、明日はわが身と思いもせずに人のしくじりを責めたてる。

しかしそれは、内心に恐怖があるからだ、と官兵衛は見ている。あんな奴と自分は違う、と必死に線を引いて自分を守ろうとしているのである。

――神子田の首を見て、権兵衛どのに期するところがあったなら、それでよい。

官兵衛は天を見て、

「異教徒にはござりまするが、何とぞご加護を」

と呟くように云った。

十二

天正十八年（一五九〇）三月。

関白秀吉は遂に北条征伐の命《めい》を下し、諸将は小田原《おだわら》に向かって発進した。

秀吉は京の粟田口《あわたぐち》に桟敷《さじき》を設け、眼下を過ぎゆく諸将を謁見《えっけん》した。

次々と過ぎていく将たちは皆、この時とばかり見事な鎧《よろい》をまとい、新しい旗指《はたさし》物《もの》を翻《ひるがえ》していく。

と、その中にひときわ目立つ武者がいた。

黄河原毛《きかわらげ》の大型の馬に乗り、目深《まぶか》に被った兜の天辺《てっぺん》からは、束《たば》ねられた白い馬毛がさっとなびいて鮮やかだった。紅白段染めの華々しい鎧の上に着込んだ純白の陣羽織《じんばおり》の背中には、弓矢の的《まと》ほどの真紅《しんく》の日の丸が縫《ぬ》いとりされ、そればかりか黄金に輝く何十もの鈴が縫いつけられて、それがしゃんしゃんと音をたてていた。

武者は胸を張り、じっと前方を見据えて周囲に顧慮《こりよ》していなかった。

「あれは誰《た》そ」

秀吉は近侍《きんじ》を振り返った。

ちょうどそこに、三成がいた。

三成の眼が、武者の背の、金の御幣《ごへい》の馬印を見て取った。

「あれは、仙石権兵衛どのと存じまする」

だが、見慣れた永楽銭の旗はなく、代わりに、紺地に真白く「無」の一字を太々と書いた大きな旗が、颯々《さつさつ》と風にはためいていた。

手勢は二十人ばかりであった。

三成は表情を崩さずに見つめたが、ただその眼のうちに、余人には分からぬほどの愉快そうな閃きが瞬間、見えた。

秀吉は何も云わなかった。認めもしなかったが、武者を遮《さえぎ》らせようともしなかった。

陽光に鈴をぴかぴか光らせながら、武者は桟敷の前を通り過ぎた。

東進した秀久は、徳川家康の滞在する沼津《ぬまづ》北方の長久保《ながくぼ》城に行き、案内を請うた。

既に家康とは面識があり、今回のことも頼んであったので、すぐに通された。

昨・天正十七年（一五八九）には秀久は山を下り、京の北野天満宮《きたのてんまんぐう》の社僧《しやそう》・十川能閑の住まいする梅椿坊に身を置いた。そうして、復帰のためのさまざまな段取りをしたのだが、その一つが家康に謁《えつ》を請うことであった。

戦さがあった時、それに参加するとはいっても、ただふらりと馬に乗っていって、ふらりと戦闘に加わるわけにはいかない。

当時、浪人などで戦さに参加し、功名を得ようと思う者は、「陣借《じんが》り」といって、誰か然《しか》るべき将を恃《たの》み、その勢の一員として戦場に赴《おもむ》くのが決まりである。

そこで誰を恃もうか、と考えた時、三つの理由から秀久は家康に頼った。

一つは、今回の戦さが関東の戦さであって、先鋒《せんぽう》ともなり、また戦さの中心となって全体を統括するのが家康であるだろう、ということである。

もう一つは、関白の麾下《きか》において、罪人たる仙石権兵衛秀久を陣の端に加えることを恐れず、堂々とそれをなし得る人物、と考えたらそれは家康だということである。

天正十三年（一五八五）に秀吉と、一応の臣従という協定を作った家康は、家中においてその占《し》める重みが、ほかのどの将とも比べものにならぬほど大きかった。

これに辛《かろ》うじて拮抗《きっこう》するのは毛利輝元であろうが、諸将の、この両者への信頼度には、かなり差があった。

「海道一の弓取り」と武名を謳《うた》われる家康は、いつしか大層な貫禄の持ち主となり、武門の棟梁《とうりょう》としての源氏を名乗る家康こそが、豊臣などという新しい姓と共に貴族に化けてしまった秀吉よりもむしろ、諸将のよりどころになりつつあった。秀久もまた、考えるところは皆と一緒だった。

そして三つめは、そのようにして頼ってくる諸将を、家康は実に寛《ひろ》い度量で受け入れ、何かとその力になってやっている、ということである。

あれほど親しみ易く、近寄り易かった秀吉が、いまや、三成を初めとする吏《り》僚《りょう》たちに隔てられ、簡単にお目通りの叶《かな》うおかたではなくなってしまった。

一方、昔ながらの武士らしい無骨さの身についた家康は、無愛想で、耳触りのいい言葉など云わず、笑顔一つ見せるわけでもなかったが、面会を求めれば拒《こば》むことなかったし、できることはしてくれるのが常だった。

　こうして秀久は、天正十七年中に家康に会い、窮状を打ち明け、しかしいまの助力を乞うわけではなくて、いざ戦さとなった時に陣借りを許していただきたい、と低頭したのだった。

　我が意を得たり、というように家康はうなずき、

「いつなりと我が陣に加わりなされよ。功名をばおたてなされ、関白さまにお赦しを願われよ」

　と云ってくれた。

　そうしてこの日、長久保城でまた、家康は
「よう来られた。我が陣のありどころに構わず、いずこなりと働き口を見出《みいだ》してお励みなされよ」

　とわざわざ云ってくれた。我が陣に構わず、というのは、家康の陣を借りたことに律儀になっていては、必ずしも秀吉の目につく戦功を挙げられないので、戦さが始まったらどこでも功名のたてられそうなところを探してよい、という意味である。

　そうして家康は、関兼永《せきかねなが》の刀を秀久にくれた。意外なほどの厚遇であり、

「かたじけのう存じまする」

と秀久は深く感謝した。

家康が心の奥深くに何を考えているか、それは秀久にはどうでもよいことだった。

三月二十八日、秀吉が長久保城に入り、諸将を集めて軍議が開かれた。

家康隊の端に加わっている秀久は、その日、同じ長久保城の、騎馬武者の集まっている溜《たま》りにいて、武具の手入れをしていた。

本来なら自分も奥に入って攻め口の議論をしている筈だ、と軽く思ったが、そのことに別段の感慨はなく、ただ軍議が終わり次第、話の分かりそうな誰かをつかまえて、陣割りを聞き出すことだ、と思った。

十三

軍議のあと、諸隊は直《ただ》ちに行動を開始した。

伊豆《いず》半島の細くなったつけねの中央に、十キロほどの距離をおいて山中《やまなか》城と韮《にら》山《やま》城とが南北に縦に並んでいる。ここが北条氏の防衛線である。織田信雄を大将とする四万四千が韮山城に、豊臣秀次を大将とする三万五千が山中城に向かった。

秀吉が共に移動して、山中城攻めを観望すると知った秀久は、山中城に向かうことにした。

家康は秀次に話をとおしてくれた。秀次に否《いな》やはなく、秀久はこの隊に加わっている一柳直末の勢にとりあえず身を置いた。

「また、えらい派手な恰好を」

と直末が呆れて見せたが、

「こんくらいにせんと、人目につかん」

と云って秀久は、背中の日の丸を揺らして笑った。

二十九日寅《とら》の上刻（午前四時）、秀久を含む直末や中村一氏らの軍勢が、山中城から東海道を挟んで南側に位置する岱崎《だいざき》砦に攻めかかった。

北条氏勝の家臣・間宮《まみや》康俊《やすとし》がここを守っていた。

「矢弾を残すな！　撃てっ」

と間宮は絶叫した。ここを突破されれば、それはすなわち北条家の終わりだと知っていた。

東海道南東側の山に築かれた砦目指して、上方勢《かみがた》は駆け上ろうとし、弾丸を受けてばたばたと倒れた。

秀久は最初から、身一つで先頭に立っていた。恐れるものは何もなかったし、もしここで弾を受けて絶命しても、それはそれなりに汚名をすすぐことになるだろうと思っていたから、少しも怯《ひる》まなかった。背の日の丸が躍《おど》った。

矢弾が尽きると同時に、城方の軍兵が雄叫《おたけ》びをあげて駆け下ってきた。上から叩き下ろす敵の槍先を、秀久は下から撥《は》ね上げた。激しく踏み込むや、横殴りに敵の胴に十文字槍をぶち当てた。

敵の身体は藁《わら》しべのように吹っ飛んだ。

秀久は進んだ。

次々と襲いかかる敵兵を、右に左に撥ねのけた。

返り血を浴びて血濡れ、息こそ弾《はず》んだが、秀久は少しも疲れを感じなかった。それどころか、これほど意識を研ぎ澄まして敵に向かったのは初めてのような気さえした。

相手の動きがよく見えた。

この時だった。

ぱんぱん、という何発かの銃声のあとに、秀久のすぐ後方に位置していた一柳直末が、はたと倒れた。

あまりにさりげない倒れ方で、秀久は初め、直末が転んだのかと思った。しかし、目前の敵を深々と刺し貫き、倒してまた振り向くと、直末は同じ位置に倒れたままになっていた。

――市助が。

駆け寄る閑《ひま》はなかった。ちょうどその時、最後の抵抗とばかり武者が一斉に攻め下ってきて、秀久は水車のように十文字槍を振るいつつ、前進せねばならなかったからである。

そのまま秀久は、細い山道を駆け上がった。鈴が鳴り響いた。

この戦さでは、共に戦った中村一氏が奮戦し、一番乗りで砦の中に転げ込んでいた。砦が落ちると、一氏はそのまま山中城の三の丸に攻め入り、これも占拠して突き進んだ。

このあたりで、さしもの城兵の抵抗も力が尽きてしまい、山中城は落ちた。

秀久の戦いぶりは皆の眼についたが、

――これではまだ、関白さまの前には出られんな。

と秀久は冷静だった。ただ奮戦したのではだめで、誰もが刮目《かつもく》するほどの成果を挙げなければ意味はない。

それより、直末のことが衝撃だった。

戻っていくと、一柳隊は火の消えたように静まりかえっていた。

いまさらながらに、鉄砲は恐ろしい。

直末は狙い撃たれたものではなく、流れ弾に当たったようだった。

秀久は直末の重臣に悔やみの挨拶《あいさつ》をすると、陣を離れて野営した。

二十人の家臣も黙ってついてきた。

――こんなとこで死んだらあかんやないか。

夜空を見上げて秀久は思った。

――わし、戻ることができたら、ずっと頑張ってたおんしと一緒に酒酌んで、思い出話しょうと思てたのに……。

しかしこれが、武者の生きざまだった。

――しょむないで、草葉の陰からわしのこと見ててくんさい。

春の空は、闇もどこかほんのりと霞んで見えた。

――わしの戦さはまだ始まったばっかりや。

と思いながら秀久は眠った。

十四

四月三日、秀吉は小田原に着陣した。

北条側が破壊した箱根山中の道を、黒鍬者《くろくわもの》に修復させての進軍であったという。黒鍬者とは、そうしたことに従事する武田家旧臣の組である。

小田原城は、東西二十五町（約二・八キロ）、南北二十町（約二・二キロ）の周囲に総郭《そうぐるわ》を設け、その中に城下町まで包み込んだ構造であった。

これに九つの口があり、秀久は堀秀政《ひでまさ》らと共に最南端の早川口《はやかわぐち》に向かった。

ここは相模湾に流れ込む早川の河口近くにあるのだが、秀吉が早川から二キロほどの石垣山《いしがきやま》に本陣を築くと知ったからである。

――ここしかありゃせん。

秀吉の見ているその前で、確かな戦功を立てるほかはない。

五月二日早暁《そうぎょう》、奇襲をかけるべく秀久は、二十人の兵を率いて早川口に向かった。

ぎりぎりまで無音に近づき、草むらの中からいきなり姿を現して鬨の声をあげ、突進していくと、城内から二、三百人の兵がどっと繰り出してきた。守将・松田憲秀《まつだのりひで》は抜け目なく奇襲に備えていた。

秀久はすぐ馬から飛び下り、十文字槍をうち振って前進した。わああかかってくる敵兵を撥ね飛ばし、横殴りに刃にかけ、渾身《こんしん》の力を振り絞って闘った。

双方入り乱れる接近戦で鉄砲が使えず、城方は人数に任せて押してくる。

「ばらけたらあかん！」

一人一人押し包んで斬りたてられたら、あっという間にかたづけられてしまう。

「まとまるんや！」

飛びかかってきた敵兵を槍で叩き伏せながら、秀久は叫んだ。

それからしばらくの間、仙石小隊は凄まじい働きぶりを見せた。

首で功名を稼ぐつもりではなかったので、秀久は来る相手来る相手を全て討ち捨てにし、死体の山を築いた。

自身も幾つか疵《きず》を受けた。

そのうち、敵兵の突っかけた槍の穂先が、兜の緒《お》をすぱっと両断した。面頬《めんぼお》に守られた顔は疵つかずに済んだが、兜がぐらついては話にならない。秀久は兜をかなぐり捨てると、先に進もうとした。

「なりませぬ、殿」

家来の真野弥兵衛が慌てて拾い上げ、追ってきた。

ちょうど敵兵が、仙石隊の勢いに恐れて少し退いたところだった。

この時代、戦さに臨む武者たちはさまざまなものを用意し、身につけている。弥兵衛が腰につけた袋から紐《ひも》を出し、環《わ》に通して兜を秀久に着せ、紐をきりりと結びなおした。

この時秀久は、手元に寄せた十文字槍の横手の刃が折れているのに気づいた。槍をその場に立てかけると、静かに刀を抜き放った。

再び押し寄せてくる敵兵の只中に、秀久は斬り込んでいった。

真っ向立ち向かってきた桶川胴《おけがわどう》の鎧武者を、肩口から斬り下げた。桶川胴はさして高級ではないが堅固な胴で、そう易々とは斬れにくいものである。だがその時、秀久の切っ先は鉄をも断つ鋭さを帯びていた。

続いてかかってきたのは、雲を衝くような巨漢であった。その体軀《たいく》にふさわしく、手にした得物《えもの》は大金棒だった。

踏み込んできた巨漢が、
ぶんっ！

と金棒を振った。

秀久は飛びのいた。

金棒の打撃は、隙を狙う必要がない。肩口でも脳天でも構わず叩きつければいいので、それだけにがむしゃらで危険だった。

秀久のこめかみに汗が流れた。自身を奮い立たせるために、

「市助、見とれや！」

と一柳直末の名を吼《ほ》えた。

やたらと振り廻される金棒をかいくぐり、避《よ》け、飛びのきながら、隙を狙った。

巨漢が秀久を殴り損なって、その金棒が土塁《どるい》の側面にめり込んだ時、遂に求める隙が見えた。自分の刀尖《とうせん》に、市助や半左衛門の魂が乗り移ったような気がした。秀久は飛鳥《ひちょう》の如く飛び込むや、巨漢の大きな顔を下から鋭く薙ぎ上げた。

わっ、と声が漏れて、その大きな身体が後ろざまによろめいた。

秀久もまた、その男ほどではないとはいえ、六尺ゆたかな体軀を持っている。秀久は我とわが身を、男にあびせかけるように打ちつけた。同時に男の右の膝裏を、掬《すく》うように蹴上げた。

あたりを震《ふる》わせる地響きをたてて、男が仰向《あおむ》けに倒れた。秀久は相手の胸を折り敷くと、逆手に摑んだ刀をその大きな顔の真ん中に突き立てた。

この時秀久は、虎口《こぐち》を占拠《せんきょ》したと『仙石家譜』には記されている。そうして、諸将が続いて攻めかかり、諸方の虎口を乗っ取ったとしている。

しかし実際にはこのあと、上方勢が続いてなだれ込んだ事実はないようであり、また、このあと早川口での戦さが起きていないところを見ると、おそらく秀久らは、攪乱《かくらん》戦の趣でやるだけやり、退いたのであろう。

あるいは、秀吉からの伝令が出たものとも考えられる。なぜなら秀吉は、小田原城全体の規模を考え、攻囲を完成させたあとは、思い切ってゆるゆると時間をかけて攻める案に変更したからである。

いずれにせよ秀久は、秀吉の前に出る機会を得た。

十五

秀久は笑顔にはなれなかった。ぴしっと張りつめたような表情で秀吉の前に出た。

「やあ、権兵衛ええ！」

と秀吉は座のうえで半分腰を浮かせ、顔じゅうをくしゃくしゃにして笑みかけた。

手招きをし、さあさあ、と近寄せた。

落ち着き払って平伏した秀久を、秀吉は嬉しそうに眺め廻した。

「よくこの長い間を辛抱《しんぼう》して、以前の忠義を忘れずに出陣したのう」

秀吉はしんから嬉しそうに云った。

「その方、赦し難き落ち度は候えども、今日の働きには感心した。よくやってくれた。でんかはこの目でその方の働きをしかと見ておったぞよ」

秀吉は自分で自分のことを「殿下」と云った。

「ささ、こちへお出《で》やい」

秀吉は手招きした。

秀久は慎重に進み出た。

「どうした、もそっと前へお出や」

今度は大胆に、すぐ前まで進み、顔を上げて秀吉の顔をあえて見た。

そうして秀久は衝撃を受けた。

秀吉は、軽く涙を浮かべて秀久を見守っていた。猿のような金《かな》つぼ眼《まなこ》は本気の慈愛を湛《たた》えて、喜びに溢れていた。

「おんしが這い上がってくるのを、待っとったが」

囁くように秀吉は、昔の口調で云った。

その瞬間、秀久はこの人を理解した。

きっとこの人は、神子田を処分するとき、ぽろぽろ涙をこぼしたろう。たわけの神子田が、自力で這い上がってこずにただ憐れみを乞うた時、地団駄《じだんだ》を踏んで口惜《くや》しがっただろう。そして、沸《わ》き上がってきた怒りに、ただ切腹させるだけでは収まらず、滅茶苦茶に罵ってやまなかったのだ。

それと、いま何とか這い上がってきた秀久のことを、我が子に対するように慈《いつく》しみ深い目で、とろけるように見ていることと、根は一つものだった。

――怒りも喜びも、人の何層倍も強く感じる人なのだわ。

秀久は心の中でゆっくりとため息をついた。

これほど深く激しい情を持っている人は、見たことがない、と思った。

信長の場合は、まず「理」があって、それに外れる者に対し、異様なまでの憎悪《ぞうお》を持った。目の前の関白殿下は、もっと複雑に、理非と情とが熱く絡まりあって、いわく言い難い混沌《こんとん》を生み出している感じがした。

――この人のは、全部本当なんじゃ。

理不尽な怒りと、大げさな喜びと、全部が本当で、そして情は決して理非を押し流すことはなく、理非は情の形で皆の上に降り注ぐ。

稀有《けう》な人であり、どういう人かはやっと分かったものの、心から共感することは残念ながらできなかった。しかしそれでも、今後どのようにこの人と接したらいいかは分かった気がした。

すると秀吉が、

「労をねぎらおう。これをやるで、使《つこ》うたらええ」

と、側の者がゆるゆると扇《あお》いでいた金の団扇《うちわ》を取り、秀久に差し出した。

その栄誉に、居並ぶ群臣、諸将がざわめいた。

秀久は、

「有難き仕合《しあわ》せ」

と大きくはっきりした声で云って、恭《うやうや》しく両手を広げ、団扇を受け取って押しいただいた。

秀吉の眼に、さっと疑問の色が走った。仙石秀久はこんな男ではなかったが、というように見えた。

秀久は微笑した。大丈夫、それがしは謀叛気など持ちませぬ、と腹の中で云い、もう一度、

「身に余る有難き仕合せにて、このこと一生の誉《ほま》れにござりまする」

と大声で刻みつけるように云った。

よしよし、と秀吉は呟いた。

「退がってよい。向後《こうご》も励め」

はっ、と云って秀久は、金の団扇を押しいただいたまま、後ろにずって退がった。

秀吉の知っていた、尻尾《しっぽ》を振ってすり寄る人懐《ひとなつ》こい仔犬のような秀久は、もういなかった。代わりに、頼りになる成犬のように、愛想は減じたがしっかりとし

た風貌《ふうぼう》を見せて、秀久は末座まで行き、そこに控えた。

北条氏の降伏後、秀吉は、家康を関八州《かんはっしゅう》のあるじとした。従来これを、一方的に箱根のかなたに追いやった、とする見方があったが、昨今では、家康が東の支配者的な地位につくことは、ある程度合意のうえと見るようである。

江戸が貧しい漁村であり、江戸城がほんの小さな城にすぎないことは確かだったが、だからといって、家康が「江戸」の地名を聞いたこともなかったかといえば、そうではなかった。家康は信長存命の頃から関東申次ぎ的な立場にあり、江戸とその近辺の水利の重要さは心得ていた。

とにかく、秀吉は関東のことは家康に委任し、しかし当然ながら、心を許しきることはなく、甲斐に旧罪を赦された加藤光泰を入れ、信濃《しなの》・上田《うえだ》三万八千石に家康の仇敵《きゅうてき》・真田昌幸《さなだまさゆき》を残した。そうして、これらと同様、対徳川防衛の一環として秀久を小諸《こもろ》五万石に配した。

これはまた、家康の押さえでありながら、危急の際にはどう出るかいま一つ定かならぬ真田昌幸に対するものでもあった。

秀久は復権がなるとすぐ、家康のもとに挨拶に行った。

「そこもとが小諸とは、頼もしい」

家康はそう云って満足そうな顔をした。

そしてその顔のまま、

「今後は、何かあれば本多佐渡《ほんださど》（正信《まさのぶ》）に申しつけられたい」

と云い渡した。

——調子に乗って友人だと思うな、ちゅうこっちゃな。

「畏まって候」

と秀久は平伏した。

秀久はまた、当然ながら官兵衛のもとにも感謝を伝えに赴いた。

「よかった、よかった」

と官兵衛は嬉しそうに云って、ぎやまんの杯に満たした葡萄《ぶどう》の酒を秀久に勧めた。

「失敗は誰にもあることなれば」

と官兵衛は軽く杯を掲げた。

「それをいかに取り返すかが、漢《おとこ》の見せ場にござるなあ」

「わし、見せ場が作れたんは官兵衛どののお蔭にござりまする」

そう云って秀久は低頭した。

「それにしてもそこもとの出立《いでた》ちときては……」

官兵衛の顔に、にまにました笑みが広がった。

「さすがの殿下も、度肝《どぎも》を抜かれた、と仰せでしたぞ」

「いや、どうせなら今生《こんじょう》の限り目立とうと思ったはええけんど、鈴の音がやかましいて……」

官兵衛は膝を打って笑った。

「お見事でした」

二人は杯を交わした。しばらくして秀久は、ふと思い出したように云った。

「わし、途中で槍の刃が折れたもんで、そこへ立てかけて、刀を抜いて攻め入ったのでござる」

「ほうほう」

「ほいで敵をば斬り平《たい》らげて、諸方に火を放って、深入りはすなと」

秀久はちょっと笑った。

「深入りはすなと云って、家来をまとめて引き上げる時に、戻ってきたら槍が、倒れもせんと元の所にこう、つっ、と立っとって。何や知らんそれが可笑《おか》しいて、わし、待っとったか、て独り言云って、それまた持って帰って参りましたわ。つまらん話で申し訳あれせんけど」

――生きて帰ってようござったな。

と官兵衛は心のうちで思った。他愛もない話をして笑っている秀久が、まぶしいように見えた。

帰りがけ秀久は、向こうの方に官兵衛の乗馬が曳《ひ》かれてくるのを見た。

その馬は眉間《みけん》のところに、「矢負《やおい》」といって凶相《きようそう》とされる旋毛《せんもう》のある馬である。

そのことで有名な馬だったが、官兵衛は常々、

「人間は万物の霊長ゆえ、馬の毛色如きに左右されるものではない」

と云いきって、好んでそれに乗っていたという。

いま、その馬を目《ま》の当たりに見て、秀久は

――官兵衛どのらしいわ。

と愉快に思った。それから、次の瞬間、

――おっ⁉

と足を止めた。

馬を曳いてきた背の低い老人が、ふとこちらを流し目に見た。老人の口もとに、うっすらと笑みが浮かび、浮かんだと同じ早さで消えた。

老人は前を向くと、そのまま馬を曳いてとぼとぼと歩み去った。

――わしの守り神の出どころはここだったか。

秀久はそこに背筋を伸ばして立つと、ぱん、ぱん、と思いきり大きく柏手《かしわで》を打ち、去っていく男に深々と一礼した。

第六章

行く水に

一

天正十八年（一五九〇）から慶長五年（一六〇〇）までのちょうど十年を、秀久は東国《とうごく》の中堅大名として送った。

この間、文禄・慶長の役という海外派兵があり、秀吉の側室淀殿《よどどの》の妊娠、出産があり、その煽《あお》りをくらって、一時は後継者と定められた豊臣秀次の死があった。

朝鮮への出兵については、東国の大名はほとんど、伏見《ふしみ》城の普請《ふしん》に駆り出されただけで外征はしていないので、その点で西国《さいごく》の諸大名とは疲弊の度が違った。

慶長三年（一五九八）に秀吉が亡くなった。

自身が信長の子らから政権を簒奪《さんだつ》した秀吉は、自分の死後、幼い秀頼《ひでより》が同じ目に遭《あ》うことを何よりも恐れた。

短期間に秀吉が個人の人間力で繋《つな》ぎ合わせ、築き上げた連合帝国は、すぐさま崩れぬ方が不思議であった。ことに、秀吉が創りあげ、三成ら吏僚《りりょう》がその機構を担って存続させようとしている貴族の政治は、そもそもが武士たちにとって座り心地のよくない座であった。

家康は、慶長四年（一五九九）の正月、秀吉の遺言に従って秀頼を大坂城に移そうとする前田利家に対し、

「それはいま少し暖かくなってからでも……」

と物柔らかに云った時から、必ずしも秀吉の遺言を遵守《じゅんしゅ》するものではない、という姿勢を見せ始めた。

続いてすぐ、秀吉が生前に定めた、大名間の私婚を禁ずるという掟《おきて》に背《そむ》いて、伊達《だて》政宗《まさむね》の娘を自身の六男に迎え、福島正之や蜂須賀至鎮《よししげ》に養女を娶《めあわ》せた。

これに前田利家は激怒し、家康との対立姿勢を深めた。

厄介《やっかい》なのは、利家が、石田ら吏僚と秀吉の創りあげた集権体制を支持していないところだった。

いずれにせよこの対立は、利家が秀吉のあとを追うように亡くなったために長くは続かなかったが。

局面はいよいよ、三成ら吏僚とそれを支持する外様《とざま》大名たち対、徳川家康と秀吉及び信長旧臣、という様相を呈《てい》してきた。

秀久は初めから、家康支持をきわめて鮮明にしていた。

何といっても、自分の首が繋がったのは小田原《おだわら》の戦《いく》さの時、家康が快《こころよ》く陣の端を貸してくれたからである。

それに、そもそも秀久もまた、いってみれば信長旧臣の一人であった。ほかの誰よりも秀吉と深く長いつきあいがあったとはいえ、その死後に何の理由もなく遺児が跡を継ぐより、まさに秀吉がやったように、力ある者が政権の座につくのはやむを得ぬことではないか、と思っていた。

秀吉死後の形見分けで、秀久は則重《のりしげ》の刀を頂戴《ちょうだい》したが、それで秀吉との関係は一応終わった気がしていた。

従って、秀吉の死の直後に三成が家康暗殺の企《くわだ》てをする、と噂《うわさ》になった際、秀久はすぐ家康に対し、伏見の徳川屋敷の警護を願い出た。

家康はこれに対し、「思ふ仔細《しさい》あれば」すなわち「考えがあるので」ここは帰るように、と説いたが、秀久がなお主張するので、その夜、秀久を伏見の屋敷に一夜とどめたという。

家康は秀久が図に乗らぬよう釘を刺してはいたが、その領地が小諸《こもろ》という、いささか微妙な位置を占《し》めていることもあり、敵に廻したくはないと見てもいた。戦さになった時、万一、真田と共に叛旗《はんき》を翻《ひるがえ》されるようなことでもあったら、これは一大事になる。

秀久があくまで忠実を示してくるので、用心しつつも、それを受け入れよう、というところであった。

慶長五年（一六〇〇）、遂《つい》に大老の一人・上杉景勝《うえすぎかげかつ》が前年に帰国したきり上方《かみがた》に戻らず、戦さの準備を急いでいる、となった時、家康は諸将に先駆けて秀久を小諸に帰し、備えさせた。

——どうやら、信用されたらしい。

秀久は急ぎ中山道《なかせんどう》を下りながら、心に思った。北国《ほっこく》筋に備えよというのが表向きの命令だが、これを聞いた者は誰もが、

「安房守《あわのかみ》（真田昌幸）への備えか」

「ご苦労なことよの」

と苦笑いしたものであった。

上杉・北条・徳川といった大どころの大名たちに囲まれて、上田の真田昌幸は長い間、その時々の風向きを見、時に一方に従って他方を叩《たた》き、状況が変わる度《たび》に綱渡りの一時しのぎを繰り返した。それは昌幸にとっては完全に理のあるところであり、胸を張ってその正当性を主張できるところであったが、世間からは、

「叛服《はんぷく》常ならぬ者」という、いつ裏切るかも分からない人間という印象を持たれることにもなった。

更に昌幸は、かつて戦さで手ひどく徳川勢を叩きのめしたことがあり、単に危ない人物というばかりでなく、徳川家にとっての疫病神《やくびょうがみ》とも見られていた。

いま、秀久が家康に忠実な姿勢をとっているのを見た諸将は、

「内府《ないふ》どのも存外の押さえがあって、よい拾いものであったわ」

と噂をした。

若くして信長の臣となった秀久は、まだ五十歳にもならない。だがその浮き沈みは誰も知るところであり、ほかならぬ戦さ働きによってしくじりを見事に取り返した将でもあり、かつそのしくじりも、むしろ血気に逸《はや》りすぎてのこととされて、秀久の猛勇を疑うものはなかった。

小田原の戦さ以降は、秀久を臆病とみなす者はなくなっていた。

近頃の秀久は、時折福島正則と茶会に行くなどする他は、あまり人づきあいはしていない。

——人づきあいも何も、みんなおらんようになってまったやないか。

神子田。一柳。九州の戦さで罪せられた尾藤知宣は、小田原の役後、僧形《そうぎょう》に

なって秀吉の前に現れ、憐《あわ》れみを乞《こ》うて秀吉の激怒を呼び、賜死《しし》となっていた。「下野那須野《しもつけなすの》の椿事《ちんじ》」と呼ばれたこの出来事は、しばしの間、見事に復活を遂げた秀久と対照して語られた。秀久は人前では一切、何も云わなかったが、

――たわけや。どたわけや。何でもっとよう考えなかったんじゃ。

と心のうちで知宣を罵《ののし》りながら、鼻の奥が熱く、痛くなって堪《たま》らなかった。秀久と共に罪を赦《ゆる》され、甲斐一国を賜《たまわ》った加藤光泰もうもういなかった。光泰は東国の大名ながら文禄の役に参加し、帰国途中に病没していた。

黒田官兵衛とも、あまり接することがなくなった。官兵衛が豊前、自分は信濃・小諸と離れてはいるが、当時、大名はほとんどその領地ではなく伏見にいたので、会おうと思えば会えないこともなかったのだが。

不思議と官兵衛には、会わなくても彼がいる限りどこか安心な感じがした。秀久には、自分が石田三成と袂《たもと》を分かってしまったのが、かすかに惜《お》しまれた。

秀久の知っている、素《す》の三成は、変わり者だが芯《しん》のとおった面白《おもしろ》い男である。しかしもう、三成は「太閤殿下のご政道」を切り回す一個の機能になってしまったかの如《ごと》く、その人間味などを見せることはなくなっていた。

理のあるところを常に押し通し、家康に期待する諸将の心の翳《かげ》り具合などは「秀頼ぎみに対する不忠」としか解釈しない三成。

それは、確かに秀久の知っている三成であり、三成ならではともいえ、ほんの一寸も、いや、一分《いちぶ》も、たわけたところはないのだが、たわけてないからこそ、

──あれもまあ、皆の思いを分かろうとせぬ、困った男よ。

というところだった。

六月の日差しの中を小諸に向かいながら秀久は、小田原で三成から祝いを云われたことを思い出した。

「おめでとうございまする」

と声を張って云い、三成は大真面目《おおまじめ》な顔を崩さないまま、立ちぎわにふと、

「ところで、あの鈴は全部で、何個ありましたか」

と訊《き》いた。

秀久には分からなかったので、

「さあ、数えてないで」

と答えた。

何かものがあれば、必ずその数を数えている男。一つでも帳尻《ちょうじり》の合わぬこと

があれば、それが解明されるまで断固として譲らぬ男。誰かが蠟燭《ろうそく》一丁でも失敬すれば、その罪を弾劾《だんがい》せずにはおかぬ男。

だがその時の三成は軽くうなずいて、

「そうでしょうな」

と云い、穏やかに微笑しただけであり、それが秀久の脳裡《のうり》に残った三成の風貌《ふうぼう》だった。

二

上杉討伐が決まった時、家康は、自身が東に戻った隙《すき》に三成が挙兵するであろうことを読んでいた。しかし、家康の読みでは、あくまで不埒《ふらち》な上杉を討伐に行く自分こそが政権の正統な代表者、かつ幼君・秀頼の代理であって、その不在中に挙兵する三成もまた、上杉と同じく不埒者として叩き潰《つぶ》せると考えていた。

ところが、いざ実際に事態が起こってみると、三成のやったことは家康の予想をはるかに超えていた。

それこそが、三成の本領発揮であった。中央集権を支える切れ者第一の吏僚・

三成が、大義名分も整えずに挙兵することなどは、あり得ないといってもよかった。

三成は、七月十七日づけで家康弾劾状を出すにあたり、増田長盛ら奉行連と、宇喜多秀家《ひでいえ》、毛利輝元の大老二名による添え状をつけた。これにより、公儀《こうぎ》の理は三成の側にあることになってしまい、いまや、討伐されるべきは家康だ、ということになってしまったのである。

急ぎ、上方の状況を何とかしなければならなくなった。

しかし家康は、東国の情勢を非常に気にかけていた。

どうやら景勝は、昔ながらの、じりじりと領土を押し広げる「戦国の戦さ」をするつもりでいるらしい。太閤殿下が薨去《こうきょ》された以上、そのお達したる、各国が互いに武力でことを構えてはならぬという惣無事《そうぶじ》の儀も効力を失い、世はまた元亀・天正の昔に帰るものと考えたかのようであった。

つまりは、簡単に雌雄《しゆう》を決するつもりはなさそうだ、ということだが、そうはいっても江戸を空《から》にすれば、何が起こるか分からない。

景勝が腰を上げなくとも、常陸《ひたち》に佐竹義宣《さたけよしのぶ》があり、これが江戸になだれ込んでくる恐れがあった。

更にいえば、敵になった真田昌幸の出方が分からない。

七月二十一日、上杉討伐の勢に加わって出陣していた真田昌幸は、下野・犬伏《いぬぶし》で三成の出した弾劾状を得た。

真田家というのはやや特殊な事情があり、信州上田には昌幸と次男・信繁《のぶしげ》がいて秀吉に仕え、長男・信幸《のぶゆき》は上州《じょうしゅう》・沼田《ぬまた》を領地として家康に仕えている。

この三名は犬伏で協議し、その結果、信幸は家康に、昌幸と信繁は三成方につくとして袂を分かった。

上杉と真田を結ぶ要地・沼田を領有する信幸が家康についたことは、昌幸にとって決定的な痛手であった。が、とにかくこの日、昌幸は行軍途中から抜け落ちて急ぎ上田に向かったのである。

そうなると、いつ昌幸が江戸に攻め込んでこないとも限らなくなった。

改めて仙石秀久の持つ意味合いが大きくなり、家康は昌幸の動向を報《しら》せる使いを直《ただ》ちに秀久に送った。

一方この時、三成は、家康が東国に釘付けにされて上方には戻れないものと踏んでいた。

七月二十五日、下野・小山《おやま》で家康は諸将と会議を持った。

家康の最も危惧《きぐ》したのは、相手方が正式な問責《もんせき》の形を整え得たために、いまこちらにいる秀吉旧臣らが動揺することであった。

しかしそれは杞憂《きゆう》で、この会議において秀吉旧臣らの関心はむしろ、いかにこの局面で家康に忠義を示すか、に傾いており、福島正則らが先鋒《せんぽう》として西上すると決まるのにさしたる苦労はなかった。

これで家康の焦慮《しょうりょ》は、敵方の東国勢の誰かが、家康が不在になるのを待って江戸に突入することはあるのか？　という一点にかかってきた。

八月五日、家康は江戸に帰った。

この時、秀忠《ひでただ》に十分な人数をつけて宇都宮《うつのみや》に残したが、これはいずれ中山道を上って真田誅伐《ちゆうばつ》に赴《おもむ》く筈《はず》のものであり、そうなると上杉に対する押さえは宇都宮にとどまる次子・結城秀康《ゆうきひでやす》に任される、ということになる。

秀忠よりも年長に生まれながら、人質として秀吉のもとに送られ、青少年期を秀吉のもとで過ごした秀康は、長ずるにつれて人も認める英邁《えいまい》な気性を露《あら》わにしだした。従って本人は、何としても西上して戦いたいと懇願《こんがん》したが、家康はこの時点では三成よりもむしろ敵の東国勢の動向に気を尖《とが》らせていたので、これは秀康が適任なのだった。

後世の目で見ると、関ヶ原の合戦がやけに大きく強調されてしまう。関ヶ原での合戦を家康は予期していたとか、全ては家康の思うとおりになった、というのは後世の思い込みであって、この時点で家康が最も神経を使っていたのは明らかに東国の情勢であった。

何せ家臣の中には、江戸城籠城《ろうじょう》を主張する者すらあったのである。家康が上方に向かえば、敵東国勢の誰かが江戸になだれ込んでくる、という強い危惧。このために家康は、八月いっぱいをなお江戸でじりじりと送らねばならなかった。結果的には景勝は、その大胆な作戦を採らなかったが。

江戸の家康は事態を深刻に見ており、このひと月の間に日本中の大名のおよそ半数に向けて、百八十通に及ぶ書状を送るなどした。

家康が江戸にとどまり、秀忠もまた宇都宮にとどまっている間に、上方に向かった福島らは次々と敵方の城を陥《お》とした。それがあまりに快進撃であったため、今度は逆の憂《うれ》い――すなわち、秀吉旧臣の力だけで三成方が討《たい》ち平らげられてしまうのではないか、という新しい不安が出てきた。

ここに至ってやっと、家康は腰を上げる決断をした。

ところで、このあたりの流れに関する記録を見ると、一つのことが嫌でも目につく。それはこの時代、たとえば宇都宮と江戸の家康との間には、どうも、素早く緊密な連絡のやりとりなどはできていなかった、ということである。それは時代背景を考えれば当然のことであり、電信と同様の迅《はや》さで行き来する忍者などというものは、実際にはあり得ない。

そのことが、後に秀忠を相当に苦しめることにもなったのだった。

三

秀忠は八月二十四日に宇都宮を発《た》った。

この時の秀忠の役割について、上洛《じょうらく》もしくは京畿《けいき》周辺で戦さになるどこかに向けて、つまり家康と同じ到着点に向かってただ別経路を進むことであったとするのは、正しくない。

上方における戦さの展開は不明瞭であり、特に三成がいやに大きく戦線を広げたため、三成方についた大小名の城は伊勢から美濃、信濃にかけて点在していた。

要するに、九月十五日に関ヶ原で合戦になったのは、あくまで流動的な情勢の中で双方の動きが極まった一点なのであって、秀忠がそこに到達することが初めから筋書きとして決まっていたのではない。

後に書かれた大久保忠教《おおくぼただたか》の『三河物語』には「真田の城へ通りがけに打ち寄せ」などとあって、秀忠が本来急いで上洛すべきものを上田の昌幸に固執《こしゅう》してしまったような印象を与えるのだが、この記憶は実情とは異なるようである。

秀久の事蹟を記した『仙石家譜』は江戸時代に書かれたものではあるが、小諸の秀久に対し、「台徳院殿《だいとくいんでん》（秀忠）よりも上使《じょうし》を以《もっ》て近日真田父子征伐として御馬を出され、小諸城に御入（り）有（るに）つき」としている。

おそらく秀忠の役割は、信濃（特に真田昌幸）を制圧し、上杉と対峙《たいじ》している越後《えちご》の堀秀治《ひではる》を援護し、必要に応じて美濃方面の三成方に対応する、というものであったと思われる。

家康が江戸を発った九月一日、秀忠は軽井沢《かるいざわ》についた。

二日、秀久は単騎、追分《おいわけ》駅まで迎えに出た。そこで秀久は秀忠から、

「真田父子が江戸に出ることとなきよう、必ず抑えられたい。沼田、岩櫃《いわびつ》を始め、木曽路《きそじ》までをそこもとに預けるゆえ、その手配をなされよ」

とまず命じられた。

岩櫃というのは、上信《じようしん》国境の鳥居峠《とりいとうげ》と沼田を結ぶ要路の中間に位置する城である。

このあと秀忠は小諸城に入ることになっており、伝達の時間はいくらもあったが、若い真剣な顔をきりきりと緊張させていた秀忠は、秀久の顔を見るなり怺《こら》えきれないように口を切ったのだった。

「万事、お任せを願いまする」

と秀久は落ち着いて云い、秀忠を案内した。

ここで城は秀忠の一行に明け渡され、大手門の外に下馬の札が立てられた。

――徳川家の衆は、真田の幻術にかかっとるな。

と秀久は心中に思った。

やはり、かつて上田城に攻めかかり、大敗して千三百もの首を失った記憶は、ただならぬものがあるらしい。彼らの口にする「安房守」の名には、憎悪《ぞうお》と畏怖《いふ》が入り混じっている感じがした。

この軍団には、昌幸の実子である信幸も従軍していたが、まだ三十半ばにしてはえらく落ち着き払ったこの男を、秀久はいささか好奇の眼で見た。

自分が若い頃とは比べものにならぬくらい、武者のありようは窮屈で不自由なものになっていると思う。自分が若い頃、口のきき方などは皆大概乱暴なもので、思ったことをそのまま云ってもさほど気にはしなかったし、あとで笑って済ましてしまうことも多かった。それに比べると、いまの若い武将たちの気の使いようは気の毒になるほど細かに見える。そんな中で信幸は、別段、神経を張りつめずに、しかも自分の発言や立ち居振舞いには十分気を配っているようだった。

ほかならぬ自分の父親が総大将の敵に廻ってしまい、これからその父や弟を誅伐しに赴くのだから、並大抵のことではないと思うのだが、信幸は堂々としていた。

――大したもんやな。

と秀久は感心した。

小諸城で軍議が持たれ、外様ながらも秀久と息子の久政《ひさまさ》も加わるように云われた。

久政はこの時、秀忠より一つ年上の二十三歳であった。

秀久の息子のうち、長男は失明したため武家の嫡男《ちやくなん》としての座を降り、次男は秀久と意見を異にしたため家を出ており、三男の久政が跡継ぎになっていた。

秀久たちは末座に加わり、譜代《ふだい》大名たちの議論の様子を見ていた。

幾つかの意見が出され、議論は多少揺れたが、結論は、まずは信幸が父・昌幸と会い、降伏の説得をすることになった。その時も信幸は、ほとんど表情を動かさず、ただ
「微力ながら砕身《さいしん》仕《つかまつ》りまする」

と答えただけだった。

翌日、信幸は義弟・本多忠政《ただまさ》と共に上田の国分寺《こくぶんじ》に向かい、そこで頭を丸めた昌幸から、降伏に色よい返事をされて翌日まで待つことにした。

そうしてひと晩たった次の日、いくら待っても、昌幸もその使者も現れないため、夕刻過ぎて信幸が上田城に使いをやると、しばらくしてその使いが顔面蒼白となって戻り、

「返事に手間取り申したが、降伏のことはそちらもお察しのとおり、ないこととしたので、只今より、不憫《ふびん》とは思えどもそちらに軍勢差し向け申す、と仰《おお》せられました」

と復命した。

信幸らは松明《たいまつ》を掻《か》きたて、急ぎ小諸に舞い戻った。

床に額《ひたい》をこすりつけて詫《わ》びる信幸から一切を聞いた秀忠は、当然ながら激怒

し、既に夜半であるにもかかわらず、

「これより上田に向かう！」

と座を蹴った。

家臣たちが慌《あわ》てて秀忠をなだめた。

このあと、秀忠は信幸に対し、支城の一つである戸石城《といし》を攻略せよと命じた。信幸が戸石城に向かうと、あたかも先の一件で苦杯を舐《な》めさせたことを詫びるかのように、戸石城に入っていた信繁は退《ひ》いてしまい、信幸は難なく城を手中にしてしまった。

このあたりの真田父子の進退は、秀久が見ていても薄気味悪く、

――何を考えとるのか分かりゃせんな。こんな相手とあたらんでよかったわ。

と思わせるものであった。

九月六日、秀忠は上田城に近い染屋《そめや》という高地に着陣し、上田城に向けて挑発を行ない、昌幸を引き出そうとした。

昌幸はそれに応じて若干の兵を出し、それに釣《つ》られて徳川勢が深追いしたところを、城の東方三キロほどに位置する虚空蔵山《こくうぞうさん》から駆け下った信繁の一隊に鋭く攻めたてられて、苦戦を強《し》いられた。

りであった。
思い出したくもない戸次川《へつぎがわ》の一戦を、嫌でも思い出すような徳川勢の嵌《は》まりぶ
こうして、薄々予期したとおり、まんまと昌幸の掌《てのひら》に載ってしまい、信濃の
制圧は容易なことではなくなってしまった。
そこへ、家康からの書状が届いた。

四

秀忠は、九月五日の段階で東海道側先鋒の細川忠興《ただおき》らに向け、「真田表《おもて》の隙が
あき次第、上洛する」と云っている。少なくともそれで、上田城攻撃が当初から
の目標であり、出来心でつい深入りしたものではないと知れよう。
昌幸との一戦後に届いた家康の書状は、家康がまだ江戸にいた八月二十八日に
書かれたものである。同日づけでほかの大名たちにあてた書状に、秀忠も中山道
を西上する予定、とあるところから見て、この書状にも中山道を西上せよという
指令があったであろう。
要するに秀忠は、当初の家康の考えに沿って上田の昌幸にかかり、一方家康は

先鋒たちの爆走に考えを変えて、勝負は西にあり、と見てとり、秀忠にもそれを告げたと見られる。

問題は、この書状が秀忠の手に届くまでに十日近くを要してしまったことであった。しかもこの書状は八月中に書かれたものであるから、そこに「関ヶ原」の文字は当然ながらある筈もなかった。

小諸城で秀忠は、どうするべきかを諸将に問うた。

こうなってもまだ、議論は、「どうするか」から始まったのである。

徳川諸将の大方の意見は、三成如きにかかずらうよりも、いま少しここで踏ん張れば、昌幸を降《くだ》すことはできるのではないか、というものであった。

やられっ放しでここから退くことは、徳川武士の面目《めんぼく》に関わる、という意見もあった。

しかし、このまま小諸にとどまっては海道筋の軍団に後《おく》れをとるのでは、という意見も出た。

秀忠の若い顔にも、迷いが見えた。

しばし座に沈黙が流れ、それから諸将が居廻りとごそごそ私語を交わし始めた時、

「卒爾《そつじ》ながら」

と末席から秀久が声を発した。

二度と戦さで間違いを起こすのは嫌だ、と秀久は固く思っていた。こんなところで偉そうにでしゃばるのは外様大名の行動としては望ましいものではなく、おとなしくしているべき場面だったが、知ったことではなかった。

その声は、渋くさびた戦場声ではあったが、はっきりと諸将の耳に届いた。

「この戦さは、上方が大事にござる」

秀久が歴戦の強者《つわもの》であるという認識が、一応皆を沈黙させた。一にも二にも徳川家至上主義である本多正信でさえ、苦い顔はしつつも黙っていた。

「そう思わるるか」

と秀忠が顔を向けた。

秀久はひと膝《ひざ》進み、手を支《つか》え、

「そもそも御家におかれましては、真田を大の苦手……」

と云った。

秀久のあまりに率直な言いように、座がさざめいた。秀忠が軽く手を上げて諸将を制した。秀久は構わず、

「大の苦手となさるるによって、何としても真田を討ち平らげようと思《おぼ》し召すやに存ずる。しかしながら、真田のことは御家のことのみ。治部《じぶ》のことは、天下のことにござりまする」

と続けた。

秀久の物言いは到底巧みとはいえなかったので、よく分からない、という顔も見えた。しかし秀忠の顔には、あっ、という理解の光が一瞬射した。

「治部を討ち滅ぼせば、真田如きはそれこそ書状一本にて、埒《らち》のあくものと存じまする」

場の空気が変わった。

それが、脇で聞いていた久政にははっきりと分かった。榊原康政ら、大どころの将の顔にも納得の色が、さあっと水に墨を流したように広がった。

真田昌幸の怖さは、あくまで昌幸という戦さ上手の個人の怖さにすぎない。

それに比べて、三成とそれを支持する奉行・大老連を破るということは、天下の仕組みを大きく揺るがすことである。もし、天下のことが決すれば、自然と昌幸は孤立するしかなくなり、それを討つことも難しくはなくなる。

諸将は目の覚めたようになった。

「真田はわしと同様、古ものの『生き残り』やで、まともにとったらなかなか勝たれやせん」

と秀久は、終《しま》いの方は独り言のように云った。

軽い笑い、とまではゆかぬざわめきが起こった。正信は依然《いぜん》、苦虫を嚙《か》み潰したような顔をしたままだったが、秀忠が深くうなずいて、

「西に急ぎ参ろう」

ときっぱり云った。

――よかった。

と秀久は思った。

そうして、諸方に必要な気配りを行なった後、自身も秀忠に伴って上方に向かうことにした。

一行は十一日に小諸を発った。

しかしその後、どうにも緩慢《かんまん》な行軍で、秀忠隊は進んだ。

旧記には、昌幸が追撃の兵を出していささかのやりとりがあったように書かれているが、それが真実かどうかはいま一つ判然としない。

行軍の指揮は本多正信が中心となってとったが、秀久には、正信が必要以上に

用心深く間道を辿《たど》るなどしているように思われた。

四万に近い大軍に細い脇道を辿らせるのは、極めて時間のかかることである。

――まさか本多佐渡は、わざと行軍を遅らせているのではあるまいな。

伝え聞くところでは、正信は宇都宮に残った秀康に肩入れしており、家康の後継者として秀忠よりも秀康を推《お》しているのだという。

だからといって、秀忠を引きずり下ろすために遅参させようとするほど正信が愚かだとは思えない。一つ間違えば、全体の勝敗にも影響することだからである。

だからその勘繰《かんぐ》りは、自分が四国諸将を無駄に死なせた時の悪推《わるずい》同様、根も葉もない疑いであったが、しかしふとそう思ってもみたくなるほど、正信の指揮はぐずぐずとしたものであった。

――上方勢同士で決着をつけさせようとしとるかな。

と秀久は見た。徳川家精鋭のほとんどが属する本隊を、無疵《むきず》で残そうとする策略かもしれない。

とにかく、ただでさえ正信が緩慢な指揮をしているうえ、折からの悪天候で木曽川は増水していた。木曽路はずっと木曽川沿いに狭い谷を行く行程である。

十一日に小諸を発った秀忠が大津に到着したのは、関ヶ原の合戦から五日後の、九月二十日のことであった。
蒼白い顔をした秀忠は、直ちに戦勝祝いと遅参の弁明のために家康に会うことを求めたが、家康は
「具合が悪い」
と云って、会ってくれようとしなかった。

五

秀忠と重臣たちが集まっている場に、井伊直政《いいなおまさ》がその端整な顔を厳《いか》めしくして現れた。直政は鋭い詰問《きつもん》口調で、

「この度、上田城を攻め落とすこともなく、関ヶ原の戦機にも遅れ給《たも》うことは、人々の不審を生ずるところなり！」

と家康の口上を伝えた。

秀忠の蒼い顔は、蒼さを通り越して死人のような鉛色《なまり》になっていた。膝の上で秀忠の手が細かく震《ふる》えているのを秀久は見た。

直政はぐるりを見廻すと、一段と声を張り上げて、

「各々《おのおの》の供奉《ぐぶ》は何のためぞや！」

と厳しく責めた。まるで家康本人から譴責《けんせき》されるかのような調子に、諸将は思わず下を向いた。

「御遅参の次第、つぶさに言上《ごんじよう》あるべし！」

と斬りつけるように云いながら、直政は左手を大きく振った。

直政の右腕は身体《からだ》の脇に棒のように突っ張っていた。関ヶ原で、退却する島津勢を追撃した際、鉄砲で右肘《みぎひじ》を撃ち抜かれて大怪我《おおけが》を負っていたのである。そのことで秀忠隊の諸将は、ますます顔を上げられなくなってしまった。

皆、石のように身体を硬くしていた。

――出番や。

秀久は咳《せき》払いを一つした。直政が、さっ、とこちらに向き直り、それが外様大名の仙石秀久であるのを見て、軽く眉《まゆ》を吊り上げた。

「卒爾ながら」

また秀久はそう口をきった。

「供奉の方々には、この遅参をことのほか恥じ入っておらるるゆえ、余計者の口

から申そう」

直政がゆっくりと秀久の前に近づいてきた。真っ向、相対する位置にまで来て、

「何なりと仰せられよ」

と家康名代《みようだい》の威厳を見せて云った。

「第一に、内府どのよりの御文は、お手元を離れてより十日ばかりもたって後、ようやくこちらに届いてござる。それを入手致してよりあとは、皆々、上方の儀こそ一大事なれ、と存じて、木曽川満水のさ中といえども、馬に鞭《むち》をくれ、軍勢を急がせて参ったのでござる。そのさま、木曽の架け橋より転げ落ちんばかりに致したること、お目にかけとうござった」

実は、と秀久はそこで声を張り上げた。

「こちらに近づくにつれ、海道筋の戦さ、なかなかに難し、との風説も聞こえて参ったれども、我らそれは嘘《うそ》じゃとばかり存じ申した」

「何と?」

「内府どのの御勢《おんぜい》に、危うしなどということのある筈もなし、難しき戦さなんぞと申すは、これ全て、敵が計略にて間者《かんじゃ》に云わせたこと、と存じて候《そうろう》。我らの

行軍ぶりの鈍きことは事実にござれど、なあに、我らがおらんでも、内府どのの御威勢に敵は全く敵《かな》うまいさ、と思ったこともまた、事実にござる」

からびた秀久の声で淡々と云われると、そこに妙な説得力が働いた。

「時機に遅れ申したしくじりは、しくじり。供奉致したる我らのしくじりにござる。一同、それはよくよく承知にて、二度と過ちを致さぬことは、この、幾度もしくじりを致し、内府どののお力にて救われた仙石権兵衛がお誓い申す」

軽く手をつき、秀久は直政を下から見上げた。

「何とぞ、この粗忽者《そこつもの》の申し条をば、内府どのにお伝え願い奉る」

直政のきりっとした口もとに、微かな皺《しわ》が寄った。微笑ともいえぬほどの微笑が、直政の頬《ほお》によぎった。

直政は左手を軽く膝の上につき、

「事情のこと、上様に申しあげまする」

と丁寧《ていねい》に云った。

「かたじけのう存ずる」

秀久は深々と低頭した。そうしてそのままの姿勢で、

「それがし内府どのの御恩は、一生忘れておりませぬ。そのお心寛《ひろ》やかなること

は、誰よりこの権兵衛が存じおれば、この度のことも、お赦しになるは必定《ひつじょう》と信じてござる」

と語りかけるように云った。

直政は帰るとすぐ、秀久の云ったとおりを家康に復命した。

初めは不機嫌だった家康の顔が、次第に、不承不承ながら緩んできた。

そもそも、もとを辿れば秀忠に真田討伐を命じたのは家康であった。それに、秀久はひと言も云わなかったが、行軍の指揮をとったのが正信であることは分かっていた。

――佐渡が、珍しい見当違いをしおった。

と思いながら家康は、関ヶ原で苦戦させられた怒りを秀忠に移すのをやめ、

「中納言《ちゅうなごん》（秀忠）を呼べ」

と直政に云いつけた。

六

秀忠が家康との対面を無事済ませたあと、秀久は息子と共に家康に呼ばれてそ

の前に出ることになった。

行ってみると、家康の機嫌は直っており、まだいくらか硬い顔の秀忠を脇に並べて、にこにこしていた。

「越前守」

と家康は秀久の官名を呼び、

「えらく世話をかけた」

と重々しく云った。

実のところまだ、家康も秀久も幼君・秀頼の家臣であって、ただ家康は五大老の一人であり、内大臣であるにすぎない。

しかし家康の口調はもう、あるじとなった人のそれだった。

秀久は別段、それを拒むにもあたらぬと思っていたから、淡々と戦勝祝いを述べた。

家康が上田の戦さの模様を尋ねたので、昌幸に振り廻されたことをこれまたあっさりと事実に即して語った。

それから二、三の話題が出た後、秀忠が、

「今回のことでは、越前どのにまことに世話になった。ついては、それに報いるというではなけれど、わが名の一字をご子息にと思うが、いかがであろうか」

と熱心な口調で云った。

「ああこれは」

と秀久は快然《かいぜん》たる声をあげ、

「過分の褒賞《ほうしょう》を賜り、かたじけのう存ずる」

と平伏した。隣で久政も平たくなった。

秀忠は満足そうにうなずいた。

これ以後、久政は秀忠の一字を戴《いただ》いてその名が「忠政《ただまさ》」となった。

それで公式の対面は終わったが、退出してくると、本多正信が近づいてきて、

「中納言さまお手ずから、お茶を下さるるそうなり。茶室に参られよ」

と伝えた。

秀久が、心得ました、と答えると、正信はそのまま行きかけ、ほんの一瞬躊《ちゅう》躇《ちょ》し、それからつと戻るなり、

「この度の行軍のこと、その報告、なべてに世話をかけ申した」

と全く感情の入らない平板な口調で云った。

思いがけなかったので、思わず秀久は正信の顔を見てしまった。そこには感謝

の情らしきものは一片も浮かんでいなかった。とにかく秀久がただのひと言も正信の指揮に関して批判しなかったことを、ここは一応秀久に感謝しておくべきだと判断したのだ、という堅苦しい表情だけがあった。

秀久は何だか無性に可笑《おか》しくなってきた。ぽんと正信の肩を叩いて、まあそう堅くなりなさるな、と云ってやりたかったが、そんなことをしたら無礼と取られるだけなのでしなかった。

秀久はただ、同じくらい堅苦しい表情を無理やり作り、

「佐渡守どのにもご苦労にござった」

とあっさり云った。何といっても、自分は家康と同じ、秀頼の直臣《じきしん》であり、正信は家康の家臣、すなわち陪臣《ばいしん》である。家康があるじのような口をきくことに異議を唱《とな》えはしなかったものの、正信にまで同格の扱いをされようとは思わない。少なくとも、実際にそうなるまでは、である。もっとも、家康が征夷大将軍《せいいたいしょうぐん》になり、皆がその家臣になった時には、同格どころか、懐刀《ふところがたな》・本多佐渡の前にべったり平伏することになるのだろう。

――まあ、それもこれも成り行きよな。

いまのところはこっちが偉いことにしてくれ、と秀久は思っていた。

正信の無表情に、ひびが入るように苦々しさが滲《にじ》み出てきた。やはり感謝など述べるのではなかった、という後悔らしい。

面倒なので秀久は、

「ところで茶室はいずれにござる」

と明るい声で訊《き》いて、正信との重苦しいやりとりを終わりにした。

狭い茶室に、秀久父子と秀忠が入ると、何やらいっぱいいっぱいの感じがした。が、先ほどとは比べものにならぬくらい秀忠がくつろいでいるので、気持ちはむしろ伸びやかだった。

端正な手つきで茶を点《た》てる秀忠の横顔を見ていると、日頃この若い後継者が、どれほど父親を尊敬し、自身は謹厳《きんげん》そのものの姿勢を以《もつ》て父親の要求に応《こた》えようと努力しているのかが、容易に窺《うかが》われるように思った。

――まあしんどいこっちゃな。

家来たちはこの、真面目《まじめ》一方の線の細い貴公子を何かと蔑《ないがし》ろにするだろう。特に、兄にあたる結城秀康が優《すぐ》れた人物であると世に聞こえ、ぱっと華やかな人柄であるため、どうしても比較されずにはおかないであろう。

秀久の気性では、「二代目はお辛《つら》いの」といきなり話しかけたいところを、ぐっと怺えた。そんなことをすれば秀忠はたじろいでしまうだろう。

秀忠に限らず、自分の息子の久政改め忠政を見ても、そのひ弱な感じは如何《いかん》ともなし難《がた》かった。自分はそれほど厳しい父親でも何でもないと思うのだが、忠政が自分を煙《けむ》たく思い、かといって反抗的になることもできずにいるのを見ると、何だか大声で怒鳴りたくなってくる。

——しょむないやろ。わしらの頃とは時代が違う。

そんなにびくびくするな、と云いたくなった。人が生きていくのはなかなかに辛いことと最初から決まっているのだ。辛いことがあるのは、何も自分が上手《うま》くやれていないからではない。どんなに上手くやろうとしても、失敗はあるに決まっているし、大体、泣いたり笑ったり怒ったりしながら日々を送っていくのが当たり前なのだ。

「中納言どののお目からご覧になれば、お父上はさぞかしお偉く見えるでござろうの」

秀久がいきなり云ったので、脇で忠政が身じろいだ。

秀忠は細かく茶筅《ちやせん》を使いながら、

「何をしても父には及ばず……」

と語尾を呑《の》んだ。

「それでええんじゃ」

秀久は無造作に云うと、

「あのな、わし、足を崩しても構わんやろか。痺《しび》れがきれてな」

と声を小さくした。

忠政が首をすくめたが、秀忠は小さく笑って、

「お楽に」

と答えた。

秀久はゆったり座り直した。こんな機会は滅多にないし、これから先は二度とないだろう。あのな、と口をきった。

「どこの世界でも、唐天竺《からてんじく》でも南蛮《なんばん》でも同じこと。親父《おやじ》と勝負したらあかん」

秀忠が、ふふ、と笑った。秀久の口調の何かが秀忠の緊張を和《やわ》らげ、気持ちを楽にしたようだった。

「どだい、子供が不利と決まっとるもんで、勝とうとも、認めてもらおうとも、せんでええんじゃ」

茶が出されたので、秀久はもう一度正座し、茶碗をとった。よく練れて、滑《なめ》らかな濃い茶だった。

ずっ、と音をたてて作法どおり飲み、味わった。

「わし、何でか利休という男が好かんかったな」

「ほう、左様ですか」

「うん。何ちゅうかなあ、威張った男やった」

ほう、と秀忠はもう一度云った。

忠政が呆《あき》れて父を見た。いくら何でも、酒に酔ったのかと思うくらい崩れた態度になっている。

「それで、父親と勝負をせずにどのように振舞えばようござろう」

秀久がぐいぐい懐紙《かいし》で拭《ぬぐ》って戻した茶碗を取り込みながら、秀忠は話を元に戻して訊いた。

「ただ目の前のことを一生懸命やっとったらええんじゃ。そのうち、何事も自分の器量に合ってくるで、それでええんじゃ」

「何を云うかと思えば他愛もない。つまらぬことを今さらしく、申し訳ござりませぬ」

と脇から忠政が云ったが、秀久は無視した。

「中納言どのは中納言どの。誰と取替えようもありゃせんし、いずれ人はその座にふさわしく嵌まるようになる。それがしだとて、小諸五万石の大名に嵌まっているのを、わが親や亡き人々が見れば、さぞかし可笑しく思われるに違いないことでござる」

「父上、もうそのくらいになされよ。中納言さまがご退屈にござる」

「いや、有難い」

秀忠は云いながら向きを変え、秀久と正対した。

「小諸以来、そこもとにはまことにお世話になり申した。今日のことも、それがしは嬉しく、有難く存ずる。何とぞ今後も、親しくしていただきたい」

そう云って、秀忠は少し間をおき、

「我が父ならば、親しく、などと云ってはならぬと云うでありましょうが、それがしは申すのでござる」

と云ってかすかに笑った。

そのとき初めて、このもの静かな、いささか頼りなげに見られている後継者が、存外、しっかりした心を持っているのかもしれない、と秀久は思った。

「父上、今日はいかがなされました。まるで、御酒《ごしゅ》が過ぎたような具合になられて」

宿所に戻ってから忠政に云われて、秀久は鼻の頭をこぶしでごしごしこすった。

「なあ三左衛門《さんざえもん》。わしたまに、箍《たが》が外れて元に戻らんちゅうか、妙に突っ走ってまうことがあるんじゃ。今日、久々にそれになってまったわ」

深まる秋の風を受けながら、秀久は星空を見上げた。

「まあ今日のは、誰もなんも危ないことはありゃせんかったがの。せいぜい、中納言どのにうるさがられたくらいのもんで」

「中納言どのは、うるさがってはおられませんでしたよ」

忠政はそう云って、母親似のゆったりした笑みを浮かべた。

「中納言どのは、父上が大層お気に召したと、それがしは存じます」

「わし、今日思い知ったことがあったわ」

「何を思い知りあそばされました」

「人は、幾つになっても、性懲《しょうこ》りもなく失敗するもんなんやな。それが分かった」

忠政は俯《うつむ》いて笑いを怺えた。

「わし、しばらくおとなしゅうしとるわ」

と云って秀久は、昼間息子がやったように首をひょいとすくめた。

七

慶長十九年（一六一四）五月六日、小諸に向かう途中の鴻巣《こうのす》で秀久は病《やまい》を発し、六十三歳で亡くなった。

医療を加えたが効果がなかったというところを見ると、血管系の急性の病だったものであろうか。

この年七月、家康は秀頼・淀殿の再建していた京都・方広寺《ほうこうじ》の梵鐘《ぼんしょう》の銘《めい》について、家康という諱《いみな》を「国家安康」と分断したとして、呪詛《じゅそ》の目的があるものと問題視した。諱はその音のとおり「忌み名」であって、人には呼ばせぬほどのものであるから、この一件は後世の人の思うほど無理やりの言いがかりでもない。

それはともかくも、これをきっかけに家康は十月、ついに大坂征討の声をあげた。「大坂冬の陣」である。

秀久は鐘銘事件よりも二ヶ月早く亡くなったので、関ヶ原の合戦後、上方との関係が小康《しょうこう》状態にあった期間を大名として過ごしたことになる。

秀久と秀忠との、きわめて友人関係に近い君臣の交わりはこの間ずっと続いた。

秀久の手元には、小田原で秀吉から賜った金の団扇《うちわ》もあったが、慶長十三年（一六〇八）に、将軍になって四年目の秀忠が秀久邸に遊びにきた際、輿《きょう》に乗って描いた鶏の絵もあった。

金の団扇を取り出して眺《なが》めることはとんとなかったが、鶏の絵を秀久は表装させ、よく独りでにこにこと眺めていた。

秀忠が訪れた時、仙石家では、門前に白砂を敷いてこれを迎えた。白砂を敷くことは、将軍家の訪問を受けた屋敷にだけ許される名誉である。

蒔絵《まきえ》の鞍《くら》を置いた馬と、日頃秀忠が着用していた羽織二領を土産《みやげ》に、初めて仙石邸を訪ねた二月、秀忠は夕刻までゆるゆると秀久の屋敷で遊び暮らした。そうしてそれがよほど楽しかったと見え、冬に再び、屏風《びょうぶ》一双と石の水盤《すいばん》の土産を家来に運ばせ、またもゆったりとこの屋敷で遊び、

「絵を描こう」

と云って筆と紙を持ってこさせた。

秀忠が描いたのは、雌雄《しゆう》一対の鶏の絵と、鶺鴒《せきれい》の絵である。

「お上手にござりまするな」

秀久が云うと、

「嘘を云うものかな」

と秀忠は大笑いし、陪従《べいじゅう》の土井《どい》利勝《としかつ》を驚かせた。

江戸城内での秀忠は、謹厳が着物を着て歩いていると密《ひそ》かに噂されるくらいおのれの生活を厳しく律しており、家臣にもそう簡単に甘い顔などは見せることもなかったのである。

出された食事をも、秀忠があまりに美味《おい》しそうにたいらげたので、利勝は、江戸城の料理人は腕が悪いのか？　と一瞬思ったくらいだった。

あとで利勝は、登城してきた秀久をつかまえ、

「上様のあんなに楽しそうなお顔は、初めてのことにござった」

と語った。

「普段そこもとらがあんまり、小難しいことばっかり云っとるからやないかの」

秀久は涼しい顔で、そんな乱暴なことまで平気で云った。それは全くの冗談でもなく、将軍になってもなお、駿府《すんぷ》に引退した大御所・家康の意向を気にかけどおしの秀忠に、気の休まる時などないのに決まっていた。

秀久自身は、息子の忠政がなかなかできた人物となり、生来の性急な強引さを時折発揮して、領内の農民から怨《うら》まれることもあった秀久とは対照的だったので、まずもって穏やかな老後を過ごすことができていた。

ある雨の昼下がり、忠政が秀久の室に顔を出してみると、秀久は何か絵を描いていた。

忠政はそれを手にとったが、何の絵なのかどうしても分からなかった。何か丸いものが描かれ、その周りに波がたっているようにも見えたが分からない。

「これは何でござりましょうか。桃太郎の桃の絵ですか」

「たわけ抜かすな、そうではないわい」

秀久は忠政の言葉が可笑しかったとみえ、くつくつ笑った。そうして、

「こうしてみると、誰が見てもそれと分かる絵をお描きあそばす大樹《たいじゅ》さま（将軍）は、本当にお上手なんじゃな」

と云った。それから自身の描いた絵をためつすがめつし、

「まあ、桃太郎の桃に見えるなら、何かが水に浮いて見えることは確かなわけや」

と満更《まんざら》でもないように笑った。

「何が水に浮いているのでござりまするか」

ふふん、と鼻を鳴らして秀久は答えず、

「まあ、ええが。ただの落書きよ」

といなした。そうして、忠政が室を出ていって少しすると秀久の口から、

「ひょうたん、ひょうたん……」

という楽しげに聞こえなくもない呟《つぶや》きが、それとなく漏《も》れた。

雨音を伴奏に、老将はしばらくそう呟き、筆を走らせては遊んでいた。

〔 完 〕

あとがき

常々思うことだが、「皆が一〇〇パーセントの力で完璧《かんぺき》にやり遂《と》げれば、この作戦は成功する筈《はず》だ」というような計画は、あまり宜《よろ》しいものとはいえないのではなかろうか。

人間はそもそもが、失敗する生き物である。

仮に一〇〇パーセントの力を発揮してもなお、何か別の要因から齟齬《そご》をきたして失敗することなどはいくらでもある。

要するに、失敗は計画につきものであり、問題は、失敗したあとどう「する」かである。失敗のあとにどうにか「する」ことには気力も体力も要するが、しかしそこでこそ、人間の真価も問われようというものである。

秀久が「無」の旗を押し立ててゆくところが好きだ。

紺地《こんじ》に白々と抜いた「無」一文字は、高尚《こうしょう》な意味よりもむしろ「わしもう、あとが無い！」という心境を、いっそ清々《すがすが》しく目に見せた感じがする。

そういえば、仙石氏は、もとは千石氏であり、「仙石」に統一されたのは慶長初年以降らしいので、本当は話の大部分を「千石」でいかなければならないのであるが、便宜上初めから「仙石」で通させていただいた。

*

黒田官兵衛の、馬の凶相の話は『名将言行録《げんこうろく》』に載っている。『名将言行録』は十九世紀半ばに岡谷《おかのや》繁実《しげざね》が執筆したものである。筆者が気になったのは、「万物の霊長」という言葉を実際に官兵衛が発したかどうかである。そこで、ある単語が戦国時代にあったかどうかを確認するための、わが強い味方である『日葡《にっぽ》辞書』(一六〇三年刊)を見ると「万物」も「霊長」も記載されているのを発見した。「万物の霊長」は、幕末人・岡谷の創造でなく、実際に官兵衛の発した言葉である可能性が高くなった。

人間こそが万物の霊長というのも、キリスト教思想の一であるが、筆者は官兵衛を、キリスト教の理知的な部分に惹《ひ》かれた切支丹《キリシタン》であると感じていたので、この逸話はそれを証拠立てるようで楽しい。

秀久から少しずれてしまったが、戦国時代というのは基本、理知的で明晰《めいせき》な時代だと思っているので、その象徴的なこの話について少し補足した。

江戸時代に入ると、日本人はぐっとしめっぽく、何だかすぐ死にたがるようになる。たとえば信長の遁走《とんそう》する金ケ崎《かながさき》の退き口《のぐち》の話でさえ、江戸時代に語られた一書では、信長が、ここでもう死ぬ、と云いだし、皆が泣き……という一幕が語られているのである。

そういう形にしなければ、江戸時代人の心性《しんせい》に訴えなかったのだろう。しかし戦国時代というのは、武田家の高坂弾正《こうさかだんじょう》が「逃げ弾正」という異名をものともしていないところを見ても、もっと風通しのいい、タフな時代だったように思う。

仙石秀久を通して、そんなタフな時代の空気を描けていたらいいと思うのだが。

楽しんでご一読いただければ幸いです。

志木沢　郁

年表

年号	西暦	年齢	出来事
天文二十一年	一五五二	一	・仙石久盛の四男として、美濃国賀茂郡黒岩で出生 ・のち、久盛の妹婿・萩原国満の養子となるが、兄たちの死去にともない、仙石家に戻って後継ぎとなる
永禄七年	一五六四	十三	・織田信長に出仕し、羽柴秀吉の与騎となる
元亀元年	一五七〇	十九	・姉川の戦いで、浅井方の山崎新平を討ち取る
天正元年	一五七三	二十二	・浅井氏と朝倉氏が滅亡
天正二年	一五七四	二十三	・近江国野洲郡に一〇〇〇石を賜わる
天正五年	一五七七	二十六	・秀吉に従って播磨に出陣
天正八年	一五八〇	二十九	・羽柴勢、三木城を攻略
天正九年	一五八一	三十	・鳥取城攻めに従軍 ・淡路島に遠征。岩屋城と洲本城を攻略 ・備中冠山城の攻略に貢献
天正十年	一五八二	三十一	・本能寺の変、勃発。備えとして淡路に出陣 ・山崎の戦いで、秀吉が明智光秀に勝利 ・十河存保の救援のため、小豆島に入る
天正十一年	一五八三	三十二	・亀山城攻めに従軍 ・引田の戦いで、長宗我部軍に敗北

天正十三年	一五八五	三十四	・紀州攻めに従軍 ・四国平定戦に従軍。喜岡城攻略などに貢献 ・讃岐で十万石以上を与えられる
天正十四年	一五八六	三十五	・戸次川の戦いで、島津軍に敗北 ・改易となり高野山に入る
天正十八年	一五九〇	三十九	・小田原攻めに馳せ参じ、抜群の武功を挙げる ・秀吉に許され、小諸五万石の大名に復帰
慶長三年	一五九八	四十七	・秀吉、薨去
慶長五年	一六〇〇	四十九	・関ヶ原の戦い、勃発。上田城攻めに従軍
慶長十九年	一六一四	六十三	・武蔵国鴻巣で病死

参考文献（順不同）

改撰仙石家譜　世譜第一（仙石久利編　東京大学史料編纂所ＤＢ）
信長公記（太田牛一　角川ソフィア文庫）
天正記／太閤さま軍記のうち／川角太閤記（太閤史料集　人物往来社）
徳川実紀　第一篇　第二篇（新訂増補國史大系　吉川弘文館）
四国軍記（通俗日本全史　早稲田大学出版部）
史料叢書　南海通記（香西成資　弘成舎）
元親記（第二期戦国史料叢書・四国史料集　人物往来社）
九州下向記（続々群書類従第五　続群書類従完成会）
三河物語（大久保忠教　日本思想大系26　岩波書店）
新訂　徳川家康文書の研究（中村孝也　日本學術振興会）
名将言行録（岡谷繁実　岩波文庫）
岐阜県史　通史編　中世（岐阜県）
香川県史　第三巻　通史編　近世Ｉ（香川県）
美濃加茂市史　通史編（美濃加茂市）
長浜市史　第二巻　秀吉の登場（長浜市史編さん委員会　長浜市役所）

新修高松市史Ⅰ（高松市史編修室　高松市役所）
洲本市史（洲本市史編さん委員会　洲本市役所）
論集　戦国大名と国衆6　尾張織田氏（柴裕之編　岩田書院）
近江浅井氏の研究（小和田哲男　清文堂出版）
織田信長　石山本願寺合戦全史（武田鏡村　ベスト新書）
織田信長合戦全録（谷口克広　中公新書）
戦国時代の徳川氏（煎本増夫　新人物往来社）
小田原合戦（下山治久　角川選書）
四国と戦国世界（四国中世史研究会・戦国史研究会　岩田書院）
仙石氏史料展図録（上田市立博物館）
新編　戸次川合戦（横川末吉　高知県文教協会）
黒田如水（三浦明彦　西日本新聞社）
日本城郭大系　6・9・11・12・14・15・16（新人物往来社）

ほか

本書は、書き下ろし作品です。

著者紹介
志木沢 郁（しぎさわ　かおる）
東京都生まれ。早稲田大学教育学部国語国文学科卒業。2003年、『嶋左近戦記信貴山妖変』で、第２回ムー伝奇ノベル大賞優秀賞を受賞しデビュー。能（金春流）、狂言（和泉流）、弓術（日置流）などに親しむ。戦国時代を中心に、雑誌・文庫などに執筆。
著書に『豊臣秀長』『可児才蔵』『上杉謙信』『結城秀康』『立花宗茂』『前田利家』『真田信之』『佐竹義重・義宣』（以上、学研Ｍ文庫）、『剣客定廻り 浅羽啓次郎—旗本同心参上』（コスミック・時代文庫）がある。

ＰＨＰ文庫　仙石秀久、戦国を駆ける
絶対にあきらめなかった武将

2016年１月19日　第１版第１刷

著　者	志木沢　郁
発行者	小林成彦
発行所	株式会社ＰＨＰ研究所

東京本部　〒135-8137 江東区豊洲5-6-52
文庫出版部　☎03-3520-9617（編集）
普及一部　☎03-3520-9630（販売）
京都本部　〒601-8411 京都市南区西九条北ノ内町11

PHP INTERFACE　http://www.php.co.jp/

組　版	有限会社エヴリ・シンク
印刷所 製本所	共同印刷株式会社

ISBN978-4-569-76459-7